講談社文庫

署長刑事《デカ》　指名手配

姉小路 祐

JN286626

講談社

署長刑事《デカ》　指名手配

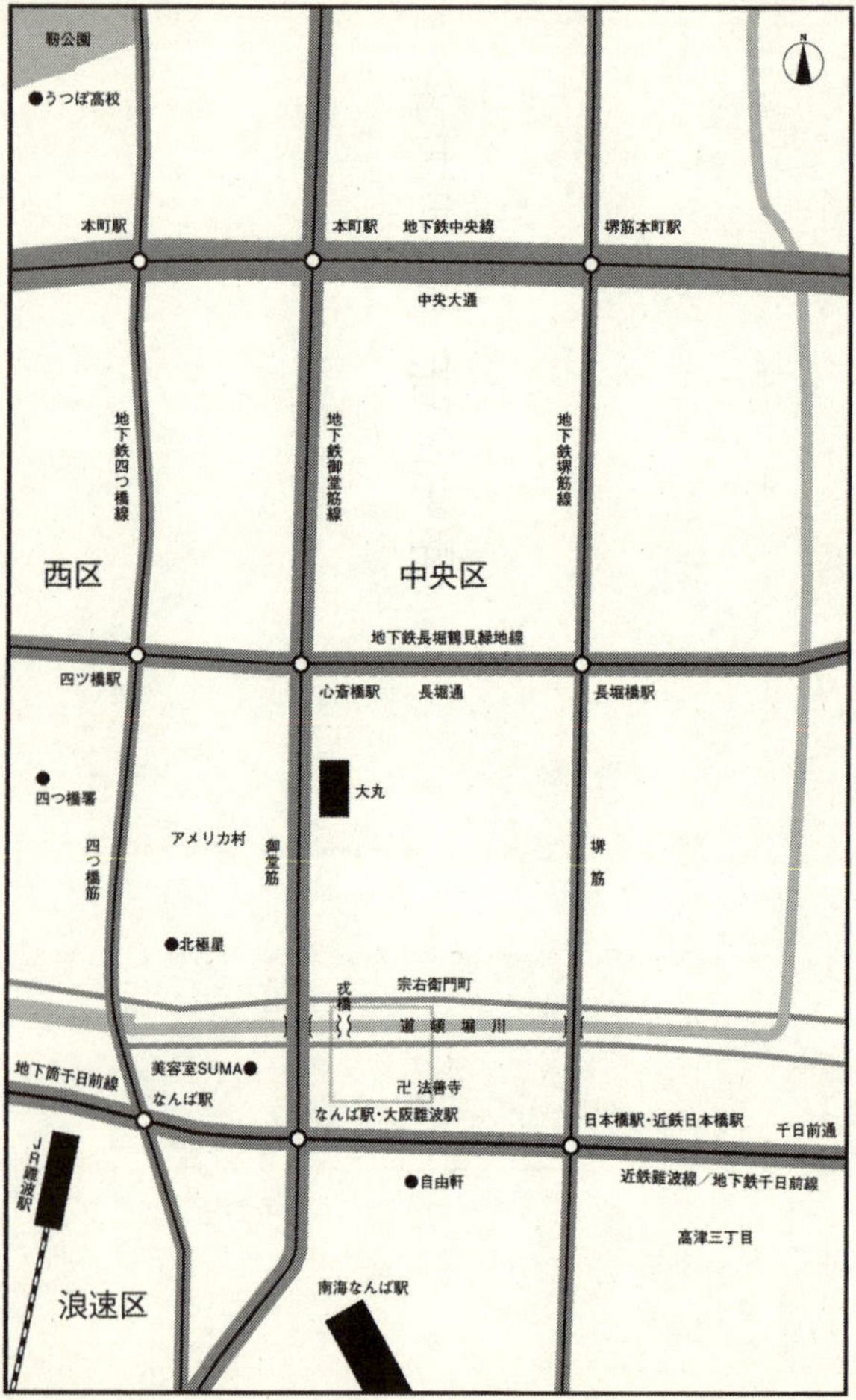
靭公園
●うつぼ高校
N
本町駅
本町駅
地下鉄中央線
堺筋本町駅
中央大通
地下鉄四つ橋線
地下鉄御堂筋線
地下鉄堺筋線
西区
中央区
地下鉄長堀鶴見緑地線
四ツ橋駅
心斎橋駅
長堀通
長堀橋駅
●
四つ橋署
大丸
アメリカ村
御堂筋
堺筋
四つ橋筋
●北極星
宗右衛門町
戎橋
道頓堀川
地下筒千日前線
美容室SUMA●
なんば駅
卍 法善寺
なんば駅・大阪難波駅
日本橋駅・近鉄日本橋駅
千日前通
JR難波駅
●自由軒
近鉄難波線／地下鉄千日前線
高津三丁目
南海なんば駅
浪速区

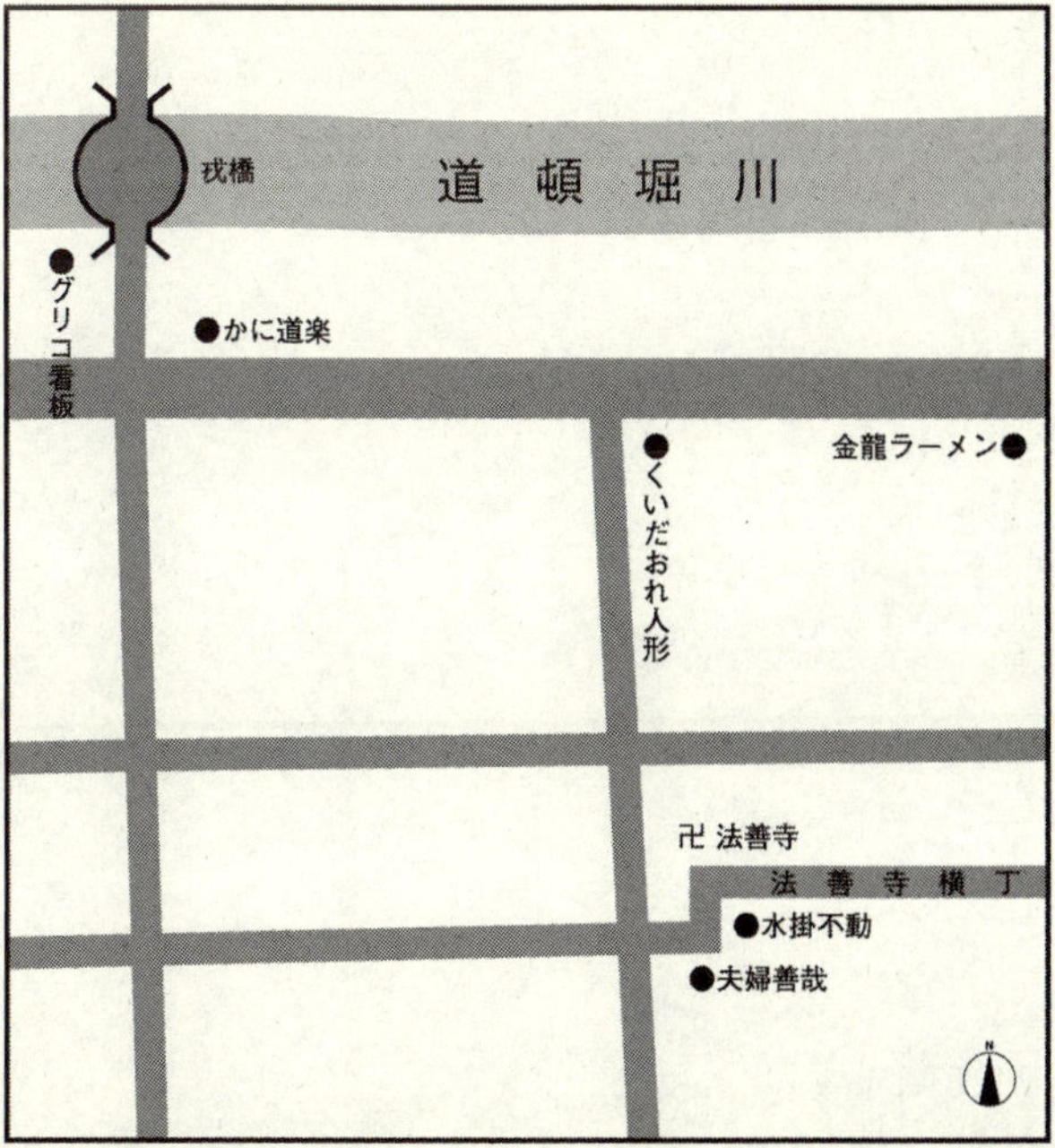

戎橋
道頓堀川
グリコ看板
かに道楽
金龍ラーメン
くいだおれ人形
法善寺
法善寺横丁
水掛不動
夫婦善哉
N

プロローグ

「人間って、持って生まれたものを、どれだけ超えられるんやろか？」

女はつぶやくように言った。

「いきなり何を言い出すんや」

男は、帳簿から視線を上げた。今月もかなりの黒字だ。

「美しくない目をした女性が、メイクで美しい目にするのは大変よ。何時間かけても、生まれつきの美しい目にはかなわない」

「整形するって方法もあるやないか」

「整形はしょせんは作り物よ。それに骨格とか身長は、整形のしようがない」

「容姿に恵まれたおまえが、そんなことを言うのは似合わへんで」

「外見のことだけやないのよ。あたしが言っているのは」

女は化粧品がぎっしりと詰まったシャネルのバッグを手にして、立ち上がった。

「この仕事も引退したい。そろそろ潮時かもしれへん」

「おいおい、それはないやろ」

彼女なしでは、こんな黒字は続けられない。

「いろいろ演じることにも疲れたわ」

「ずいぶん弱気なんやな」

「弱気ではないけど、むなしいのよ」

第一章

1

「へえ〜。これが、織田作之助《おださくのすけ》の本に出てくる卵入りのライスカレーか」

大阪府警中央署のキャリア署長・古今堂航平《こきんどうこうへい》は、前から行きたかった中央区難波《なんば》三丁目にある自由軒難波本店に足を運んでいた。きょうは公休の日曜日だ。

「この店は、明治四十三年の創業で、大阪で最初の西洋料理店と言われてるんや」

古今堂を案内してくれたのは、幼なじみの太子橋信八《たいしばししんぱち》だ。現在二十九歳の古今堂は、小学校二年から中学校二年までを大阪府下の守口《もりぐち》市で過ごした。信八は最も仲のよかった友だちだ。

「明治四十三年ていうことは、もう百年やな」

店内はレトロな雰囲気が充満している。それも造られたレトロではない。ベニヤ張りを連想させるような木の壁、そこに貼られた手書きのものが混ざったメニュー、剝《む》き出しのガス管とガスメーター、黒い硬めの椅子、クロスなしの白いテーブルに無造作なまでに並べられたアルミの水差しとソースと割り箸入れ――どれをとってもタイムスリップしたような錯覚に陥りそうだ。値段も主力のカレー類が六百五十円、オムライスが七百円といったところで安い。壁には、この店で小説の構想を練る織田作之助のモノクロ写真が掲げられ、〝トラは死んで皮をのこす　織田作死んでカレーライスをのこす　織田作文学発祥の店　自由軒本店〟と写真の周囲にぐるりと書かれてある。

古今堂は、卵入りライスカレーを注文した。メニューでは、〝名物カレー〟という名称になっている。簡単に表現すると、混ぜカレーの上に生卵が乗っているものだ。味はやや甘口で淡白といったところだ。

「カレーに生卵をトッピングするという発想は、東京にはあらへんやろ?」

信八はソースをかけて、うまそうに頰張る。

「せやな」

どうやらソースをかけると、この淡白な味がちょうどいい具合になるようだ。古今堂もそれを見倣《みなら》った。

「意外なものをうまく組み合わせるというのは、大阪人の得意技やと思うで。夏のビルの屋上の涼しさをビールと組み合わせたビヤガーデンも、ラーメンをカップに入れたカップめんも、ベルトコンベアを寿司店に持ち込んだ回転寿司も、みんな大阪生まれや」

「食いもんばっかしやな」

「そら、大阪は食道楽《くいどうらく》の街やさかいな」

「それにしても、この店には外国人のお客さんがぎょうさんいやはるな」

午後二時近いが、ほとんどのテーブルに客がいる。古今堂たちの後ろにいる三人連れの男性客はいずれも浅黒い肌をしていて、英語をしゃべっている。前に座っているのは、白人のカップルだ。彼らが話しているのはスペイン語のようだ。客の半分ほどが、外国人と思われる。その多くが、名物カレーを食べている。

「これにはちゃんとした理由があるんやで」

「理由って？」

「西洋の食文化からすると、米すなわちライスというのは野菜と同格なんや。せやから、米を茶碗に盛って食べるというのは、キャベツやじゃがいもを味付けなしで食べ

へん」

「そういうこっちゃがな。レトロさが懐かしい日本人と、ライスを抵抗なく味わいたい外国人との両方で繁盛してる店ということやな。これまた組み合わせの妙かもしれへん」

「そうか。こうしてカレーの混ぜご飯にしたら、その難点がクリアでけるわけか」

るのに近い」

自由軒を出た古今堂たちは、道頓堀に足を向けた。信八にこうしてつきあってもらっているのは、グルメガイドだけが目的ではない。来たる知事・市長ダブル選挙の警備の下見も兼ねている。橋下徹《はしもととおる》知事は、きのうの十月二十二日未明に辞職願を提出し、三十一日付けの退職が決まった。公示はまだだが、知事選・市長選とも事実上の選挙モードに突入した。

ダブル選挙への有権者の関心はとても高く、それだけに街頭演説では多くの聴衆が詰めかけることが予想できる。信八には、市民目線からのアドバイスをしてもらうつもりなのだ。

投開票の表舞台で活躍するのは、市町村の事務系の職員たちだ。大阪市だと区役所の職員が中心となる。投票所となる小学校や公民館に出向いて、投票日の前日に設営をして、当日は朝早くから夜八時くらいまでの投票業務に携わる。選挙人と名簿との照合は地元の女性たちが担当するが、告示日近くに住民票移動があった場合のような難件対応となると、職員が出てくる。早朝の会場に最初に訪れた選挙人には、投票箱がカラであることを確認してもらうが、その手続きをするのも職員だ。閉場間際に、鐘を鳴らしながら投票時刻終了を告げて走り回るのも職員の役目だ。

警察官は表舞台には立たないが、裏では協力している。投票所となるのは小中学校の体育館が多いが、そこから一番近い教室あたりに二人ほどの警察官が詰めている。めったにないことだが、投票所でケンカが起きたような場合は駆けつけることになっている。控えている警察官がもしも有権者の目に触れたときに威圧感を与えてはいけないという配慮から、普段は制服を着ているセクションでもこの日は私服で任務に当たる。

午後八時に投票所が閉まると、投票箱は開票所となる区役所などに運ばれる。トラックで各投票所を順に回って箱ごと回収していくのだが、そのトラックには制服警官が乗り込んでいる。この場合はむしろ威圧感をアピールしたほうが有効と考えられるから制服なのだ。

かつては投票日の翌日に開票作業が行なわれたが、そのときは制服警官が集められた箱の前で開票時刻が始まるまで寝ずの番をした。

こういった投開票における舞台裏での協力もあるが、最も責任が重いのが立候補者への警護だ。立会演説会はもちろんのこと、街頭での遊説でも警察官による警護が付く。暴漢がいつどこから飛び出してくるとも限らないが、候補者は有権者となるべく近くで接したいと、みずから群衆に近づき握手をする。そういったパフォーマンスの場面が一番危険なのだ。

「航平も大阪のことはわかっとるやろけど、とにかくおばちゃんのパワーがすごいんや。人気のある有名人を見かけたら何の遠慮もなしに、わんさか押し寄せる。とりわけミナミとなると、パワーは最強やろな。以前にハリウッド映画がミナミの道頓堀界隈をロケ地に撮影されたことがある。ブラック・レインという映画や」

道頓堀や難波（いずれも旧南区）を中心とする一帯は、ミナミと呼ばれる。正式な町名ではないが、梅田を中心とする北区のキタとともに、大阪の二大繁華街とされている。キタは、JR大阪駅の大規模な改修やその北側に広がるいわゆるうめきた地区の開発などで、どんどん高層化が進んでいる。

「ああ。松田《まつだ》優作《ゆうさく》が出てたやつやな」

「せやで。マイケル・ダグラスとの共演で、松田優作の遺作にもなった。これは映画好きの知り合いに聞いた話なんやけど、当初は道頓堀での長時間ロケを予定しとったそうや。せやけど、下見に来たスタッフが大阪のおばちゃんが大量に見物に押し寄せて撮影が成り立ちそうにないと判断して、かなりの部分のロケをあきらめてアメリカのスタジオに道頓堀そっくりのセットを造ったということや。それだけミナミのおばちゃんには存在感があったわけや。同じ大阪でも、梅田を中心とするキタとは、ずいぶんと空気が違うで」

そのことは、古今堂も同感だ。高層のオフィスビルやデパートが建ち並ぶキタの雰囲気は、東京とあまり変わるところがない。大阪らしさを具現しているのは、何と言ってもミナミだ。

「けど、ブラック・レインのスタッフは、そんなミナミを知って喜んだらしい。日本人は一般的にあまり表情を変えへんため、何を考えているかわからんところがあるが、ミナミでは喜怒哀楽が激しくて、馴れ馴れしいくらいに親しみやすく、服装も原色バリバリの派手なラテン系のおばちゃんたちがたくさんいることがカルチャーショックやったみたいや」

「ミナミはラテンか。そうかもしれへんな」

阪神タイガースが優勝したときに熱狂した若者たちがどんどん飛び込んだのが、この道頓堀川だった。

「ラテンの中でも、庶民的なラテンや。江戸時代の道頓堀には、何軒もの芝居小屋が建ち並び、芝居見物の客を相手に食べ物を提供する大衆的な店がどんどんでけるようになったのが賑《にぎ》わいのルーツやそうや」

「芝居小屋か。そう言えば、このあたりは寄席や新喜劇の演芸場がいくつかあったよな」

大阪府下の守口市で過ごしたころの古今堂は、道頓堀まで足を運ぶことはなかったが、中座《なか》などの演芸場があってテレビでも中継がされていた記憶がある。

「江戸時代には、道頓堀五座と呼ばれた角座《かど》、朝日座、弁天座、中座、浪花座《なにわ》があって、歌舞伎や人形浄瑠璃や軽演劇が賑やかに興行されて庶民の人気を呼んだ。当時の道頓堀の食べ物店も、芝居心が強かったそうや。芝居小屋が掲げる派手な看板をならって、人形や立体看板を表に出して客を呼び込む食べ物屋もあったんやで。くいだおれの人形は、その現代版かもしれへん」

くいだおれの人形のことは、古今堂ももちろん知っている。チンドン屋の恰好をして、太鼓を叩き、鐘を鳴らし、口をパクパクさせて、首を動かす——全国的にも有名な呼び込み宣伝ロボットだ。〝くいだおれ〟の食堂自体は三年前に閉店となり、名物の人形もいったんは撤去となったが、約一年後にかつての場所から二十メートルほど離れた中座くいだおれビルの前に復活した。

「くいだおれ人形はミナミにあるからこそ、値打ちがあるんや。東京ではもちろん、キタでも似合わへん。あのくいだおれ人形は、実はファミリーなんやで。知ってるか？」

「くいだおれ人形がファミリー？」

「ふだんは長男のくいだおれ太郎が表に出ているんやけど、慶事のときには両手を上げてバンザイをするくいだおれ次郎が代わって立つことがあるんやで。今上《きんじょう》天皇の即位のときや阪神優勝のときは、くいだおれ次郎が登場した」

「それは知らんかったな」

「くいだおれ食堂の創業当時は、ビールのジョッキを載せたお盆を持って回転する人形が立っていて、それをくいだおれのおやじと呼んだ。これがくいだおれ太郎の父親や。太郎と次郎は、顔も服装もよう似てるけど、おやじの顔はずいぶんちごたそうや。それから、くいだおれ食堂の裏手にはかつて、〝ウラ・くいだおれ〟という系列の西洋料理店があって、その前には顔は太郎そっくりで、ウクレレを持っているくいだおれ楽太郎がいたんやで。楽太郎は、太郎の従兄弟《いとこ》ということっちゃ」

人形をファミリーにしてしまうところも、大阪らしい洒落《しゃれ》っ気と言えるかもしれない。

古今堂は、信八とともに道頓堀通りを歩いた。日曜日の午後ということもあるが、とにかく人が多い。もしここで、市長候補や知事候補が立会演説をしようものなら、たちまち黒山の人だかりとなるだろう。候補者は、少しでも有権者の多いところでアピールをしたがる。自分を印象づけて売り込むためにも、有権者に近づき握手を交《か》わす。だが、そういう接触の時間帯は、危険と隣り合わせでもある。ここでは候補者の自粛を求めたほうがよさそうだ。

「くいだおれ人形と並ぶ道頓堀の名物が、あの動くカニや」

信八は、かに道楽道頓堀本店に掛けられた大きなカニを指さした。ゆったりと足を動かすその姿をバックに、修学旅行生とおぼしき制服姿の中学生グループが写真を撮り合っている。

「名古屋に、かに将軍という店があって、よう似た動くカニの立体看板を掲げていて、かに道楽が訴えたことがあったんやで」

「へえ」

立体看板のようなものであっても商標権が成立することは、大学の講義で聞いたことがあったが、そういう裁判があったことは知らなかった。

「結局、かに将軍側とは和解が成立したんやけど、その内容に多くの大阪人が拍手を送ったと、地方紙が報じていたんや」

「どういう和解や？」

「かに将軍側は、立体看板のカニのデザインを一新してタラバガニに変えるということになった」

かに道楽のほうは、ズワイガニだ。「食材の値段としては、タラバガニのほうが高い。高いほうはよそにまかしといて、大阪は安いほうでええというミナミらしい大衆寄りの和解内容に、共感と支持が集まったというわけや」

2

荒々しくドアがノックされた。築三十年の安普請のアパートだから隣室にも聞こえているに違いない。十月十八日の朝八時前だ。

「なんだすねん？」

寝ているところを起こされた小野寺吾助《おのでらごすけ》は、眠い目を擦《こす》ってドアを開けた。立っていたのは妙齢の女性だった。しかも、かなりの美人だ。その後ろに三人の男性が、美人を取り囲むように構えている。

「小野寺悠斗《ゆうと》君の保護者のかたですね」

理知的な美人は早口で言った。

「ええ。悠斗は息子だす」

「すぐに呼んできてください。保護者のかたにもお伝えしなくてはいけないことがありますので、同席してください」

顔を見たときは、こんな女性が荒っぽくドアを叩くわけがない。後ろに控える男の誰かだろうと思ったが、こうしてまくしたてられるとそうではないという気がしてきた。

「いったいあんたは誰ですねん?」

名乗ることもなく、用件ばかり続けられるのは、いくら相手が美人でも不快だ。

「おはようございます」

後ろに控えていた三人のうちで最も年長とおぼしき男が遠慮がちに前に出た。「うつぼ高校定時制で教頭をしております小池《こいけ》です」

悠斗は、うつぼ高校の定時制に通っている。それならそうと、先に言ってほしい。

吾助は、まだ寝ぼけた状態の頭でそう思った。

「悠斗のことで、なんぞおますのか？」

「実は、うちの学校にＪＪＨ委員会なる組織がありまして」

「ＪＪＨ？」

「女性、人権、保護のローマ字読みの頭文字を取りました。すなわち」

また美人が前に出た。「うつぼ高校女性人権保護委員会です。わたしは、委員長を務めます全日制の英語科教諭の石加代子《いしかよこ》です。もう一度お願いします。悠斗君をここに呼んできてください」

「呼んでくるも何も」

悠斗も蒲団《ふとん》の中だが、六畳二間のアパートで二人暮らしである。玄関口でのやりとりは聞こえているはずだ。

「とにかく、呼んできてください。重要な用件なんです」

「はあ」

吾助が奥の部屋に向かって声をかけようとしたとき、パジャマ姿の悠斗が奥の部屋から出てきた。

「小野寺悠斗君ですね。あなたは、同じ学校に通う須磨瑠璃《すまるり》さんを知っているわね。

全日制の生徒会長をしている二年生よ」

「は、はい」

悠斗は俯《うつむ》きながら、聞こえるか聞こえないかといった小さな声で短く答えた。

「彼女から、つきまとわれて困っているという相談を受けたのよ。詳細を聞いて、スクールストーカー行為に該当するとＪＪＨ委員会は判断したわ。確認するけど、あなたは彼女の誕生日にプレゼントを渡そうとして拒否され、そのあともメールをしてしつこく受け取りを求めたわね。どうなの？」

「はい」

悠斗はさらに小さな声で答える。

「さらにそのあと、あなたは須磨さんの家の前でたたずんでいたこともあったそうね」

悠斗は黙ってうなずく。

「ＪＪＨ委員会は今年度発足したばかりで、適用第一号の事例になることも踏まえて慎重に検討したけど、彼女の訴えを認めて女性としての人権を保護すべきだという結論に達したわ。委員会の規則と職員会議の了承に基づいて、まずはこうして自宅に伺って保護者同席のもとに口頭で注意を与えることになったの」

石加代子はさらに半歩前に進み出た。「そうしたことは、今後は一切しないように心に刻んでちょうだい。卒業して実社会で同じような行為をすれば、ストーカー規制法に基づき警察から警告書を受け取ることになってしまうのよ。そういうことにならないようにという教育的指導なの。わかった？」

悠斗は再びうなずく。

石加代子は、吾助のほうに視線を移した。

「お聞きのとおりです。お父さんのほうからも、息子さんに注意をなさってください。よろしくお願いします」

「はあ……」

吾助はとまどいながら返答に窮した。悠斗は、けっして優等生ではない。中学校では不登校にもなった。けれども、いわゆる不良ではない。万引きやけんかなどで警察のやっかいになったことはこれまで一度もない。不登校になったのも、イジメを受けたのが原因で、イジメられても何も反撃できないおとなしい性格だったのだ。

須磨瑠璃は、登校中に石加代子から携帯電話で連絡を受けた。かなりの生徒たちは、授業中にこっそりメールして私語を楽しんでいる。だが、瑠璃は授業中にメールをしたことはなかった。

「小野寺悠斗君はストーカー的行為を認めたわ。その場で口頭で注意を与えておいたから、おそらくもう繰り返さないでしょう。安心して」

「お世話になりました。これで、スッキリしました」

「小野寺君はおとなしい性格に見えるけど、そういうタイプの人間は思い詰めることもあるかもしれない。これからも、一応は警戒しておいてね。また何かあったら、いつでも相談しに来ていいから」

「ありがとうございます。でも、もう接点はないから大丈夫だと思います」

同じ高校だが、瑠璃は全日制で、悠斗は定時制だ。うつぼ高校の場合は、全日制の授業は朝八時半から午後三時半ごろまで、定時制の授業は午後五時半から九時過ぎまでで、時間帯は重ならない。クラス編成でも部活動でもいっしょになることはない。教員も別々だ。ただし、教室や体育館など学校設備はすべて共用だ。瑠璃は全日制の生徒会長を務めていて、悠斗も定時制の生徒会役員をしている。生徒会室は同じ部屋を共同で使っていて、瑠璃たちが放課後に居残っていたら、早くに登校してきた悠斗たちと時間帯が重なる。それで悠斗と知り合い、言葉を交わすようになったのだ。

「会わないようにすることはできますので」

もし悠斗が早く登校したなら、瑠璃はすぐに生徒会室から出ればいい。もっとも他の全日制生徒会の生徒がいるときはそこまでする必要はない。悠斗が話しかけてきたのは、いつも部屋に二人っきりのときだった。

「わたしは、二時限目の授業があるので、これから学校に向かいます。瑠璃さんの保護者のところへは、きょうの放課後にでも経過報告をしに伺います」

「いろいろありがとうございました。では、もうすぐ校門ですので、電話を切ります」

うつぼ高校は、大阪市内中心部にある公園としては屈指の広さを持つ西区の靭《うつぼ》公園のすぐ南側にある。

靭公園の特徴は、南北が約百五十メートル、東西が約八百メートルという細長さにある。その名前は、この地にかつてうつぼ塩干物市場と雑喉場《ざこば》魚市場があったことに由来すると言われている。両市場の跡地は、終戦直後に進駐軍が使用する飛行場となった。昭和二十七年の講和条約にともない、大阪市に返還され、公園として整備された。細長さは、飛行場の名残りであることを知る大阪市民は案外と少ない。

3

丸本良男《まるもとよしお》は、実家のある都島区《みやこじま》東野田町《ひがしのだ》へと急いだ。

体育大学を出て大阪府警の警察官になって、七年目になる。中央署の交番勤務として警察官人生をスタートさせ、そのあと内勤の会計課に移った。独身なので寮生活だが、内勤なのできょうのような土曜日は、寮に届けを出せば実家に帰れる。

きのうの夜、母親から急遽《きゅうきょ》帰ってほしいとの電話を受けた。実家は、〝強虎《きょうこ》弁当〟という屋号の弁当屋をしている。虎というのは、もちろん阪神タイガースを指す。タイガースが勝った翌日は割引をするというのがウリだ。今シーズンのタイガースは強虎ではなく、十月十六日に四位が確定してクライマックスシリーズへの進出も逃がし、真弓《まゆみ》監督は退任を発表した。本来なら、強虎弁当はヒマになるはずだったが、大阪市長・知事ダブル選挙が臨時の注文をもたらした。

知事選への出馬を予定している候補者の支援団体から、決起集会を開くので弁当を用意してほしいという臨時の大量注文が、それも急に入ったのだ。普段は、丸本の両親と従業員二人でやっているが、とてもさばききれる数ではない。かつて働いていた従業員にも声をかけ、丸本良男も半強制的に手伝わされることになった。同じ中央署の庶務係に勤める女性警察官の塚畑由紀《つかはたゆき》が高校時代に強虎弁当の配達アルバイトをしていたことがあったので声をかけたが、「かんにんです。その日は、府警の新人柔剣道大会がありますんで」とあっさり断られた。彼女は、柔道二段で、インターハイの府予選で優勝したこともある。

「ただいま〜」

お盆以来の実家帰省だが、店が夏の休業日だったあのときとはまるで雰囲気が違った。朦々《もうもう》と湯気が上がる中で、五つもの大きな釜が焚《た》かれている。鰯《いわし》の甘露煮、小芋の煮ころがし、高野豆腐、昆布巻き、きぬさや、と中身はさまざまだが、それらがブレンドされた匂いが充満している。

「早いとこ着替えて、手え洗《あろ》うて、かまぼこ切りやってんか」

丸本の母親・エイ子は、「おかえり」も言わずにそう指示を出す。エイ子は鉢巻を締めて、だし巻と格闘中だ。

「はいよ」

丸本は二階に上がろうとした。一階部分は厨房が中心で、住まいは二階だ。

「御無沙汰しとります。良男ぼっちゃん」

背後から声がかかった。丸本のことを「ぼっちゃん」と呼ぶ人間は一人しかいない。元従業員の小野寺吾助だ。

「久しぶりですね。きょうはお店は?」

小野寺は強虎弁当から独立したあと、中央区の高津《こうづ》で小さな店を経営している。昼は定食屋で夜は居酒屋になるということだ。

「アルバイトの調理専門学校生にまかせて、こっちへ来てしまいました。恩人のエイ子さんに頼まれたら、断ることなんかでけしません」

「すいませんねぇ」

「店が定休日のときは、うちのアルバイトを連れてきたこともあったんですけど、きょうはわし一人でかんにんしてもらいました」

小野寺吾助は、かつて漫才師をしていて、一時期だが売れたこともあった。しかし、長続きはせず、漫才コンビを解消した。相方のほうは、お笑いの世界をあきらめることなくピン芸人の道を選んだが、小野寺は引退して小さな漬物工場で働くようになる。人前に顔をさらす接客のような仕事は避けたかったからということだ。漬物工場の経営者の老夫婦が廃業を決め、丸本の母親たち関係者に小野寺の新しい職場を相談したことがきっかけで、強虎弁当に転職する。小野寺はここで働きながら調理師の資格を取って、五年ほど前に独立した。

「ぼっちゃんは、警察ではどないな仕事を担当してはるのでっか？」

「会計課なんですよ。署の予算とか経費の計算が主です」

「そうでっか」

小野寺はほんの少しがっかりしたような表情を見せた。

「なんで、そないなことを訊かはりますのや？」

「先週、学校のセンセがうちの息子を訪ねてきはりまして……いや、別にたいしたことおまへん」

小野寺は言い淀んだ。

「良男ぉ。ぐずぐずしてんと、早いとこ手伝《てつど》うてんか」

エイ子の声に、二人は示し合わせたように首をすくめた。

4

うつぼ高校の正門から約五十メートル離れた三叉路の角に、府警四《よ》つ橋《ばし》署のうつぼ南交番がある。

「お、おまわりさん。た、大変です」

日曜出勤で交番のカウンターにいた浦野保之《うらのやすゆき》巡査長は、駆け込んできた女性の形相があまりにも険しいことに思わず息を飲んだ。

「どうしました？　先生」

女性とは面識があった。うつぼ高校の教員だ。大阪府警では、春と秋に交通安全運動を各署ごとに行なう。浦野は、署の交通課員とともに、昨年の春にうつぼ高校で自転車講習会を行なった。そのときに、学校側の担当者として丁寧に応対してくれた若い女性教師だ。場所が近いので、たまに顔を合わすことがある。そのときは、いつも向こうから先に頭を下げてくれる。

「うちの生徒が……それも私がよく知っている女子生徒が死んでいます。全然息をしていないんです」

「死んでる？　場所はどこですか？」

「学校の生徒会室です。首にポシェットの紐のようなものが巻きつけられていました」

「落ち着いてください」

それは、立ち上がった浦野が自分自身にも言い聞かせた言葉だった。そうなると、殺人事件だ。交番勤務の警察官が、殺人事件の通報を受けることはそうそうあることではない。

「どうしたらいいんですか。きょうは日曜日で、教員は日直当番のわたし一人しかいません」

女性教師は、唇を震わせている。

「とにかく案内してください」

浦野は奥にいる後輩の警官にも声をかけて同行させることにした。そして、歩きながら本署に無線で連絡を取った。


正門から入ると、左手に体育館があり、右手に自転車置き場がある。夕方の五時を過ぎた時間帯で、自転車は停まっていない。地下鉄の駅も近いということで、自転車利用の生徒は四分の一程度で少ないと、自転車講習会のときに聞いたことがある。それでも四つ橋署の方針で、管内の高校ではすべて輪番で講習会を行なわなくてはならなかった。自転車置き場の奥は教職員・来客用駐車場だが、ここもガラ空きだ。

「日曜日は、授業はないんですね」

「ええ。他校では補習をしているところもありますが、うちではやっていません」

駐車場の奥は、校舎と塀に挟まれた幅二メートルほどの未舗装通路だ。手入れはされておらず、そこかしこに雑草が生えている。「少し歩きにくいですけど、校舎の中を通っていくよりもこのルートのほうが近いんです」

しばらく行くと校舎の裏手に出る。テニスコートとプールがあり、その向こうにグラウンドが広がっている。市内中心部であっても、やはり学校というのはかなり敷地が広い。

校舎とプールの間に、プレハブの建物があった。三、四坪といったところだ。

「あそこが、生徒会室なんです。あの中に生徒が倒れていて……」

女性教師は立ち止まって、整った顔を両手で覆った。その手が小刻みに震えている。

「お辛いでしょうが」

浦野も緊張感を覚えていた。警察官になって八年になるが、他殺死体を扱ったことは一度もない。

「わかっています。これも教師としての務めですから」

彼女は、覆った手で頬をはたいた。そして生徒会室の扉の前に向かう。引き戸タイプのものだ。窓は曇りガラスだが、明かりが点いているのはわかる。

「すみません。これを使って開けてください」

浦野はハンカチを差し出した。

「えっ、さっき素手で開けてしまいました」

「それでも、一応お願いします」

すぐに行なわれるであろう指紋採取のことを考えると、なるべく現場を保存しておきたい。

「わかりました」

彼女は、ハンカチを受け取るとそっと開けた。

中は、きちんと整頓されていた。教室で使われる机と椅子がそれぞれ六つ配置され、小さな書棚が二つ置かれている。書棚の一方の最上部には、菊の花が一輪挿しで生けられていた。窓側にサイドテーブルがあり、デスクトップのパソコンが載っている。床に仰向け状態で微動だにしない制服姿の女子生徒さえいなければ、とても静かで小ぢんまりとした落ち着ける部屋だ。

小柄な女子生徒の服は、少し乱れているように浦野には見えた。色白でとても端正な顔立ちだが、まったく生気がない。背後から首に巻きついているのは、ポシェットの紐だ。この女子生徒のポシェットだろう。愛らしいウサギのキャラクターが描かれているが、それがかえって痛々しく感じられる。絞殺されたときは顔面に浮腫やチアノーゼが見られると警察学校の講習で教わったが、まさにそのとおりだった。

「この生徒の名前は？」

「二年三組の須磨瑠璃さんです。生徒会長をしています」

「えっと、先生のお名前は？　前にお聞きしましたが、ど忘れしたもので」

「石です。英語科の石加代子です」

浦野は、再び無線で署に連絡を取った。現場に最初に駆けつけた交番の警察官の役割は、遺体とその氏名の確認をしたあとは、野次馬の整理だ。けれども、日曜日の夕方の学校に人影はなく、今回は野次馬の心配は皆無であった。

「もうすぐ刑事たちが来て、くわしく事情を聞くことになります」

「わたしのほうも、管理職である校長に連絡させてください」

駆けつけた四つ橋署の刑事に対して、石加代子はときおり声を詰まらせながら、次のように説明した。

「きょうは日直当番なので、朝九時前から出勤していました。日直当番の仕事はまず正門を開けて、あとは職員室に待機して外線電話がかかってきたときに対応します。

その間に、部活動の生徒が練習にやって来たりします。五時前になると校内を見回って生徒が残っていたら、下校を促します。それで、グラウンドの見回りを終えて生徒会室の前を通りかかったら、明かりが点いていてしかも扉が少し開いたままになっていました。気になって中を見たら、須磨さんがあんなことに」

石加代子は、首を振った。

「きょうは、どの生徒が登校していたか、わかりますか？」

「いえ、それはわかりません。部活動をする場合は練習だけであっても、前日までに顧問が届けますので、クラブ名だけは把握できています。でも、どの生徒が参加するかといったことまで、いちいち書きません。毎週のことですから」

「顧問の先生は付き添わないのですか？」

「他校チームを招いて試合をするときには、付き添います。ほかの場所で試合があるときも同行します。でも、単なる練習のときは普通は付き添いません。クラブによっては土日のほとんどを練習日にしていますので、そうしないと顧問は休みがないことになってしまいます。万一ケガをしたときなどには対応できるように、日直が出勤しているのです」

「部活動以外の生徒は、土日は登校しませんか？」

「授業はないですが、九時から五時までは正門が開いていますので、生徒は入ってこられます。部活動で練習している生徒に会うために、クラブ員以外の友だちが来ることもありますし、テスト前には家で勉強できない生徒が教室を使うこともあります。須磨さんも生徒会か何かの用事で登校していたんだと思います」

「生徒会室は、使わないときは施錠するのですか？」

「はい」

「鍵はどこにあるのですか？」

「生徒会の役員はみんな持っています。一般生徒への貸し出しは禁止しています。教員は、正門や職員室とも共通するマスターキーを各自が持っていて、それで生徒会室も開けられます」

「きょうは、教員で登校していた人は？」

「いません。うちの職員室はいわゆる大部屋です。わたしはずっと詰めていましたが、誰も出勤してきていませんでした」

「でも、職員室に立ち寄らなかったら、わからないですね」

「それは、わかりませんけど……」

石への事情聴取中に、彼女から連絡を受けた宮井《みやい》浩次《こうじ》校長が息を切らせて自転車でやってきた。

「石先生、私は信じられません。学びの園で殺人事件だなんて。辻《つじ》教頭にも連絡しておきました。もうすぐ駆けつけてくれるでしょう」

宮井校長は、刑事のほうを向いた。「府の公務員同士のよしみで、頼みたいことがあります。無理なお願いかもしれませんが、今回の事件があったことを、報道に流すことは控えてもらえませんかね」

「どういう意味ですか？」

「誘拐事件のときは、警察とマスコミが報道協定を結んで事件を報じないそうじゃないですか。この件も、そういった扱いにできませんかね」

「校長先生ともあろう人が、何を言うんですか。そんなことできるわけありませんよ」

刑事はあきれた口調で続けた。「誘拐の場合は、人質の人命に関わるので報道しないだけのことです。終わればすべてが報じられます。それに報道協定というのは、マスコミ各社の間で結ばれるもので、マスコミと警察が結ぶものじゃありません」

「やはり無理ですか」

校長は肩を落とした。

「当たり前ですよ。どうしてそんな無茶を言うんですか」

「うつぼ高校の評判が下がってしまうのが心配なんです。いや、評判は確実に下がります。校内で生徒が、それも生徒会長をしている模範的な女子生徒が殺されるなんて。考えたくないことですが、おそらく犯人は学校関係者でしょう。一般の人間が、校内に入ってくることはまずありえませんから……ああ、まるで悪い夢を見ているようだ」

校長は薄い髪を掻《か》き毟《むし》った。「今度の知事選・市長選が済んだら、大きな教育改革が確実視されています。学区制を廃止して各高校が競争をすることを前提にして、募集定員割れを三年続けたなら廃校にするといった荒っぽいペナルティも実施されようとしています。殺人事件なんて悲惨なことが起きた高校に、受験生なんか集まりませんよ」

「お気持ちはわからなくもないですが、事件の早期解決に御協力ください。われわれだって、府の財政難を理由に給料がカットされています。だからと言って、仕事の手抜きをすることはできませんし、またする気もありません」

「手抜きをしてくださいと言っているわけではないです。ただ、明るみに出るのが……」

ブツブツとつぶやく校長の袖を、石加代子が引いた。

「校長先生。今年度発足したばかりのＪＪＨ委員会の件で、報告があるんです。須磨さんは定時制の男子生徒に言い寄られて困っていました。彼女から相談を受けて、十日ほど前に委員会として動いたばかりです。辻教頭からお聞きになっていませんか」

うつぼ高校では、全日制と定時制にそれぞれ一人の教頭が置かれ、授業は受け持たず、実務的な取りまとめの仕事を行なう。校長は、宮井一人だ。校長はもちろん授業は持たない。校内を統括し、対外的に学校を代表し、教育委員会と折衝をするのが主たる仕事になっている。

「いや、聞いていないな。定時制の男子生徒が」

宮井校長は老眼鏡の奥の小さな目を見開いた。

「辻教頭のほかに、定時制の小池教頭と担任をともなって家庭訪問をして、注意をしてきました。須磨瑠璃さんからは、『お世話になりました。これで、スッキリしました』という言葉をもらっていたので一安心していたのですけど」

「もし定時制の生徒の仕業なら、まだ不幸中の幸いかもしれない。お荷物の定時制を廃止できるチャンスになるだろう」

校長は、一人ごちるように言った。

5

定時制の数学科教師・廣澤照男《ひろさわてるお》が、大阪南港《なんこう》での釣りを終えて帰ろうとバイクに跨《また》がったときに、携帯電話が鳴った。ディスプレー表示はうつぼ高校となっている。

きょうの釣りの成果はボウズであった。ここのところ、ツイていないことが続いている。廣澤はあまり気が進まないまま、通話ボタンを押した。

「全日制教頭の辻です。お休みのところ申しわけないですが、学校まで出てきてもらえませんかね」

「休みの日に、勘弁してくださいよ。それに、僕は定時制の教員ですから、全日制の教頭からの指示は受けなくてもいいはずですよね」

大学を出て教員になり、最初に配属されたのがうつぼ高校の定時制だった。採用されて五年目の秋を迎えていた。

「それはそうなのですが、緊急事態でして」

辻は持って回った言いかたをした。「定時制の小池教頭の自宅に連絡したのですが、和歌山までゴルフに出かけているとのことで、奥さんから携帯電話に連絡してもらったのですが圏外のようで繋《つな》がらないのです」

何かと日陰の存在で、勤務時間も暗い夜間ばかりという定時制教員だが、いい点が二つある。一つは定時制手当てとして本給の一割が加算されることだ。もう一つは時間外労働が少ないことだ。補習授業や部活動の試合付き添いなどはほとんどない。うつぼ高校では、土曜日曜の日直当番も回ってこない。

「じゃあ、校長先生は？」

校長も、定時制にはほとんどタッチしない。入学式や卒業式で式辞を述べる程度の関わりしかない。ただ、職制上は全日制のみならず定時制も統括するので、定時制の教員に指示や命令はできる。

「私より先に、緊急登校しています。その校長から、あなたに連絡を取るように言われました」

校長があわてて緊急登校するということは、そうそうあるものではない。

「いったいどういう事態なんですか」

「全日制の生徒が一人亡くなりました。くわしいことは来てもらってからお話しします。こちらはとにかくたいへん立て込んでまして」

廣澤はともかくうつぼ高校にバイクを走らせることにした。

その三十分後。辻教頭の「たいへん立て込んでまして」という表現がオーバーではないことを、廣澤は知ることになった。自転車置き場と教職員・来客用駐車場は、パトカーと警察車両で埋め尽くされていた。

校舎の一階玄関に立っている制服警官から誰何《すいか》された。名前を言って免許証を見せたうえで通してもらう。廊下にも、制服警官の姿が何人も見える。それだけでも、いつもとまったく違う光景だ。

全日制には七十人の教員がいるが、その半数以上が出てきていた。召集の電話が家にかかってきたのだろう。みんな大部屋の職員室に詰めかけて、一様に沈痛な表情をしている。普段なら挨拶をして軽い冗談を言い合う顔見知りもいるが、とてもそんな雰囲気ではない。その向かいの会議室には、制服姿の生徒が二十人ほど集められ、私服刑事らしき男が相対しているのが窓越しに見える。

廣澤はとりあえず校長室に隣接する定時制職員室の扉を開けた。校長室をサンドイッチする形で広い全日制職員室と狭い定時制職員室が並んでいる。十七人いる定時制の教員はまだ誰も出てきていない。生徒も、来ているのは全日制の生徒ばかりだ。定時制の生徒には制服がない。さっき見えた会議室の生徒は全員が制服姿だった。全日制の生徒は、たとえ土日でも制服で登校する校則になっている。

　廣澤はなぜ自分だけが呼ばれたのか、その意味がわからなかった。生徒が亡くなったということだが、事情がわからないままだ。

「廣澤先生。すみませんな」

　宮井校長が、グレーの背広姿の中年男をともなって姿を見せた。

「いったい何が起きたのですか」

「全日制の生徒会長をやっておる女子を御存知ですな」

「須磨さんでしたね。亡くなったのは彼女なんですか」

「ええ」

　先日まで名前も知らなかった。ＪＪＨ委員会を取り仕切る石加代子が、廣澤が担任する小野寺悠斗の行動を問題視して、そのときに須磨瑠璃への事情聴取に同席させられた。ストレートの黒髪が肩までかかる、おとなしい感じの優等生という印象があった。小野寺悠斗ならずとも、かなりの男子生徒が惹《ひ》かれるであろう清楚な美しさを持っていた。

「それで、どうして僕が呼び出されたのですか？」

　もしかして小野寺悠斗が関わっているのだろうか。

「くわしいことは、こちらの刑事さんから」

宮井は、連れてきた中年男のほうを向いた。背は高くはないが引き締まった体軀で、鷲を連想させる鋭い目をしている。

「大阪府警刑事部捜査一課の杉原《すぎはら》です。あとは、私のほうから」

杉原は宮井にそう言った。宮井は「それでは」と部屋を出て行った。

杉原は、廣澤が勧めてもいないのに隣の空いている椅子に座って切り出した。

「須磨瑠璃という女子生徒の死体が生徒会室で発見されました。他殺死体でしたので、四つ橋署に捜査本部が設置されました。それで、現場を中心にいろいろ調べてみたのですが、廣澤先生は小野寺悠斗という生徒の担任ですね」

「ええ」

「藪《やぶ》から棒みたいな申し出で恐縮ですが、小野寺悠斗の指紋が欲しいのです。校長先生にお尋《たず》ねしたところ、担任の教師ならクラスの生徒から提出された書類を保管しているだろうということでした」

「本当に、藪から棒ですね。小野寺が疑われているのですか？」

「いえ、まだそこまでには至ってませんが」

「だったら、どうして指紋なんかを。もう少し説明してください」

杉原は小さく間を置いてから、続けた。

「きょうは全日制のクラブがいくつか部活動をしていたのですが、顧問の先生から連絡をとってもらい、登校していた生徒を可能な限り呼び戻してもらって順次事情を訊いています」

「会議室にいる生徒たちですか？」

「ええ、そうです。そこで、小野寺悠斗の名前が出てきたのです。テニス部の中に、生徒会の副会長をしている男子生徒がいて、顔見知りの小野寺悠斗をきょう見かけたそうです。小野寺は生徒会室のほうからグラウンドのほうを何をするでもなく、一人でぼんやりと眺めていて、それでいて副会長の男の子が軽くラケットを上げても気づかなかったそうです。彼は、小野寺の顔面が青ざめているように見えたと証言しています。時間は、午後零時四十分前後だそうです。廣澤先生は、小野寺から登校することを聞いていましたか？」

「いえ、聞いていません」

「小野寺悠斗は、定時制の生徒会役員ですね」

「そうです」

「生徒会に用事があったのでしょうか」

「さあ、定時制の学園祭は今月終わったばかりで、これといった用事はなかったように思いますが」

うつぼ高校の定時制は生徒の人数も少なく、全日制のような生徒会組織は作れない。クラス委員になった生徒の中から互選で二人の役員を決める。今年度は、小野寺悠斗と二年生の男子生徒が役員となった。彼らなりに、よくやってくれていると廣澤は思っている。

「テニス部の生徒が見たのは、小野寺に間違いなかったのですか」

「ええ。彼が好んで着ている白と赤のチェック柄のブルゾン姿だったと言っています」

「ああ。それなら彼ですね」

小野寺悠斗は、あまりファッションには関心がないように思える。いつもはジーパンに地味なトレーナーといった似たり寄ったりの恰好で登校し、毎日着替えてくるといったこともない。ただ、白と赤のチェック柄のブルゾンは、派手だが彼のお気に入りのようで、何度かそれを着てきていた。講堂を使って学園祭の開会式をしたが、彼はそのブルゾン姿で生徒会役員として開会宣言を行なった。

「小野寺悠斗が、須磨瑠璃さんに告白をして、彼女が嫌がっていたことは、御存知ですな」

　廣澤も、小野寺宅の家庭訪問につき合わされた。前日の夜十時くらいまで勤務をしたあとでの早朝の業務だったうえに、あまり気の進まないことだったので、小池教頭の後ろに半ば隠れるようにつっ立っていただけだった。

「知っています。しかし、そのこときょう学校に来ていたことだけで、彼を疑うのはいかがなもんでしょうか」

　あのとき石から受けた注意で、小野寺悠斗は気の毒なほど意気消沈したという印象を受けた。

「ですから、まだ疑っている段階ではありません。現場から指紋を採取しましたので、照合をしたいのですよ」

「しかし、彼は生徒会役員ですからよく出入りしています。生徒会室に指紋があって当然だと思います」

「指紋採取は、生徒会室からだけとは限りません。それともう一つ、生徒会室にあるパソコンからメールが発信されていましてね」

　全日制の予算で昨年度、デスクトップ型のパソコンが購入されたことは知っている。モジュラージャックが付けられ、インターネットやメールが可能になった。ただ、生徒に無制限に使わせると歯どめがきかないことになりかねないので、生徒会に関連するときだけパソコンを使用できるという制限がかけられた。もともと生徒会室には一般生徒は入れないことになっていて、そのルールも再確認された。それらは、ほぼ守られているようである。定時制の職員会議で問題になったこともなかった。

「メールは、本日午前十一時三十七分に須磨瑠璃さんの携帯電話宛てに送られています。その文面ですが」

杉原は手帳を取り出して読み上げた。「全日制二年三組　須磨瑠璃さんへ。日曜日にとても申しわけないが、今すぐに学校まで来てもらえないだろうか。先だっては、定時制の小野寺悠斗のことで迷惑をかけてしまった。注意をしたことで解決したと考えていたが、そうではないことがわかった。ぜひとも伝えておきたいことがあるので、来てほしい。くわしいことは、会ってからにしたい。君の都合がよければ、正午ごろに生徒会室でどうだろうか。　定時制教頭　小池」

「待ってください。小池教頭はきょうは和歌山でゴルフのはずです」

さっき全日制の辻教頭がそう言っていた。

「ええ。われわれも、それは確認しています。ですから、何者かによる成りすましなのです。須磨さんの携帯電話を先ほど御両親から提供してもらいました。彼女は受信して二分後に生徒会のパソコンに返信しています」

杉原は、再び手帳を読み上げた。「小池先生。須磨瑠璃です。メールを読みました。それでは今から生徒会室に伺います。着くのは正午を少し過ぎるかもしれませんが、よろしくお願いします」

「そのメールで、須磨さんは登校したわけですか」

「それで、生徒会室のパソコンには、もう一件発信記録がありました。十一時五十五分に、小野寺悠斗の携帯にメールが打たれています。文面はこうです」

杉原は再び手帳に目を落とした。「須磨瑠璃です。この前は、先生がたが家まで押しかけてしまったみたいですね。ごめんなさい。石先生に言われて断れなくって……お話ししたいことがありますので、突然ですみませんが、生徒会室に来てもらえますか。待ってます」

「須磨から小野寺にメールですか？」

「いえ、これは小野寺が自分で打ち込んだということもありえます」

「自分で打ち込んだ……」

廣澤の脳裏に、生徒会室のパソコンを使って自分の携帯にメールを打つ小野寺の姿が浮かんだ。彼はパソコンなどの機械類は好きそうだった。「小野寺からの返信は？」

「なかったですね」

「杉原警部補」

若い刑事が入ってきた。「所轄署での遺体確認を終えたガイシャの両親がようやく落ち着きました。主任の刑事さんと話がしたいと言ってます」

「じゃあ、廣澤先生、小野寺悠斗の指紋が採取できるものをよろしく」

杉原は有無を言わさない口調でそう言い残して、職員室を出ていった。

「小野寺が殺人なんて、ちょっと考えられないが」

廣澤は一人ごちた。小野寺悠斗は、学業成績はそれほど良くないが、性格的には地味で無口でおとなしい。自分の殻に閉じこもる傾向もあるが、生徒会の役員に選ばれて、嫌々ながらもやるようになってからは、しだいに積極性も出てきていたと思う。

今の定時制高校は、かつての勤労少年の学びの場というイメージとは大きく違う。不況が続いてはいるが、中卒で働く若者はまずいない。

うつぼ高校の定時制は、一年生から四年生まで合計約百十人の生徒がいるが、そのうち約半数が中学校で不登校になった経験を持つ。不登校の原因の多くは、イジメを受けたなどの人間関係のあつれきだ。生徒数の多い全日制高校に進学すると、また不登校になりかねないという不安から、小規模で授業進度もゆったりしている定時制を選ぶ。小野寺はそんな典型的な生徒の一人だ。彼は中学時代に不登校となり、欠席日数過多で一年留年していた。その結果、三年生だが十九歳になっている。順調にいっても、卒業時には二十歳となる。

廣澤も教壇に立つ前は、もっとやんちゃな生徒が多くて、生徒から殴られることもあるかもしれないと懸念していたが、実際は違った。やんちゃなタイプもいるにはいたが少数派で、教室では片隅に固まっていた。

「犯人は誰なんですか。早く捕まえてください」

隣の校長室から、甲高い女性の声が聞こえてきた。普段は、この職員室にも生徒が出入りして、教員同士の会話も盛んなので、校長室の会話が届いてくることはない。

廣澤は壁に近づいて耳を寄せた。

「鋭意努力します」

応対しているのは、杉原刑事のようだ。

「瑠璃は、あたしたちのたった一人の子供なんです。大事に育ててきました。それが、こんなことになるなんて、信じられません。しかも、安全であるべき学校で……」

「お気持ちはわかります。うちにも高校生の娘がおりますから」

「娘がいるだけでわかるはずがありません。娘が殺されて初めて、あたしたちのやり場のない気持ちがわかってもらえます。突然の電話で死んだと聞かされ、残酷にも遺体確認にまで付き合わされたのですよ。犯人をすぐに逮捕して、厳罰に処してください」

須磨瑠璃の母親らしき女性は、早口でまくし立てる。杉原を呼びにきた刑事は「ようやく落ち着きました」と言っていたが、そうでもないようだ。

「処罰については、裁判所の仕事になります。われわれとしては、さっきも言いましたように鋭意努力して捜査をしていきます」

「瑠璃は、あたしたちの美容室の後継ぎになってくれる予定でした。それまでは、あたしたち夫婦も精いっぱい頑張って店を発展させる――そんな夢が打ち砕かれたのです」

「もうそれくらいでいいじゃないか。言えば言うほど哀れになる」

男の声が聞こえた。おそらく瑠璃の父親だろう。

「だって、こんなに悲しくて惨《みじ》めな思いをしたことはないわ」

「だけど、ここで刑事さんにいくら愚痴《ぐち》っても、しかたがない」

「奥さん。もう一度確認ですけど、娘さんは十一時四十五分ごろに家を出ていったのですね」

「そうです。土日は、とにかくお客さんが多いです。あたしたちは限定の予約客しか取りませんが、きょうはその中でもハイクラスの大事なお客さんの予約が入っていました。そのお客さんと肩こりを解消するペンダントの話題になって、現物をお見せしようと取りに行ったときに、たまたま出かけようとする瑠璃と会って『学校に行ってくる』とだけ、聞きました」

「娘さんは店に立ち寄ったということですか？」

「いえ、うちはビルの二階と三階が店舗で、五階と六階が自宅になっています」

「ああ、そうですか。お聞きになったのは、そのひとことだけですか」

「はい。接客中でしたし、瑠璃は制服姿だったので、何も変には思いませんでした」

「家からこの学校までは、どのくらいかかりますか」

「四つ橋線のなんばから本町《ほんまち》まで二駅ですから、十五分くらいでしょうか」

「定時制の男子生徒から言い寄られて、娘さんは困っていたそうですね」

「先生が家庭訪問で来られて、事情を知りました。あの子は、そういうことは親には黙って我慢する性格でしたから。対処してくださった石先生には感謝しています」

「石先生が来られたときは妻だけが対応したのですが、犯人はその定時制の男子生徒なのですか？」

「それはまだ何とも言えません」

校長室でのやりとりが終わると、杉原はすぐに戻ってきた。杉原を呼びにきた若い刑事を連れている。

「廣澤先生、何か見つかりましたか？」

「ここ最近はこれといって生徒からの回収物はありませんね。四月の学年当初はしょっちゅうあるのですが」

「四月のものでも、ないよりはましです」

「でも、アンケートのたぐいは、もうシュレッダーにかけて廃棄しました」

「先生。これは殺人事件なんですよ。協力してもらわないと困ります」

杉原の鋭い目が、いっそう鋭くなった。

「しかし、小野寺のような性格の生徒が人を殺すとは思えないです。学園祭でも開会宣言をするなど、入学当初に比べてずいぶんと明るくなりました」

「性格だけでは判断できませんよ。これまでいくつもの殺人事件に携わってきて、『まさかあの人が』と周囲の人が驚く犯人を何度も逮捕してきました」

「小野寺は、そんなに容疑が濃いのですか？　本音で答えてください。そうしたら、僕も本音で応対します」

「現場は、一般人が出入りする可能性がきわめて低い学校の中です。しかも、生徒会室を使える人間は限られています。定時制教頭の名をかたって生徒会のパソコンからメールが打てる人間も、そして須磨瑠璃さんの携帯電話のメールアドレスを知っている人間も」

廣澤は、溜め息を吐《つ》いた。

数学で言えば、それらの放物線がすべて交差する一点に、小野寺悠斗は位置している。

「僕は担任としてホームルームを受け持つだけでなく、数学の授業も担当しているのですが、単元ごとに小テストをします。先週末に実施していて、次の授業で答案を返却する予定になっています」

「じゃあ、その答案用紙を提供してください」

廣澤は、机の引き出しから答案の束を取り出した。束と言っても十数枚だ。一クラス三十五人定員の人数は、学年が上になるほど中退や休学で減っていく。小テストがある日はわざと欠席する者もいる。

小野寺の答案を取り出す。二十点満点で六点というあまり芳《かんば》しくない結果だった。

「この用紙に触れたのは、小野寺と先生の他は？」

「小野寺は一番前の席にいますから、回収した最後列の山崎《やまざき》という生徒だけですね」

「山崎というのは男子ですか？」

「いえ、女子です」

「それでは、この答案を提出していただいて、山崎という生徒の答案もお願いします。それから、あとで先生の指紋も採取させてください」

「僕もですか？」

「先生のものも採取しないと、小野寺の指紋が特定できませんから」

廣澤は、自分が疑われている可能性がまったくのゼロではないと感じた。教員なら、全日制・定時制を問わず、マスターキーを持っているから自由に生徒会室に入れる。定時制教頭の名前ももちろん知っている。廣澤は、須磨瑠璃のメールアドレスを知らない。だが、訊こうと思えば訊けただろう。真面目な性格の生徒なら、教師が適当に理由をつけて尋ねたなら答えそうだ。

「回収しろ」

杉原は、若い刑事のほうを向いた。若い刑事は素早い動作で手袋をはめると、小野寺と山崎の答案をビニール袋に入れた。

「小野寺悠斗の家族構成は、どうなんですか」

「父一人子一人の家庭です」

「父親の職業は？」

「小さな定食屋兼居酒屋を、中央区の高津のほうでやっています」

「自宅は？」

「西区の新町《しんまち》にあるアパートです」

一年生の夏休みのときに、担任生徒全員の家庭訪問をしている。うつぼ高校の定時制は一学年一クラスで、担任も持ち上がりだ。そして十日ほど前に、石加代子と全日制・定時制の両教頭とともに、行ったばかりだ。

「所在地を教えてください。自宅と父親の店の両方です。それから、小野寺悠斗の携帯電話の番号も」

廣澤はどんどん杉原刑事のペースに飲まれていきそうな気がした。

「これから小野寺に会いに行くんですか？」

「ええ。彼への事情聴取は絶対に必要と思えますから」

「自分も担任として同席させてもらえませんか？」

「先生。ここは捜査のプロであるわれわれにおまかせくださいな」

「しかし、彼はまだ未成年の高校生です」

「そのあたりは、充分に配慮しますよ」

6

小野寺吾助は、まったく仕事が手につかなかった。閉店時刻にはまだ間があったが、客には早めに帰ってもらってのれんを下ろすことにした。

悠斗から店に電話があったのは、午後七時過ぎだった。

「お父さん、今夜は家に帰らないかもしれへん。ごめん」

「帰らないって、どういうことなんや？」

「理由は訊かんといてほしい」

「何かあったんか？」

引きこもりに近い生活を送ってきた息子が、外泊してくることなどめったにない。

「店のほうには、変な男たち、来てへん？」

「変な男たち？　悠斗、どっかでチンピラに因縁でもつけられたんか？」

「ちゃうよ。そんなんやない。廣澤センセの姿も見てへんか？」

「見てへんで。いったいどないしたんや？」

「いや、ええんや。そしたら」

電話はそれで切れてしまった。

夕飯どきの来店客の対応に追われながらも、吾助は息子からの電話のことが気になっていた。これまで息子がああいう自分から一方的に言い切るような電話をしてきたことはなかった。内向的なだけでなく、父親に心配や迷惑をかけてはいけないと気遣う性格でもある。

客への応対が一段落したところで、吾助は息子に電話をかけた。だが、〝電波の届かないところにおられるか、電源が入っていないのでかかりません〟というコールが返ってくるだけだった。

そこへ、男ばかり三人連れの客が入ってきた。初めての顔ばかりだ。裏通りの路地にある吾助の店は、なじみ客が多くを占める。なじみ客が新規の客を連れてきてくれることはあるが、三人とも初めてというのはそうそうない。彼らは鋭い目つきで店内を見回している。

吾助はメニューを片手にオーダーを取りにいく。

「あなたが店主？」

最も年長の男が訊いてくる。

「ええ、そうですけど」

「カウンターの人は従業員さん？」

「そうです。というてもアルバイトで来てもらっているんですけど、何か？」

調理師専門学校に通う二十二歳の浅田《あさだ》伸広《のぶひろ》には、夜の時間帯を中心に時給千円で来てもらっている。きのうの土曜日は強虎弁当の手伝いに駆り出されたので、臨時に昼からも浅田に頼むことになった。

「いや、われわれは食べ歩きが趣味で、いろんな店を回るのが楽しみなんですよ。従業員さんは一人だけ？」

「ええ、そうですが」

「ここは賃貸？」

「はい」

「借りているのは、この一階だけ？」

「そうですけど」

「いい店ですね」

三人は、鮭茶漬け、おにぎり、赤だし、といった〆めに食べられることの多い品を注文し、アルコール類はオーダーしてこなかった。

悠斗が言っていた「変な男たち」というのは、どうやら連中のようだ。

男の一人がトイレに立ったかと思うと、吾助を呼んだ。

「すいませんね。五百円玉がうっかり便器に落ちてしまって」

吾助を呼んで、トイレにある収納ボックスからスッポンを取り出させ、手伝わせる。

「お客さん、何をしてはるんですか？」

浅田仲広の声に、吾助はトイレから出た。

「お勘定、ここに置いておくから」

三人の男はテーブルに代金を置いて、ほとんど食べずに出ていった。

「どないしたんや？」

浅田に尋ねる。

「年長のほうのお客が、もう一度メニューを見せてくれといって、あれこれ料理について尋ねてきはるんで説明していたら、若いほうが勝手に奥の部屋に入っていたんです。わずかな時間でしたが、何か盗られてへんか心配です」

「奥には食材くらいしかあらへんよ」

「いったい何の目的なんですかね。ヤクザの嫌がらせやないとええんですが」

「ヤクザとはたぶんちゃうで」

かつて借金を重ねてどん底だったたとき、いわゆる闇金の手先としてヤクザが取立てにきたことがある。眼光が鋭くて、肩から緊張感が漂っていたところは、さっきの三人にも共通していたが、剣呑《けんのん》な雰囲気まではなかった。

彼らは警察官ではないか、と吾助は感じた。

「すまん。ちょっと奥を見てくる」

奥の部屋には、食材と酒類のストックが置かれ、そして調理器具と食器が所狭しと並んでいる。あとは休憩用のソファベッドと椅子と小机があるだけだ。それらに変化はない。彼らの目的は、悠斗が潜んでいないかという確認だろう。

吾助は、小机の引き出しから名刺ホルダーを取り出した。仕事関係も仕事外も、この一冊に入れてある。仕事外のものは少ないが。

その少ない中から、廣澤照男のものを取り出す。一年生の夏休みに家庭訪問があったときにもらったものだ。「緊急のときは、こちらに連絡を」と廣澤は裏に携帯の番号を書いてくれていたが、これまで使ったことはなかった。

吾助はその番号をプッシュした。

数回コールが鳴って、「もしもし」と相手が出た。あまり機嫌が良くなさそうな声だ。

「廣澤センセでっか」

「ええ」

「すんまへん。小野寺悠斗の父親です」

「えっ。悠斗君は、今どこですか」

廣澤の声のトーンが急に上がった。

「それがわかりまへんのや」

吾助は、悠斗からの電話の内容をそのまま伝えた。

「まだニュースには流れていないのかもしれませんが、本校で事件がありまして、悠斗君がそれに関わっているのではないかと警察が疑っているようなのです。僕も学校に呼び出されて、あれこれ訊かれました」

「事件って、何ですのや？」

「十日ほど前に家庭訪問させていただいたときに話題に出ていた須磨瑠璃さんが、亡くなりました。いずれ報道されると思いますが、校内で他殺死体として発見されたんです」

「殺された……」

「悠斗君がきょう学校に来ていたという目撃証言がありまして。それで警察から、悠斗君の住所や店の所在地を尋ねられました。それも、かなり高圧的に」

廣澤は不満そうに言った。「腹も立ちましたので、学校を出て悠斗君の家に向かいました。案の定、刑事たちが張り込んでいて、それを少し離れたところから見ていました。もし悠斗君が現われたなら、強引にでも事情聴取への立ち会いを求めてやろうって。だけど、悠斗君はまだ現われていません。刑事たちはまだ張り付いていますが、僕は教頭から学校に戻れと連絡を受けたので、今はその途中なのです」

悠斗は、家に帰ろうとして廣澤の姿を見つけたのではないか。そして廣澤が観察していた刑事たちの姿も……それで、帰らないという電話をしてきたのかもしれない。

「悠斗が殺した――そうなんでっか」

「わかりません。警察もまだ断定できていないようです。僕は悠斗君がそんなことをするはずがないと信じてます」

「わしかて信じとります。悠斗は、優しい男です。中学校でイジメにあって不良たちにこづかれまくったときかて、じっとこらえたんです」

吾助は、アザだらけで帰ってきた悠斗に、「殴り返さへんかったら、相手はなんぼでも図に乗ってきよる。反撃せなあかんがな」と諭《さと》した。悠斗は「暴力をふるうのは嫌なんや。たとえこっちが正しくても」と納得しなかった。そんな悠斗が究極の暴力ともいうべき殺人を犯すだろうか。

廣澤との電話を終えたあとも、吾助はまだ奥の部屋の椅子から立ち上がらなかった。

（ひょっとしたら）

吾助は、悠斗の今夜の行き先に一つ心当たりがあった。

名刺ホルダーの末尾にメモ用紙が挟んである。書かれてあるのは、女性の携帯電話番号だ。

武山七海《たけやまなつみ》――かつては小野寺七海という名前だった。

高校を出た吾助は、大手芸能プロダクションが運営する芸人養成学校に入った。吾助はそこで相方を見つけて、〝パープルオランウータン〟という漫才コンビを結成する。その学校で吾助がもう一人見つけたのが、交際相手だ。七海は吾助より二つ年上だったが、芸人養成学校では同期だった。彼女は、幼なじみとともに入学して女漫才師をめざしていた。

彼女との交際は、養成学校を出たあといったん途切れるが、二年後に再会して交際が復活する。吾助は漫才師としてはまったく食えなかったが、夢をあきらめないでいた。パープルオランウータンのコンビも続けていた。七海のほうは、コンビを解散して芸の世界からは足を洗い、天王寺のスナックで働いていた。

二人は、七海の賃貸マンションで同棲を始める。七海に生活を支えられ、パープルオランウータンは少しずつ売れ始める。そのころ七海が妊娠する。そして生まれたのが、悠斗だ。吾助と七海は、いわゆるできちゃった結婚をする。ただ、結婚をオープンにはしなかった。既婚者だと、それだけ人気の点で不利だからである。それを言い出したのは、七海のほうだった。芸の世界で生きる厳しさを、七海は理解してくれていた。

電話番号を書いたメモを取り出したものの、吾助はそれを名刺ホルダーにしまった。

電話をすることは、離婚以来一度もなかった。パープルオランウータンはいっときは時代の寵児《ちょうじ》のように持てはやされたものの、すぐに飽きられて人気がガタ落ちとなった。引退してすさんだ生活を送るようになった吾助を見捨てる形で別居した七海は、悠斗を吾助に預けたまま離婚届を出して、単身ヨーロッパへと渡った。向こうでパントマイムの大道芸を勉強して、成功して日本に凱旋するという彼女なりの新しい夢を見つけたということだった。

離婚当時八歳だった悠斗を抱えながら、吾助は途方にくれた。借金を重ねて、闇金の取立てにも追われることになった。自己破産してからも、アルバイトをする程度のことしかしなかった。そんな日々が、悠斗の性格に悪い影響を与えてしまったことは間違いないだろう。強虎弁当で働くようになって、ようやく生活は安定してきた。

自分と悠斗を捨て置いて出ていったきりの七海のことは、許せなかった。かつての七海の相方だった元女芸人がやってきて、七海が帰国して大阪に戻り、またスナックに勤め出したことを話したときも、「もう二度と会わしまへんし、関心もおません」と答えた。

だが、悠斗は違ったようだった。中学校でイジメを受けていた彼は、母親をほしがった。相方だった元女芸人とこっそり連絡を取り、七海と会ったということだ。彼女のほうも、我が子とは再会したかったようだ。それで相方だった女芸人を寄越してきたのだ。

七海はホストクラブで働いていた男と同棲し、子供ももうけているということだ。それでも、悠斗は今でもたまには会いに行っているようだ。この携帯電話の番号が書かれたメモを吾助に渡したのは、悠斗だ。悠斗としては、両親が元のようにいっしょに住んでほしいと願っているようだ。その気持ちはわからないでもないが、吾助としてはヨリを戻す気はない。人気が凋落《ちょうらく》したあと自分を見捨てた身勝手な女を許せないし、七海のほうもせっかく支えたのに芸を失ってしまった男に対してもう未練があるはずがなかった。しかも、別の男と同棲中なのだ。

(今回は、緊急事態や)

　七海に連絡することは絶対にないと決めていたが、きょうばかりはやむをえない。ためらいながらも再びメモ用紙を取り出し、電話番号を押す。呼び出しコールが五回、六回と鳴るが、相手は出ない。あきらめて切ろうと思ったときに、「もしもし」とけだるそうな女の声が出た。七海の声だと思うが、自信はない。

「もしもし、吾助やけど」

　自分の名前がうまく出ない。どうしても小声になる。

「え？　聞こえにくいけど、お客さん？」

「客やない。パープルオランウータンのゴンスケやがな」

　芸名のほうがすんなり言える。相方の小橋謙輔《こばしけんすけ》とは、〝ゴンスケ・ケンスケ〟として売り出した。人気が落ちて解散したあとも、ボケ役だった小橋謙輔はピン芸人として粘り強く芸能活動を続けて、脇役俳優としての活路を開き、今ではサブの司会者としても活躍している。七海としては、謙輔のように這いつくばって頑張らなかったことにもきっと不満を持っているに違いない。

「どうしてこの番号を知っているの？」

「悠斗から聞いていたんや。電話したんは、他でもない悠斗のことや。あいつ、きょうおまえのとこへ行ってへんか」

「来てへんわよ」

「姿も見てへんか」

「悠斗が連絡せんといきなり来ることなんて、今まであらへんわよ」

「電話もなかったんか」

「あらへんわよ。いったいどないしたん？」

「いや、何でもあらへん」

吾助は、悠斗が殺人を犯したかもしれないと口にする気にはなれなかった。七海との間に横たわる空白は、あまりにも長い。そしてもはや修復は不可能だ。

「今夜はけったいなこと続きやわ」

七海は吐き捨てるように言って電話を切った。

吾助は名刺ホルダーを繰った。きのうは強虎弁当で顔を合わせながら、丸本良男とはろくに話ができなかった。きのう訊こうとしたのは、女子生徒への告白行為がセクハラだと問題視されるほどのことなのだろうか、という疑問についてだった。もし悠斗が素直にやめなかったときは警察沙汰になってしまうのか、ということも知りたかった。だが、きょうはまったく違う。

「はいはい、丸本」

七海とは対照的なほどに、丸本はテンションも高く、すぐに出てくれた。騒がしい様子が背後から聞こえる。

「すんまへん。きのう強虎弁当を手伝わしてもろた小野寺です」

「いやあ、きのうはどうも」

「今よろしいでっか。何や盛り上がっとるようですけど」

「かましませんで。飲み会の途中なんで騒がしいですやろ」

「お楽しみのとこ、すんまへん」

「いや、実は合コンなんです。盛り上がってはいますが、男のほうが人数が多くてこっちはアブレてしまいましたんや、あはは。どうせ十時の門限までには帰りますけど」

丸本は移動してくれたようで、騒がしさはましになった。

「合コンでっか」

芸人として売れていた時期は、周囲には独身で通していたのでおいしそうな合コンの話が何度も舞い込んだ。しかし、忙しいスケジュールの調整がうまくできなかったり、ヤキモチ焼きの七海に操《みさお》を立てて行かなかったことが大半だった。

「おまわりかて、合コンくらいしますよ。いや、おまわりは男社会やから、合コンでもせんことにはなかなか女の子と知り合えまへんのや。きょうのお相手は、看護師さんチームですのや」

アルコールが入っているせいだろう。丸本はいつになく饒舌《じょうぜつ》だった。

「ぼっちゃんの好みの女性はおりまへんか？」

「まあ、ぜいたく言うたらあきませんねけど、きょうはちょっと……それで、何の用でっか」

「実は、うちの常連さんに、推理小説を書いて賞を取りたいという人がいやはりまして、教えてもろといてほしいと頼まれましたことがありますのや」

ここは正直には言いにくい。「容疑者が逮捕をのがれようとして逃げているとき、警察はどのような方法で居所を知りますのや」

「内勤なんでくわしいことは知りまへんけど、簡単にこうしたらわかるという方法は、たぶんないですやろ。指名手配しても、何年も捕まらへんということはようあります」

「けど、見つかることもありますな」

「指名手配をした結果、顔写真を見た市民から通報があるというケースが案外と多いようです」

「指名手配までいかへん段階ではどないですやろ」

「親族宅や友人宅といった立ち回り先を押さえることで捕まることはようおます。人間、切羽《せっぱ》詰まったときの行き先なんて案外と少ないもんです。それと、最近では携帯電話で基地局が絞れることも手がかりになると聞きましたで」

「基地局?」

「携帯電話からはその位置を知らせる微弱電波が出ておって、それを直近の基地局の受信アンテナがキャッチできるようになってるんです。電話をかけたら、その受信アンテナから相手先の直近の基地局アンテナに音声が飛ぶ仕組みなんですよ。せやから、直近の基地局がどこかはすぐにわかりますのや。それで、おおよその居場所は摑《つか》めます。GPSの位置情報みたいに細かいのは無理でっけど」

「そやけど、携帯電話の電源を切っておったら、わからしませんな」

「ところが、知り合いの刑事の話やと、せやないようです。携帯電話はたとえ電源を切っておっても、受信アンテナに知らせる微弱電波は飛んどるそうなんです。圏外とか電池切れでない限りは」

「携帯の電源を切ってても、いつの間にか充電したんがなくなるのはそのせいでっか？」

「たぶん、せやと思います」

「さすが警察のかたは、くわしいでんな」

「ついでに言うと、テレビドラマの誘拐で、電話を逆探知するシーンがあって、刑事役の俳優が『なるべく引きのばしてください』とよう言うてますやろ」

「ええ。引きのばしたら、逆探知が成功するんですな」

「あのセリフは嘘《うそ》でっせ。今では、電話はかかってきたとたんに相手の番号がわかります。引きのばす必要なんかあらしません」

「けど、番号非通知ならわからしませんやろ」

「非通知は、番号にシールドをかけているだけやそうで、電話会社の協力をもろてそのシールドを外したならわかるんです。悪質に繰り返されるイタズラ電話は、それで御用となりますのや」

丸本はハイテンションのまま話してくれた。

「大将、どうしはりました？」

ずっと奥に入っている吾助を、アルバイト店員の浅田が心配そうに見にきた。吾助は丸本に礼を言って電話を切った。

「すまんけど、きょうはのれんを下ろしてくれるか。今いやはるお客さんには、なるべく早いとこ引き揚げてもらうんや。もちろん代金はいただかへん」

「何がありましたのや？」

「くわしいことは、勘弁してくれ。とにかく店のほう頼むワ。それと新聞を持ってきてくれ。どの新聞でもかまへん」

店では、スポーツ紙と一般紙を二つずつ取っている。

吾助は、時計で時刻を確認したあと、新聞のテレビ欄を見た。テレビでローカルニュースをやっている時間帯だった。携帯をワンセグにする。以前は店に液晶テレビを置いていたのだが、客同士が野球中継かサッカー中継かで、かなりもめたことがあって撤去することにしたのだ。

吾助は、目を凝《こ》らしてワンセグの画面を見ていたが、事件の報道はこれまでのところなかった。

まだ取材がされていないのか。それとも、もうすでに報じられたのか。

自分には無関係のニュースを読み続ける男性アナウンサーの顔を見ながら、本当に事件は起きたのだろうかという思いに囚われる。廣澤に電話をしたことで、吾助は事件のことを知った。だが、廣澤の電話以外に、事件に関わるやりとりはないのだ。悠斗は、ただ帰らないかもしれないと伝えてきただけなのだ。吾助は、廣澤の電話がガセであることを願った。

画面は、天気予報になった。どのような大事件が起きようとも、空は晴雨の周期をくりかえす。そんな当たり前のことを、あらためて思い知らされる。

情報を得られなかった不満を感じながら、週間天気予報が映る画面を消そうとしたときに、再びアナウンサーに切り替わった。

「今入ってきたニュースです。きょう午後五時ごろ、大阪市西区にある府立うつぼ高校内で、同校の女子生徒の死体が発見されました。亡くなったのは、同校二年の須磨瑠璃さんとみられ、他殺の可能性が高いことから府警は四つ橋署に捜査本部を設置して、捜査を開始しました」

画面ではグーグルの航空写真が出て、すぐにまたアナウンサーに戻った。

「以上、ニュースと気象情報をお伝えしました」

吾助は、小刻みに震える手で画面を消した。

廣澤の電話はガセではなかった。

「勝手なことで、申しわけないです」

「大将はすっこんだまま、どないしたんや？」

「いえ、ちょっと」

浅田が客を送る声が聞こえるが、出ていく気になれない。

店の電話が鳴る。

（もしや……）

吾助は、飛び跳ねるように奥の部屋を出た。

店の営業時間帯は、悠斗は吾助の携帯電話に連絡してくることはない。調理中は水に濡れたり、床に落としたりするおそれもあるので、奥の部屋に置いたままにしていることを知っているからだ。さっきの電話も、店の固定電話にかかってきていた。

「おのだ亭です」

吾助は咳《せ》き込《こ》みそうになりながら、受話器を上げた。

「お父さん」

やはり悠斗からだった。「きょうは帰らないかもしれへん」

「それは、さいぜん聞いた」

吾助は、迷いながらも言った。「たった今、テレビのニュースを見たんや。うつぼ高校のこと、やっとった」

悠斗はしばらく黙った。

「せやったん……けど、心配しないでね」

「どないやねん。おまえ、関係あるんか？」

悠斗はまた黙った。ひどく長い沈黙に吾助には感じられた。けれども、実際はそんなに長くはなかっただろう。

「さっきも言うたように、心配しないで」

「関係はあるんか、ないんか」

不登校になったとき、教育カウンセリングを受けたことがある。そのとき、カウンセラーから「お父さんは、あまり二者択一の質問で迫らないようにしてください。学校に行くのか、行かないのか、というふうに詰め寄られると、子供は追い込まれてしまいますから」というアドバイスを受けたことがある。注意はしていたつもりだが、こんなとき癖が出てしまう。

「僕は、暴力は使わへん。そんなことはせえへん。せやから、何があっても心配せんといてほしい」

「悠斗、やましいことがないんやったら、堂々としとったらええのとちゃうか」

「そうはいかへん。うまいこと隠れんことには殴られてしまうことは、中学校でも体験した」

「おまえ、もしかして逃げる気か？　せやから家に戻らへんのか」

「自分でもどうしたらええんか、ようわからへん」

吾助もまた、どうしたらいいのかわからないでいた。

「悠斗、おまえ金を持っているんか？」

「あんまし多くないけど、あることはある」

「けど、足らんやろ。渡したるで。せやけど、家とか店に来るのは危険や」

刑事と思われる目つきの鋭い三人の男の姿は、いまだに脳裏に焼きついている。あの連中は、今も店の前に張り込んでいるのではないか。

「渡す方法は考えるさかい、またこうして電話をくれ。それから、携帯電話を持っているのはやばい。捨てたほうがええ」

吾助は、丸本から聞いた基地局のことを悠斗に話した。

7

日付が変わる寸前の、午後十一時五十分に、小野寺悠斗を名乗る男から一一〇番に電話があった。公衆電話からだった。

「あのう、うつぼ高校の小野寺悠斗です……すみません。須磨瑠璃さんを殺したのは、この僕です……でも、自首はしません」

そう言うだけ言って、電話は切れた。

四つ橋署では、庁舎最上階の柔剣道場に捜査本部員が寝るための蒲団が敷かれ始めていた。閉店間際の銭湯から帰ってきたばかりの者も多くいた。

一一〇番通報の知らせに、一同は色めき立った。

けれども、過去の例からするとイタズラの通報という可能性もあった。

「小野寺悠斗の声を照合したい。それが決め手となる」

杉原は、すぐに廣澤に連絡を取った。

今月行なわれた定時制の学園祭で、小野寺悠斗は生徒会役員として舞台で開会宣言をしていた。その映像が撮られていれば……。

電話に出た廣澤は、映像をビデオに収めていると答えた。

杉原は、強引に提供を求めた。

科学捜査研究所での照合は、翌日の月曜日となった。

一一〇番通報の声紋と、小野寺悠斗の開会宣言の声紋は、合致した。

すなわち、小野寺悠斗は、犯行を自供したことになった。

捜査本部は、小野寺悠斗を容疑者と断定し、指名手配をかけた。ただし、彼はまだ未成年者であった。氏名や顔写真の公表はできなかった。

第二章

1

登庁してほどなく、古今堂は四つ橋署の署長から電話を受けた。

「きのう、四つ橋署管内で起きた女子高生絞殺事件で、十九歳の少年が指名手配となりました。少年の自宅は西区ですが、父親の店は中央区にあります。うちの署員も加わった捜査本部の者が張り込むことになります。了解願います」

所轄という縄張りを越えて逮捕がなされるかもしれないことに対するいわゆる仁義を通しておく挨拶だ。

「わかりました」

「少年の生活圏はミナミにもあるように思えます。御協力のほうもよろしく」

「外勤の者に、指名手配がされたことを徹底しときます」

未成年者だから、マスコミや一般市民向けに顔写真を公開することはできない。名前も出せない。市民からの通報が期待できない以上、警察官が見つけるしかないのだ。


それから約二時間後、会計課の丸本良男が、強張《こわば》った表情で署長室に入ってきた。

「署長、相談したいことがでけました。地域課に会計書類を届けにいったときに、交番勤務者用に作られた指名手配書が目に入りました。書かれてある小野寺悠斗という男の子を、個人的に知ってますんや。彼の父親が、実家の弁当店で働いていたことがありまして。それで、中学時代の彼をサッカーの試合観戦に連れて行ってあげたこともあるんです」

「今も、そういう関係は続いているんですか？」

「それはないんですけど、父親から昨夜電話がありまして、逃亡者を警察が追う方法なんかを尋ねられました。推理小説を書くお客さんがいて、訊くように頼まれたって言うてましたけど、ほんまはそうやないですね。息子の逃走を助けるためです」

「いきさつを詳しゅう聞かせてください」

古今堂は、丸本からきのうのことを報告してもらった。

「推理小説のためやって嘘をつかれたことが腹立たしくって、抗議しようとさっき父親の携帯に電話を入れたんですけど、出ないんですよ」

「父親が息子の逃走を知っていて手助けしようとしていると推測でけることは、捜査本部に伝えておいたほうがええですね。あとで僕のほうから電話しときます」

「すんません。民間人に警察のことをしゃべってしもて」

「好ましいことやないですけど、今さら取り消すこともできひんし、しかたあらへんでしょう」

「それにしても、悠斗という男の子は無口でおとなしい性格で、殺人を犯すタイプとは思えませんでした。あ、ちょっとすみません」

丸本はバイブ機能で着信を告げた携帯電話を取り出した。「噂をすれば、というやつです。父親からです」

丸本は電話に出る。

「小野寺さん、悠斗君はどこにいるんですか？　けど、逃げているのは知っているんでしょ……こっちは勤務中ですからテレビもインターネットも見ていやしませんよ……そんな勝手なことばかり言われても……脅迫電話ですか……今たまたま上司といっしょなんで要請については相談しておきます」

丸本は不機嫌そうに電話を切った。

「どういう要請ですか」

「テレビの続報で、被害者と同じ高校の男子生徒が匿名で指名手配されたことが報じられたそうですが、そのあと犯人は小野寺悠斗だとインターネット上の掲示板サイトで実名で炎上しているらしいんです。そのうえ、容疑者の父親がかつてパープルオランウータンという漫才コンビとして活躍していたゴンスケであることや、ミナミで飲食店をやっていることも。それで、マスコミがやってきたり、店を廃業しろといった脅迫や嫌がらせの電話が何度もかかってきたりして、ひどく困っているそうなんです。それで、警察に保護してもらえへんかとムシのええことを言うてます」

「今は、店のほうにいるんですか?」

「ええ。昨夜、息子のほうから店に二回電話がかかってきて、そのあとも電話がかかってくるだろうと店で待ち構えていたそうなんですが、結局なかったみたいです。テレビのワイドショーでは、そのあと深夜に、小野寺悠斗のほうから犯行を認める一一〇番通報があったと伝えているそうですが」

「店がうちの管内にあるのなら、行ってみましょう。脅迫電話が繰り返されるとなると、犯罪成立の余地があります」

「今から行くんですか？」

「ええ。その前に捜査本部に連絡を入れておきます」

「では、自分も会計課長のほうに外出する旨を申し出てきます」

「いや、それは僕のほうから言ったほうが適切でしょう」

署長から課長に、という上から下への縦のラインで伝えるのが警察組織のルールだ。

2

須磨瑠璃の両親が経営する美容室ＳＵＭＡにも、報道陣が押し寄せていた。見習い美容師の高城《たかぎ》庸司《ようじ》は困惑しながら、応対していた。〝大阪ナンバーワンのセレブ美容室〟をキャッチフレーズにする美容室ＳＵＭＡは、従業員の言葉遣いや立ち居振舞にも細かいマニュアルが定められている。お客に対してだけでなく、飛び込みでセールスマンが入ってきたときでも、同じように丁寧に接することが求められる。美容室ＳＵＭＡには定休日がなく、月曜日でも火曜日でも営業する。しかし、きょうは臨時休業だ。

従業員たちは交代で週二日の休みを取る。高城は、本来なら月曜日は休みだ。だが、オーナーの須磨成一郎《せいいちろう》からマスコミ応対係を任ぜられ、高城は歯科の診察予約をキャンセルして早朝から忙しく動いた。

須磨成一郎は、自宅に籠もったままだ。道頓堀界隈に建つ六階建てのSUMAビルは、一階が来客用の駐車場だ。大型の高級外車でも停められるかなり広いスペースが確保してあるが、臨時休業日のきょうは須磨夫妻の車と店のVIP客用送迎車が奥のほうに三台停まっているだけだ。

ビルの二階と三階は店舗となっている。完全予約制で、基本的には紹介者があって初めて新規の客を受け入れる。

四階はワンルームタイプの従業員寮で、高城もその一室をあてがってもらっている。五階と六階が、須磨成一郎・麻奈子《まなこ》夫妻と一人娘の瑠璃の居宅だ。

けさは、朝早くからやってきたマスコミ関係者を一階駐車場に集めて、須磨夫妻が書いたコメントを代読した。

〝このたびは、愛娘の死という受け入れがたい現実に直面して、まさしく断腸の思いをしております。安全であるべき学校でどうして瑠璃は殺されなくてはいけなかったのでしょうか。早期の犯人逮捕による事件解決を望んでおります。今はそれ以上のコメントを出せる心境にはありません。どうか苦しい胸のうちを御推察ください。また美容室のお客様には、多大な御心配をおかけしていると思います。美容室を継ぐ予定でおりました瑠璃の気持ちとしては、できるだけ早い再開を望んでおることと思っています。われわれとしましても、可能な限り早期に営業再開をしたいと考えております。それまでは、とりわけ予約のお客様には御迷惑をおかけしますが、どうか御容赦ください。

須磨成一郎・麻奈子〟

高城が読み終わると、すぐに質問が飛んだ。

「瑠璃さんの両親は、今どこにいるんですか？」

「店舗の上の階にあります居宅のほうです」

「コメントのほかに、何か言っていませんか？」

「いいえ。私は聞いておりません」

「コメントを渡されたときの状況を説明してください」

「説明するほどのことはございません。ただ、これを代読するようにと」

「いつコメントを渡されたのですか」

「きのうの夜遅くです」

「それじゃあ、容疑者の指名手配報道の前ですね」

「そうだったかもしれません」

「指名手配を受けてのコメントをもらってきてくれませんか」

「いや、私の仕事は代読だけですので。申しわけございません」

やっとの思いでコメント発表を終えても、マスコミは引き揚げない。むしろ人数は増えていた。

成一郎からは、「適当な間隔を置いて同じコメントを読み上げることで取材陣をあきらめさせろ。ただし、丁寧な言葉遣いを心がけるんだ」という指示を受けた。とにかく言われたとおりに、やっていくしかない。

コメント代読を終えた高城にはもう一つの仕事があった。店の電話応対だ。無遠慮な一部マスコミは、昨夜のうちから早朝にかけて取材の電話をかけてきていた。電話に出ないわけにはいかない。店の客からおくやみの電話があったり、葬儀や営業再開日の問い合わせが入るかもしれないからだ。おくやみの電話に対しては、きちんと応対するように言われている。その中でも、店で〝プラチナ30《サーティ》〟や〝ダイヤモンド10《テン》〟と呼んでいる特上クラスの客には、とりわけ丁寧におくやみに対する礼を述べるように指示を受けている。

明日もまた、高城は応対係を務めなくてはいけない。それについての代休措置や手当てがもらえるかどうかについての言及はなかった。高城のほうも訊くことはできなかった。指示するだけで須磨夫妻がいっぱいいっぱいだということは、よくわかっていた。娘の死を告げる学校からの連絡が突然入ったとき、夫妻ともに営業中の店にいたが、二人の慟哭《どうこく》が店全体を覆い尽くすような異様な雰囲気が広がり、客も従業員も言葉を失った。

普段は店の経営のやりかたに対して高城は心の中では不満を抱いているが、夫妻の悲しみや辛さが痛いほどわかっただけに協力しようと思った。

高城は、瑠璃とは面識はあるものの挨拶以外の言葉を交わしたことはほとんどない。いつも制服をきちんと着こなし、会うととても丁寧に十五度ほど頭を下げてから「こんにちは」と言ってくる。一度、閉店後にコンビニに買い物に行ったときに路上でバッタリ出会ったことがあった。そのときは私服姿であったが、大きな通学鞄《かばん》を肩から下げていた。塾に通っているということであった。

高城は、三たび駐車場に向かった。報道陣の人数は少し減ったように思う。

高城は三度目となる同じコメントを読み上げた。

「新しいコメントはないんですか」

無遠慮な質問が飛んでくる。

「ございません」

「須磨成一郎さんと麻奈子さんの様子はどうですか」

「わたしは存じ上げません」

「ずっと居宅にこもりっきりということですか」

「はい、そうです」

「瑠璃さんの写真を学校から提供してもらったのですが、須磨さんのほうからも写真かビデオ映像を貸してもらえませんか」

「今はそういう心境ではないと思いますが」

「あなたの意見を聞いているんじゃないのです。須磨さんに取り次いできてもらえませんか」

「申しわけございません。それはできかねます」

そんなやりとりをようやく終えて、高城は店のフロアに上がった。

待合コーナーにあるテレビをつけて、ワイドショーにチャンネルを合わせる。

いきなり高城の顔が画面いっぱいに映る。〝須磨瑠璃さんの両親のコメントを読む従業員〟とテロップが出ている。

自分の姿をこうしてテレビ画面で見るのは、初めての経験だ。照れくさいような、恥ずかしいような、それでいて現実かどうか疑いたくなる不思議な気分だ。

画面は、制服姿の瑠璃の写真に切り替わった。学校から提供を受けたものだろう。端正な顔立ちにきりっとした聡明さがあふれている。

続いて、同じ学校に通う女子生徒のインタビューになった。制服姿の肩から下だけが映っていて、音声も少し加工されている。

「小柄でとても愛らしい子でした。生徒会長としてみんなの意見を取り上げてくれたり、震災の募金活動の中心になってくれたりして、すごくがんばり屋さんでした。親のあとを継いで美容師になるって聞いていたので、いつかはあたしの髪を手がけてほしいと思っていたのですが、残念です」

男子生徒もインタビューに答えている。

「可愛くって、勉強もできて、気配りもできる。そういう女の子が十七年間で人生を終えるなんて、ずいぶん不公平だなと思います。とにかく、冥福を祈りたいです」

画面に見入っていた高城は、店の電話が鳴っていることに気づくのが遅れた。あわて駆けつけて受話器を取る。

「美容室SUMAです」

「須磨瑠璃さんの両親、そちらにいますか?」

消え入りそうな男の声だった。印象としては、若い。

「どちらさまでしょうか」

「両親と話がしたいんです……」

「ですから、どちらさまですか? 御用件は?」

相手は黙ってしまった。

「もしもし」

「……小野寺悠斗です……須磨瑠璃さんを絞め殺してしまいました……すみません。

行方は探さないでください」

それだけ言って、電話は切れた。

3

古今堂と丸本は、捜査本部からやってきた二人と合流した。小野寺吾助の店に近いワンボックスカーの中である。古今堂も丸本も、目立たないように私服姿だ。

「捜査一課長代理の重村《しげむら》です。こちらは部下の杉原警部補です」

重村は、ワンボックスカーを運転してきたがっしりとした体格の男を紹介した。どちらも、この春に大阪に赴任した古今堂にとっては初対面となる。

「中央署の古今堂です。よろしくお願いします。それから、うちの会計課に勤務する丸本良男巡査です」

丸本はちょこんと頭を下げた。

「さっそくですが、署長さんからの話をもう一度ここで確認させてください」

杉原は手帳を取り出した。「丸本巡査は父親の小野寺吾助とかねてよりの知り合いで、きのうの夜に電話を受けて、逃亡者に対する警察の対応方法などを訊かれたのですね」

「ええ。推理小説を書くお客から頼まれたと持ちかけられました」

「そして、きょうまた電話があって、ネット上で小野寺親子の実名が出ていて、脅迫や嫌がらせの電話が相次ぎ、保護してほしいという要請があったのですね」

「そうです」

古今堂と丸本は、ネット掲示板も確認してきた。

掲示板の速報として、うつぼ高校の小野寺悠斗という定時制の生徒の行動を大阪府警がマークしているということが出ていた。

冷やかすような書きかたで、「名無しさん」のコメントが続く。

〝殺された女子生徒の写真、テレビで見たけど、美形だったぜ。もったいねぇ〟

〝あれくらいの清楚なベッピンなら、ゴウカンしちまう気もわかるな〟

〝でも、そのあと逃げなきゃいけないのは鬼ツライな〟

父親がかつての漫才コンビ・パープルオランウータンのゴンスケであることも書かれていた。

吾助についての書き込みも、次々と並んでいた。かつてテレビを賑わせて、相方が現在も芸能界で活躍しているということが、影響しているのだろう。

〝逃亡少年の父親が、あのゴンスケだったとは、ちょっとしたサプライズだ〟

〝ゴンスケも芸能界から逃亡したんだから、息子は父親似だよね〟

〝それ同感！　ＤＮＡはおそろしい〜〟

〝ゴンスケが今では定食屋のオヤジだったとはな。ワロタ〜〟

〝テレビの「あの人は今」みたいな番組でやってなかった？〟

〝やっていたよ。相方のケンスケはしっかり残っていて、売れているんだから、ゴンスケはわびしいね〟

〝息子が殺人をやらかしたんだから、わびしいどころじゃないぜ〟

〝今回の事件で特番やってほしいよな。もちろん司会はケンスケで〟

〝おお、その提案に一票！〟

茶化すようなコメントがそのあともずっと続いていた。

「署長さんから連絡を受けて、捜査本部のほうでも、ネットの記事は見てきました」

「容疑者少年の名前はどうやって流れてしまうたんでしょうか」

「それはわかりません。ただ、昨夜は部活動で登校していた生徒たちを可能な限り集めて事情聴取をしました。その中で、小野寺悠斗を生徒会室の近くのグラウンドで見たという生徒がいたものですから、他に小野寺悠斗を目撃した者がいないか、とほぼ全員に尋ねました。そのうちの誰かから洩れた可能性がありますね。男子生徒を指名手配したことは報道されていますし、そのことと結びつければ」

杉原が眉根を寄せて言う。

「匿名のネット社会では、こういったことは避けられませんな」

重村一課長代理が杉原をかばうように続けた。「いくら警察が未成年者に配慮して名前を伏せても、マナーの悪い人間からネットに流されることは防ぎようがない。かといって、突っ込んだ事情聴取をしないわけにはいかない」

「小野寺吾助の店の監視は？」

「昨夜からやっています。もちろん、西区の自宅のほうも張り込んでます。担任教師から小野寺悠斗の写真や映像を手に入れてますので、戻ってきたらすぐわかります。しかし、これまでのところまったく姿は見せていません」

「父親はずっと店のほうですか」

「ええ、店から出ていません。昨夜うちの部下三人が客を装《よそお》って小野寺吾助の顔を確認したうえで、外で交代で見張っていますから間違いありません。訪れたのは、新聞配達員とアルバイト店員と食材納入業者だけです。新聞配達員はポストに入れてすぐ引き揚げましたし、アルバイト店員は中に入ったものの五分ほどして出ていきました。出ていくときに、〝本日臨時休業します〟の紙を張り出しました。そのころからマスコミ連中が現われて、なかなか引き揚げてくれません。食材納入業者は店内にも入らず、店の前の応答だけですぐに帰りました」

「ネットの記事を見て、マスコミは訪れたのでしょうか」

「連中がやってきた時間帯からして、おそらくそうだと思われます」

悠斗の名前が最初にアップされた時刻から一時間ほどしてから、吾助のことが初めて書き込まれていた。

「父親が元漫才師で道頓堀方面で飲食店をしているということも、高校の生徒たちから流れたんでしょうか」

「担任教師の話によると、小野寺悠斗は中学時代に不登校で一年留年するほどのイジメを受けていたそうです。その中には、父親が漫才師をしていて一発屋みたいに消えてしまったことに対するからかいもずいぶんあったそうです。そういうイジメをしていた中学時代の連中が書き込んだ可能性だってありますね。高校名と小野寺悠斗という名前が先に出ているわけですから」

「ネットではゴウカンと書かれていましたけれど」

「あれは勝手な書き込みです。被害者は性的暴行は受けていません。ただ、制服にわずかですが着衣の乱れがありました。もしかすると犯人は彼女の体を求めようとしたが、さすがに死んでいるのでやめた、という可能性はあります。被害者の制服からは、小野寺悠斗の指紋も出ています。それから、絞殺に使われたのは被害者が愛用しているポシェットでしたが、そこからも小野寺悠斗の指紋が検出されました」

　重村の携帯電話が着信を告げた。

「もしもし……美容室に……そうなのか……わかった……また何かあったら報告して

くれ」

軽く目をしばたたかせながら、重村は携帯電話をしまった。「被害者の親が経営する美容室に、小野寺悠斗から犯行を認める電話がかかってきたということです。従業員が出て、電話はすぐに切れたということですが、被害者の父親が『バカにしている』とカンカンに怒っているようです。犯行声明をまたやったということは、案外と自己顕示欲が強い少年なのかもしれないですな」

「いや、お言葉ですが」

それまで黙っていた丸本が、遠慮がちに言った。「悠斗君はそういうタイプとはまったく逆の性格です。消極的というか、引っ込み思案というか」

「でも、現実に彼は電話をかけてきている。動かしがたい事実です」

「一一〇番通報のほうはともかく、美容室にかかったほうは悠斗君本人からだって断定でけるんですか？　美容室の電話番号は、容易に調べられますよね」

朝刊記事には、〝大阪市中央区道頓堀二丁目　美容院経営　須磨成一郎さんの長女瑠璃さん〟という記述があった。

「従業員には、なるべく正確に、かかってきた電話の内容を再現してもらいました。かけてきた若い男は、『小野寺悠斗です。須磨瑠璃さんを絞め殺してしまいました。

すみません。行方は探さないでください』と言ったそうです。瑠璃さんが絞め殺されたということは、まだ発表してません。他殺と思われる死体が発見されたということしか、新聞もテレビも報じていないんです」

警察は、現行犯逮捕でもない限り、殺人事件のすべての詳細な内容をマスコミに伝えることはしない。のちに容疑者が浮かんで取り調べをして、犯人しか知らない事実を供述したときに、容疑を裏付ける有力な証拠になるからだ。とりわけ第一報の段階では、犯行方法や死体の状況などをあいまいにしておくことも多い。

「はあ、そうですか」

丸本は軽く溜め息をついた。

「そろそろ、吾助さんに会いにいきませんか」

古今堂はそう提案した。

「ここからは見えませんが、店の前の路地にはマスコミが大勢います。掻き分けていく覚悟がいりますよ」

杉原の「覚悟」という表現は大げさではなかった。

路地にずらりと行列を作るかのように詰めかける報道陣を押しのけるように進む。

彼らの中には、重村一課長代理の顔を知っている者も多く、「何の捜査なんですか？」「小野寺吾助がどうかしたんですか？」といった質問を次々と浴びせかけてくる。重村は「道を空けてください。いずれ会見はしますから」とかわすように答える。重村が盾になってくれて、古今堂たちは少しずつ前に進めた。

「公務執行妨害でしょっぴけへんのですかね」

丸本が小声でつぶやいた。

もっとすさまじいケースもある。逮捕して連行するパトカーの前にカメラマンが立ち塞《ふさ》がってしまって停止させたり、護送中の電車内に何台もカメラが入ってきて電車の運行自体に支障をきたすといったこともある。それでも公務執行妨害罪が成立した例を古今堂は知らない。

一般人が同じことをやれば逮捕される場合でも、マスコミ関係者には適用が控えられる。

「マスコミを敵に回してしまうと、警察のことを悪く書かれかねない、という政治的配慮があるからだ。とにかくマスコミとは無用なケンカをしないことだ」――と古今堂はキャリアの先輩から教わったことがある。

キャリアはそれでいいかもしれない。マイクやカメラの壁を反感を買われないようにしながら突破するという経験は、ほとんどしなくて済む。しんどいのは、現場の者だ。せっかく逮捕した容疑者を、取材陣に取り囲まれたから逃がしてしまったということにでもなれば、たちまち責任を問われてしまう。

それでも、現場の警察官というものはそれも仕事のうちだ、と割り切ることはできなくはない。もっと辛いのは、無遠慮にカメラを向けられる事件関係者の市民ではないか。

ようやく店の玄関口に着いた。〝本日臨時休業します〟の張り紙が出ている。丸本が、その横のチャイムを押して「吾助さん、丸本良男です」と大きな声をかける。扉がわずかに開けられて、四十代半ばの男が警戒気味に顔を見せる。古今堂もテレビで見た記憶のある顔だ。相方と時事ネタのコントを繰り返し、最後は二人揃ってオランウータンの物マネをするという芸で有名だったはずだ。

「早う入って」

吾助が扉を開けると、ビデオカメラが回り、フラッシュが焚《た》かれる。古今堂たちは、それらに追いかけられているかのような錯覚に陥りながら、店内に素早く身を入れた。

「こちらが自分の上司にあたる署長で、あとの二人が府警本部の刑事です」

丸本はそう紹介した。

「えらい若い署長はんですな。ぼっちゃんよりも年下とちゃいますか」

「こんなとこで、ぼっちゃんはやめてくださいな。署長とは同い年です」

「古今堂です。脅迫や嫌がらせの電話があったそうですけど」

「ええ。ほんまひどいですワ。『息子への教育がなっとらん』とか『息子を匿《かくま》っているんやろ。早いとこ出せ』といったもんから、『漫才師に復活して、息子のことをネタにしろ』とか『ミナミの恥だから、すぐに店を廃業しろ』というもんもありました」

「小野寺さんの生命に関わるような脅迫をしてきた電話は、あったんですか？」

相手方の身体・生命・自由・財産・名誉に対して危害を加える旨を告知することが、脅迫罪の成立要件となる。

「ええ。『息子の代わりに、切腹して謝れ。できないなら、手伝ってやる』、あるいは『息子が出てくるまで、代わりにおまえを拉致してやる。夜道には気をつけろ』という電話もありました」

「相手を特定でける手がかりのある電話は、ありませんでしたか」

脅迫罪になる場合でも、特定できないと、立件はむつかしい。

「いや、そういうのはあらしません」

「警察に保護を求めたいということですね」

「『切腹して謝れ』とか『代わりにおまえを拉致してやる』とか凄まれたら、おちおち買い物にも行けしまへん。食べ物屋ですから、ここには食いもんのストックがおます。そやさかい、アパートのほうやなしにここにおるんです。せやけど、無限にストックがあるわけやおへん」

「つまり、世間の反応が落ち着くまではガードをしてほしいという要請ですやろか？」

「ええ。犯人の父親のくせにえらいあつかましい、とお思いですやろけど」

「息子さんのことについて聞かせてください。きのう、息子さんから電話があったのですね」

「おました」

「何時でしたか」

「夜七時ごろに、『お父さん、今夜は家に帰らないかもしれへん。ごめん。理由は訊かんといてほしい』と言ってきました。『何かあったんか？』と訊いてもそれには答えずに、『店のほうには、変な男たち、来てへん？』と言って、いないと答えるとそれで切れました」

「電話は一度だけですか」

「いえ、もう一回おました」

「うちの丸本巡査に電話をしていますね。二回目の電話より前ですか」

「実は、一回目と二回目の間ですのや。ぼっちゃん、いえ、丸本さんにはほんま迷惑かけました」

吾助は深々と頭を下げた。「悠斗が逃げようとしているんやったら、それを手助けしてやりたい、とつい親心で」

「吾助さん」

丸本が口を挟む。「親ならば、むしろ説得して警察への出頭を勧めるべきやないですか」

「けど、わしには悠斗が殺人をやったなんて、どうしても信じられまへんのや」

「悠斗君から、三回目の電話はあったのですか?」

古今堂は、話を元に戻した。

「それ以降はあらしません。悠斗からやと思うて電話に出たら、脅迫めいたもんばっかしで、ほんまに嫌になってきました」

吾助は五分刈りの頭を振った。

古今堂たちは、再びマスコミの波に洗われるようになりながら、ワンボックスカーに戻った。一部のマスコミは車体に近づき、窓を叩き始めたので、発進することにした。

このあたりはミナミのエリアを外れていて、美容室SUMAのあるあたりに比べるとずいぶんと通行人も少ない。かといって、住宅街でもなく、小さな会社や駐車場が多くを占めている。マスコミが取り囲んでも、一般市民にあまり迷惑がかからないのがせめてもの幸いであった。

近くの交番の前で停めて、再び協議を始める。

重村一課長代理が古今堂のほうを向いた。

「小野寺悠斗の立ち寄り先は、そう多くないと思えます」

「父親のところが、最も可能性が高そうですね。唯一の家族ですよって」

「そうです。あと母親が浪速《なにわ》区に住んでいるんです」

「え、そうなんですか」

丸本が驚いたように言った。中央区は南側を浪速区と接する。「吾助さんから、そんな近くに住んでいるって話は聞いたことがなかったですね。漫才師として売れなくなって引退したことで、愛想を尽かされて離婚となったということは言うてましたけれど」

「うつぼ高校の担任教師が、悠斗が中学時代の不登校のときに関わった教育カウンセラーの連絡先を知っていまして、捜査員がその自宅を訪れました。彼の性格形成には母親との別居が影響していると考えたカウンセラーは、母親との面談を望んだが断られたと言っていました。母親の住所と勤め先をカウンセラーは記録していました。勤め先は浪速区のスナックで、捜査員は客を装って店内にも入り、同じく浪速区にある住まいとともに現在も張り込みを継続していますが、悠斗からの接触はありませんな」

「小野寺悠斗の中学時代にサッカーの試合に連れて行ってあげたこともあるんですが、引きこもり気味の性格という印象でした。兄弟姉妹もおらず、それほど交友関係は広くないと思えます」

「さっき言いました母親は同棲中で、しかもその男は覚せい剤密売の逮捕歴もあって外見もかなりのコワモテです。やはり父親である吾助に頼るという可能性のほうが大きいと思えます」

重村が古今堂に提案をしてきた。「われわれのほうで店の外での張り込みは続けますがそれとは別に、中央署のほうで小野寺吾助の警護をあの店内でやってもらえませんかね。丸本巡査が知り合いというのも、小野寺のほうから保護を求めてきたということも、好都合です。彼のガードをするという名目で、店の中で彼を監視することができれば理想的です。悠斗のほうから接触があれば、即座に掴めます」

「もちろん、それはやぶさかではありません。もし脅迫的な電話があったときも、すぐに対応ができますし」

古今堂が懸念しているのは、追い詰められた悠斗が自殺の道を選びはしないかということだ。そのためにも、悠斗が父親のところに戻りやすいような状態を作りたい。

「マスコミに取材自粛を求めることはできませんかね。それと、捜査本部による店外での監視も」

店の路地を出たところに、いかにもといった感じの捜査員たちが立っていた。悠斗が戻ろうとしても二の足を踏むだろう。

「どちらもむつかしいですな。マスコミに取材をやめろというと、報道規制だと嚙《か》みついてきます。それから、うつぼ高校における女子生徒殺害事件は四つ橋署に置かれた捜査本部が携わる事件です。中央署は管轄外です」

「一階の駐車場に報道陣を集めろ。おまえも同席するんだ」

「あ、はい」

4

高城庸司は、須磨成一郎の剣幕に気《け》おされそうになった。小野寺悠斗からの電話があったこととそのやりとりを伝えると、成一郎は「バカにしている」と怒りをあらわにした。

成一郎は、小野寺悠斗からの電話を挑発と受け取ったようだ。成一郎はまず警察に電話をかけて、そのことを報告した。それから先に一階に行くように高城に言った。

高城は言われたとおりに、マスコミ陣を集めた。同じコメントの繰り返しに辟易《へきえき》していた彼らは、成一郎が上の階から降りてくるということを聞いて色めき立った。

高城は、まず自分が受けた小野寺悠斗からの電話について報告をした。そのやりとりについて、細かく質問が飛んだ。それも何度も繰り返して。

こんなことなら、メモでも取っておけばよかったと高城は悔いた。微細なことを訊かれて困惑する自分の顔がまたテレビに映るのかと思うと、気が滅入った。

執拗《しつよう》に続く質問に嫌気がさしてきたころに、成一郎が登場した。カメラとマイクはいっせいに高城から離れた。

「私は、きのうたった一人の子供をなくしました。みなさんも、期待をかけていた自分の子供が殺されたことを想像してみてください。十七歳の若さで突然に命を奪われた娘は、間違いなく被害者です。そして、私や私の家内もまた、突然に人生を変えられた被害者なのです。喪失感で、全身が疼《うず》いています」

成一郎の顔はどんどん紅潮していく。「きょう私は、さらなる追い討ちを受けました。先ほど高城が申し上げました小野寺悠斗からの電話です。自分が犯人だということを、こともあろうに被害者遺族に通告し、しかも『行方は探さないでください』と勝手なことを言っているのです。こんな不条理がありますか。人の命を奪っておいて、自分は逃げ通してしまおうという勝手きわまりない態度です。殺した相手の家にまで電話をしてくるというのは、挑発以外は考えられません」

「逃走している少年に対して言いたいことはありますか」

質問が鋭く飛ぶ。

「自分がやったことの責任を取れ、ということです。こそこそ逃げ回っているなんて、卑怯きわまりない」

「どういう処罰を望んでいますか」

「もちろん、望むのは死刑だ。人の命を身勝手に奪い、そのうえ家族の神経を逆なでしておいて、自分だけが生き延びるなんて不公平はあってはならない」

成一郎は、カメラを見回した。「それから、指名手配を受けながら名前や写真が伏せられるというのもおかしい。指名手配後も、逮捕後も、凶悪な犯罪者として顔を晒《さら》すのは、当然の報いだ」

「しかし、彼は未成年者です」

「未成年といっても十九歳だ。殺されたうちの娘は十七歳だが、テレビや新聞に名前も写真も出ている。おかしいじゃないか」

「死者については、未成年者であっても匿名報道は求められないというのが、これまでの通例ですから」

記者の一人が説明する。

「そんなのは、屁理屈だ。土足で心の中を取材しようとする無遠慮さを、君たちは恥ずかしく思わないのか」

「さっきも言いましたように指名手配された容疑者が未成年ですから、そちらの取材は限定されてしまいます。ついつい被害者のほうに取材が向く傾向は、同種の事件でも見られることです」

「そんな評論家みたいなことを言うんじゃない」

成一郎は、一喝した。「もう今後はいっさいの取材はお断りだ。全員すぐに出て行ってくれ」

5

署に戻った古今堂は、庶務係の塚畑由紀を呼んだ。

「君も、強虎弁当でアルバイトをしていたことがあるて言うてたよね」

「はい、高校時代に。柔道部をやりながらでしたよって、そう頻繁には行けませんでしたけど。うちは、調理担当やのうて配達担当でした」

由紀が、丸本と同じ職場になったのは偶然のことだった。由紀はアルバイト情報誌で弁当配達員募集の記事を見て、働くことになったのだった。

「小野寺吾助さんとは、いっしょになったことはないんやね」

「ええ。小野寺さんが独立してから、うちが入りましたさかいに。注文が臨時にぎょうさん入ったときは小野寺さんが手伝いにきたことがあったみたいですけど、うちはそのとき柔道部の試合で行けしませんでした」

「せやけど、強虎弁当という接点があれば充分や。丸本巡査と交代で、小野寺さんの警護をしてほしいんや」

「わかりました」

「とりあえずは、丸本巡査と二人で任に当たってもろて、長引くようなら刑事課から応援を回すよって」

「はい。それで、どういう任務内容になるんでしょうか」

「小野寺さんは脅迫や嫌がらせを受けていると訴えている。悪質で犯罪性のある場合は、検挙も視野に入れることになる」

「加害者本人ならともかく、加害者の家族が脅迫されなくてはいけない理由はないですもんね」

「育てた親にも責任があるという理屈なのかもしれへんが、脅迫や嫌がらせが許されるもんやない。それにだいいち、まだ加害者と決まったわけやあらへん」

「せやけど、犯行を認める電話があって声紋が一致したんで、指名手配ということになったんやなかったのですか？」

「たとえ犯行を認めていても、指名手配になったとしても、裁判にかけられて有罪が確定するまでは、加害者でも犯人でもあらへん。確定するまでは、あくまでも〝推定無罪〟が働くというのが現代法の大前提なんや。それやのに、逮捕状が出たとか、指名手配になったというだけで、むしろ〝推定有罪〟の扱いを受けるのが日本の現実やで」

「たしかに、逮捕とか指名手配がイコール有罪みたいな扱いになってますね。社会の受け止めかたもマスコミの報道も」

「それだけに、警察の責任は重いんや。逮捕や指名手配をするということは、警察が第一次的な有罪判決を下すのに等しい」

「そうですね」

「今回は吾助さんの保護のほかに、もう一つ大事な役割がある。もしも、吾助さんのところに息子からの接触があったときには、すみやかに捜査本部の置かれている四つ橋署に連絡を入れてほしいんや」

「捜査本部からの依頼に基づいて協力するということですね」

「捜査本部への協力ということもあるけど、僕は小野寺悠斗の保護ということを第一義に考えたい。引きこもり性向のある十九歳の少年が、大都会で一人逃亡生活をするというのは容易なことやないで。追われる辛さから、自ら命を絶つという永遠の逃亡をしてしまわへんかが心配や」

十七歳の少女が死んだということだけでも痛ましい。これ以上、若い命が失われる事態は避けたい。そのためには、丸本と小野寺吾助の個人的関係でも何でも、使えるものは使いたい。

6

廣澤照男は、重い足取りでうつぼ高校をあとにした。

きのうの事件発生で、きょうの授業は中止となった。定時制の全校集会が体育館で開かれ、命の大切さを小池教頭が講話という形で訴えた。そのあとは各ホームルームに分かれて、担任がさらに同じテーマで話をし、あすからは授業があるので落ち着いて受けるようにと伝える。

廣澤が担任する三年生のクラスは、在籍二十四人のうち悠斗以外の二十三人全員が出席した。これだけの人数が揃うことは学園祭以来のことだった。インターネットやメールといった通信手段が発達しているから、ニュースで伝えられた〃全日制の生徒会長・須磨瑠璃さんを殺害した容疑で指名手配された同校定時制生徒A〃が、小野寺悠斗であることはみんなが知っていた。

廣澤は生徒たちから質問攻めにあった。

「小野寺はまだ捕まっていないの？」

「本当に、あの小野寺がやったんですか？」

「殺した理由は何だったの？」

「先生も、警察から事情聴取を受けたん？」

教頭の小池からは、「よけいなことを言って生徒たちを混乱させることがないように」と釘を刺されていた。けれども、どこまでが話していいことで、どこからがよけいなことなのかは判別できるものではない。答えれば、関連した質問がすぐに返ってくる。

いつもの授業の十倍以上も疲れて、廣澤はようやくホームルーム活動を終えた。職員室に戻ると、すぐに職員会議だ。廣澤はここでも多くの発言を求められた。

それが終わると、小池教頭から個別に会議室に呼ばれた。

「きょう、私は教育委員会に呼び出された。教育委員会のおエライさんたちは、ずいぶんとおかんむりだった。どうして未然に防げなかったんだと」

「そんなに簡単にはいきませんよ」

教育委員会や文部科学省は、通達や指示を盛んに出してくる。けれども、一片の通達だけで問題が解決するなら、教育ほど楽な仕事はない。通達に書かれてあることを一行実現するだけでも、大変な労力が要るのだ。

「須磨瑠璃に関して全日制のＪＪＨ委員会の石先生は、小野寺悠斗にきちんと指導を与えている。定時制側はそのときに同席までしながら適切な措置を怠った。教育委員会はそう受け止めているようだ」

「しかし」

「起きてしまった結果が結果だ。反論のしようがない」

小池は首を横に振る。「定時制の生徒の凶行によって、全日制の模範的生徒が犠牲になった。この事実は重い。教育委員会は、これを機にうつぼ高校から定時制をなくすことを検討していると暗にほのめかしてきた」

「はあ」

「定時制高校というのは、行政にとっては費用がかかる。今回の知事選でも、各候補者は異口同音に財政緊縮を掲げるだろう。ただし、理由もなく廃止をすると、弱者切り捨てという非難を受ける」

「今回の事件は、いい口実となるわけですか」

「そういうことだ。全日制の教員にとっては、定時制は邪魔なお荷物だ」

定時制の授業があるから、全日制は補習を長くするわけにはいかない。グラウンドや体育館で定時制の体育授業があるので、部活動も早めに切り上げなくてはいけない。普段から、なくせるものならなくしたいと思っているはずだ。

「廃止にならないようにするには、どうしたらいいんですか」

「対策などないよ。われわれのほうに、弁明できる材料はない」


廣澤は、通勤の足であるバイクを置いて学校を出た。

どこかで飲んでからでないと帰れない気分だった。独身の一人住まいなので帰宅時刻を気にかける必要はなかった。

夜の十時を過ぎると、学校の近くで営業している店はほとんどない。廣澤は、地下鉄でなんばに向かった。こんなときに、飲んだ状態でバイクに乗って飲酒運転で検挙されたなら目も当てられない。

なんば駅の昇降口を上がったところにあるコンビニで、キャッシュカードを使って十万円を引き出す。まずは腹ごしらえだ。それほど食欲はないが、味の濃いものを口にしたい。

（こういうときは、やはりラーメンだ）

金龍ラーメン道頓堀店に廣澤は入った。店の二階部分に取り付けられた大きな龍の立体看板と赤橙色の店構えが、派手なミナミにあってもひときわ目を引く。ここは二十四時間営業だ。

チャーシューメンとビールを頼んだ。この店では、ニラ・にんにく・キムチを好きなだけラーメンに入れることができる。廣澤はとんこつスープの味が変わるくらい入れた。何かしなくては、モヤモヤした気分は軽くなりそうになかった。

チャーシューメンを平らげた廣澤は、ビールをもう一本追加し、使った割り箸を力を込めて折り曲げた。

生徒時代は、どの担任に当たるのかは運不運があると思った。しかし、教師になると、どの生徒を担任するかの運不運があることもわかった。それ以前に、どの学校に配属されるかも運である。生徒なら学校を選べるが、公立学校の教師は学校を選べない。

金龍ラーメンを出た廣澤は、入れ過ぎたキムチの辛さに唇を嘗《な》めながら、次の行き先を迷っていた。休みの日はもっぱら釣りか読書で過ごしてきた。あまりネオン街には慣れていない。だが、きょうはハメをはずしたい。少し歩くと、〝ガールズバー〟

という看板が見えた。このあたりに増えた店だ。入ったことはないが、スポーツ新聞でルポを読んだことがある。カウンター越しに若い女の子と会話をしながら、酒を飲むというスタイルのようだ。

（会話だけでは、今夜のへこんだ気持ちは埋められそうにないや）

十万円も下ろしてきたのだ。

「おニイさん。おすすめのええ店があるんやけど、どない？」

五十歳前後の男が背後から声をかけてきた。濃紺のスーツ姿に黒縁眼鏡と、どこかのセールスマンのような風体だ。

「店って？」

「おニイさんは若いんやから、やっぱいろいろ遊びたいやろ」

男は、十枚ほどのトランプ大の写真を取り出した。

若くてきれいな娘ばかりだ。

「この中から、好きな子を一人選んでくれたらええよ。目移りするかもしれへんけど、一人に絞ってんか」

「うーん、この娘かな」

背が高くてレースクイーンのようなスタイルの持ち主だ。髪は黒のストレートで清楚な雰囲気がある。

「この子なら入店料が一万円で、あとは交渉次第でどこまででもいけまっせ」

「交渉次第って、だいたいどのくらい」

「二、三万ってとこかな」

「どこまででもって？」

「そこまで訊くのはヤボでっせ。オトナ同士の関係や。表もあれば裏もあるわけでんがな。さあ、車に乗ってんか」

男は路上に車を止めていた。

「この近くじゃないの？」

「ここら一帯はやたら規制がきびしい。観光コースにもなっとる表通りはあかんのや。送迎は無料やから、とにかく乗ってんか」

男に背中を押されて廣澤は車の後部座席に乗った。「おニイさんは大阪出身なん？」

「いや、九年ほど前に大阪に出てきたんだけど」

大学に入学したのは八年半前の春だ。

「そいじゃあ、花博前の大阪の賑わいは知らんよな」

運転席に乗り込んだ男は車を発進させた。

「花博って、鶴見緑地の？」

大阪市鶴見区と守口市にまたがる鶴見緑地をメイン会場に、平成二年に〝国際花と緑の博覧会〟が開かれた。廣澤は五歳のときで、まだ香川県の幼稚園に通っていた。

「そうやで。あのとき、当局が国際博覧会を開くのに大阪の品位に関わるとしてソープランドをすべて潰《つぶ》したんや。それまでは繁華街を中心に大阪には何十軒もあったのに……そやから大阪の男たちは堂々と遊べんようになってしもた。それだけでなく、性犯罪も増えてしもうたんやで」

ほんの五分ばかり走っただけで、車は停まった。ミナミの賑わいを離れたかなり静かな街だ。古そうなビルの地下駐車場に車は入っていった。

「さあ、降りてくなはれ」

男はどこかに携帯電話でメールを入れたあと、車のドアを開けた。

連れて行かれたのは、駐車場から小さな階段を上がったところにある部屋だった。ほとんど暗室に近い。広くはないと思うが、何しろ暗くてよく分からない。男は長いソファの一つに廣澤を座らせ、ポケットからペンライトを取り出して、点けた。ソファの前には、ミニサイズのテーブルが置かれている。

「入店料の一万円をもろときまっさ。ゆっくりと楽しんでいってくなはれ。すぐに写真の女の子がきますよって」

廣澤は一万円を払った。男は一礼して姿を消した。

とにかく暗い。目を凝らして見るが、同じような長いソファとテーブルが三つほど置かれているようだ。しかし人の気配はない。こういった暗い店に入ったのは初めてだ。いや、はたしてこんな構えで店と言えるのか。壁も床もコンクリートのようだ。

女が入ってくると同時に、廣澤の鼻腔が刺激された。かなり安物の香水だ。

「こんばんは。指名してくれはって、おおきに」

声を聞いただけで、若くないのがわかった。横に座られて、膝をくっつけられる。

女はテーブルの上に缶ビールとスナック菓子を置いた。

廣澤は怪しい場所に入ったことを悔いた。男が見せてきた美人の写真に、つい誘われてしまった。

「さあ、ビール飲んでんか」

女はペンライトを取り出して、缶ビールのプルトップを引く。

廣澤はペンライトを奪って女の顔を照らした。手で隠された隙間から、中年女の厚化粧を施した横顔が見えた。

「写真と全然違うじゃないか」

「何言うてんのよ。写真どおりやないの」

「嘘をつけ」

「あんた、その写真を持ってんの？」

返す言葉が見つからなかった。写真は男が回収していた。

中年女は、スナック菓子の封を切る。

「せっかくやから、違う遊びをしていってよ。セックスは他の店でもでけるけど、これはここでしか手に入らへんわよ」

女は、小さな瓶を取り出した。「合法ハーブのドリンクやわ。とても爽快な気分になれるんよ。ストレスなんかいっぺんに吹っ飛んでくれる。あくまでも、合法ハーブやわ。違法なドラッグとは別物なんよ。試してみてよ」

「いらないよ。もう帰らせてくれ」

「あら、もうビールもスナック菓子も開けてしもたわ」

「帰りたいんだ。もうたくさんだ」

廣澤は立ち上がった。

「おニイさん」

姿を消したと思っていた男が現われた。隣には屈強そうな大男が立っている。少しだけ、暗さに目が慣れてきた。

「帰らせてくれ。全然話が違うじゃないか」

「せっかくやから、ハーブを味わっていかはったらどないです」

「いらないよ。帰してくれ」

「そしたら、精算をしまひょ。ビール代、おつまみ代、サービス料の総額で五万五千円になりまんな」

「冗談じゃない。どうしてそんな高いんだ」

「早いとこ帰りたいというのが、おニイさんの希望ですやろ。もっと長いことといてくれはってもええんですよ」

屈強そうな大男が一歩前に進み出る。ここは、これ以上抵抗しないほうが賢明だと思えた。

廣澤は五万五千円を支払った。入店料と合わせて六万五千円だ。

「おおきに。ほな、もとの道頓堀まで送りまっさ」

「いいよ。一人で帰る」

「送るルールになってますのや。送迎無料は嘘やおへん」

急に出ても方角はわからない。それに男は、廣澤が一万円札ばかりで払うと、五千円札をおつりとして返してきた。妙なところに律儀だった。

大男に隣のシートに座られたこともあって、帰りの車はずいぶんと往きよりも長く感じた。北へ向かっていることだけはわかった。

賑やかで人通りの多い道頓堀近くの道で降ろされたときはホッとした。すっかりほろ酔いは醒めてしまっていた。

週刊誌で読んだことがあるボッタクリバーだったが、迂闊《うかつ》にも途中まで気がつかなかった。彼らは手練《てだれ》という印象を受けた。被害金額も痛いは痛いが、のこのこ付いていった恥を忍んで警察に訴えるほどの超高額ではない。送迎も、バーのある正確な場所をわかりにくくするための工夫だろう。

廣澤はゆっくりと歩いた。まだ三万五千円ほど金は残っている。このまま帰るのは癪《しゃく》だった。雑居ビルの袖看板に、ガールズバーの文字が見えた。

(今度はぼったくられないぞ)

廣澤は半ばヤケ気味にガールズバーの扉を開けた。

「いらっしゃいませ」

さっきとは打って変わった明るい店内だった。若い子ばかり六、七人がカウンターにずらりと立ち並んでいる。雰囲気はショットバーで、男性バーテンダーの代わりに女の子ばかりがいるといったところだ。いや、女の子たちの後ろに蝶ネクタイの男が隠れるように一人いた。彼も若い。まだ二十代前半だろう。長めの髪を後ろで結わえて、芸術家のようにも見える。その男がカウンターをくぐって出てきた。

「お一人様でしょうか」

「ええ。料金システムはどうなっていますか」

あんなことがあったから慎重になる。これも学習効果と言うべきか。

「うちは安心の明朗会計ですよ。よそのガールズバーにはいいかげんなところもありますが、うちはダイジョウブです」

そう言いながら蝶ネクタイの男は、ひなびた喫茶店にあるようなメニュー表を差し出す。

「これ以外は、テーブルチャージの二千円とチェンジタイムチャージの三千円だけです。あと、お客さんが女の子に飲み物をごちそうしたときはよろしくお願いしますね」

「チェンジタイムチャージって何？」

「まあ、アパートを借りているときの更新料みたいなもんっすよ。さあ、どうぞどうぞ」

廣澤は空いているカウンター席に座らされた。

ハイボールをオーダーする。蝶ネクタイの男が素早く動いて作る。女の子たちはバーテン役はやらない。彼女たちの仕事は、客と適当に話を合わせることと、客に飲み物をおねだりすることだ。廣澤もさっそく、前の女の子から「あたしもハイボールがほしい～」と甘い声でささやくように頼まれた。頷いたものの、ハイボール一杯が千五百円である。さっきのボッタクリバーとは大違いだが、それでも金龍ラーメンの約二人前分だ。

しばらくすると、蝶ネクタイの男が、商店街の福引きで特等が当たったかのような鐘を打ち鳴らす。

「さあさあ、おまちかねのチェンジタイムで～す」

女の子たちがカウンターの下から紙袋を取り出した。紙袋の中身は、セーラー服だった。彼女たちは臆する表情も見せずに、カウンターの中で着替え始めた。下着姿にはなるが、カウンター越しなので、上半身しか見えない。

廣澤の横に座っていた二人連れの客の会話が耳に入る。

「この程度のものがセールスポイントでは、たいしたことないな」

「安かろう悪かろう、ってとこだな」

「ミシェルを上回る店はないよな」

「ミシェルはルックスのいい子ばかりだし、そのうえ本物の女子高生もいるしな」

「出ようか」

二人は腰を浮かした。

廣澤はしだいに退屈を覚えた。女の子たちと会話が弾むことはない。セーラー服など、廣澤にとっては珍しいものではない。うつぼ高校では、定時制は私服だが全日制は制服で、三時ごろに登校する廣澤は見慣れている。

廣澤は、女の子がハイボールのおかわりをねだり出したことをきっかけに、店を出ることにした。八千円の会計はボッタクリバーのあとでなければ、高いと思ったかもしれなかった。

廣澤は再び道頓堀通りに足を向けることにした。学園祭が終わったあと、小池教頭たちと一緒に入った韓国料理店があった。店の外観や内装はきれいではなかったが、味もそこそこでサービスもよく、割り勘で一人三千円ほどで済んだ。大衆的な店で時間を気にせずに食べて飲む。これがミナミらしい楽しみかたかもしれない。

道頓堀界隈は、夜十一時過ぎという時間帯になっても人通りは絶えない。オールナイトでやっている店がたくさんあるから、たとえ終電を逃がしても何とかなる。

街を行き交う人たちの平均年齢は若い。肩を寄せ合うカップルの姿も多い。

こんなときは、恋人がほしくなる。廣澤は、石加代子に思慕をいだいたことがあった。全日制の教員と直接いっしょに仕事をすることはないが、校内で顔を合わせれば挨拶をするし、ごく短い会話をすることもある。石加代子は聡明そうな整った顔立ちをしていて、スタイルもファッションセンスもよかった。

しかし、校内で短い会話をする程度では、相手の性格や考えかたはわからない。JH委員長としての彼女と同行して、その一端を垣間見た気がした。もしかすると、彼女は心の中に屈折したものを抱えているのではないか。そんな気もした。

小野寺悠斗のところを辞したあと、小池教頭が「彼女の父親は、公立中学校の元教員だった。八〇年代に校内暴力が吹き荒れたころ、力には力をという方針で問題のある生徒を殴ることで厳しく指導して成果を上げた。しかしその強引なやりかたをPTAから突き上げられて、結局辞表を書かされた伝説的な人物だよ」と教えてくれた。

小池はそういったことの情報通だった。

7

中央区千日前《せんにちまえ》で寿司割烹《かっぽう》の店を構える服部喬雄《はっとりたかお》は、閉店間際の店内で予約客を待っていた。閉店間際に客を受け入れることはあまり歓迎しない。だが、須磨成一郎からの頼みとあれば、しかたがない。

須磨成一郎は、八時前の電話でこう言ってきた。

「ニュースなどで服部さんも御存知のようなことがあって、すっかりまいってます。食欲はないんですが、服部さんのところで食事をしたいのでお願いできませんか」

「奥さんとお二人ですか？」

「妻のほうは、私以上に衝撃を受けていて、その気にならないと言われました。特上にぎりを持って帰るので、用意しておいてもらえますか」

「かしこまりました。それで、いつごろ御来店で？」

「おたくの店に行って他の客に顔を見られることは避けたいです」

「お気持ちはようわかります。ほなら、閉店する九時の少し前に来てください。のれんは下ろしておきますから」

服部は客のいない店内で、新聞を読みながら待った。須磨の美容室からは歩いて数分の距離だ。

新聞には、須磨成一郎の一人娘・瑠璃の顔写真が大きく出ている。ただでさえも、十七歳で命を散らせてしまったことはせつないのに、美少女だからその思いはさらに大きくなる。

指名手配を受けて逃走している十九歳の少年の行方は、いまだに掴めていないようだ。十九歳ということで、少年Aとされ、写真も出ない。被害者なのに須磨瑠璃が顔を晒され、加害者なのに少年の写真が伏せられるというのは、不公平だと服部も思う。昼間のワイドショーで、須磨が怒りのコメントを述べている場面を見た。須磨の言い分には強く共感できる。

服部は、新聞紙を畳んだ。

しかし、店の経営者という点では、服部は須磨の姿勢には必ずしも共感していない。須磨は上客を優遇する。客に何段階かのランクをつけて、それぞれ対応を変えて接客する。ランクを上げたければ、店に通うことになる。そうやって、客の上昇志向を使って儲ける仕組みを採用しているわけだ。しかも、最上位のランクに入るにはただ通い詰めればいいというものではなく、ステータスが必要だということだ。

服部はそこまで客を差別化するのは好きではない。服部は大衆的な店で修業を積んだ。誰が来ても、一見の客でも、同じように接客をする。そのことが気軽に入れる明るい店だという評判に繋がる——そう教えられて料理人として育った。

須磨のために閉店間際の店を今夜提供するのは、あくまで食事に出ることもままならないという彼に同情するからだ。

服部と同じように、須磨のやりかたには内心では抵抗を感じている経営者は少なくない。けれども、面と向かって言う者はいない。さほど広くはない範囲で商売をしているお仲間であり、須磨は商店振興会の会長として自ら費用を拠出して防犯カメラを設置するなど、貢献度も高いからだ。

店の電話が鳴った。

服部は嫌な予感に囚われながら受話器を取った。こんな時間に電話が鳴ることなどない。

「もしもし」

「服部さん？　すまない。須磨だ」

キャンセルだなと、服部は思った。

「助けにきてくれないか。南大阪物産の倉庫の前だ」

美容室ＳＵＭＡから服部の店に来ようと思えば、南大阪物産の倉庫などがある細い道を通るのが最短のルートだ。

「どうしはりました？」

「刺された。まったく気がつかないうちに後ろからやられた」

「すぐに行きますよって」

ここから走れば三分もかからない。

服部は店を飛び出した。


薄暗い倉庫の前で、須磨成一郎は携帯電話を片手にうずくまっていた。

「大丈夫ですか？」

「背中をやられた」

須磨のポロシャツの背中が、斜めにざっくりと切られていた。血の筋ができているが、出血量はそんなに多くはない。

「すぐに救急車を呼びます」

「頼む」

須磨は、自信に溢《あふ》れた辣腕《らつわん》経営者といういつもの姿からは想像できないほど、気弱な横顔を見せた。娘がきのう殺され、きょうは彼自身が襲われたのだ。

「犯人は見てはらへんのですか」

「まさかの不意打ちだったから、見ていない。ただ、若い男だったような気がする」

第三章

1

須磨成一郎が襲われたことに、四つ橋署の捜査本部は浮き足立った。

須磨を刺したのが、小野寺悠斗だという可能性が出てきたのだ。指名手配をしてから十数時間が経つが、その行方はまだ摑めていない。

小野寺悠斗は、どこかできょうの午後にテレビで報じられた成一郎のインタビューを見ていたのかもしれない。「自分がやったことの責任を取れ」「こそこそ逃げ回っているなんて、卑怯きわまりない」「望むのは死刑だ」といった過激な言葉を、須磨は発していた。悠斗はそれを挑発と受け止めたのかもしれない。

悠斗はそれまで須磨成一郎の顔を知らなかったとしても、インタビューを見たことで知ることができる。須磨瑠璃はかなりの父親似でもある。うつぼ高校の石加代子は、生徒会の仕事で遅くなった須磨瑠璃を悠斗が家まで送って行ったことが一度あり、それが彼女への思慕を抱くきっかけになったのではないかと話していた。さらに別の日に悠斗が彼女の家の前でたたずんでいたこともあったということである。

したがって悠斗は、須磨宅があるビルの所在地を知っていた。前で張っていて出てくる成一郎の姿を捉え、そっとあとをつけて暗いところで襲いかかった、という推測は成り立った。

捜査本部は、須磨宅はマークしていなかった。

2

古今堂は、重村一課長代理から電話を受けた。

「夜遅くに申しわけないです。小野寺吾助について、今夜動きがなかったかを確認しておきたいのです。店内のほうは中央署にお任せしていましたので」

「須磨成一郎さんの傷害事件に関してのアリバイ調査ですか」

須磨が受傷したのは中央署の管内であった。古今堂は当直者をすでに現場に向かわせていた。捜査本部からもかなりの捜査員が動員されたようである。

「息子が非難されたことに父親が腹を立ててという線もありうると考えまして」

「小野寺吾助さんは、店内にずっといました。うちの署員が付き添っていました」

古今堂はすでに確認を入れていた。

「そうでしたか」

「小野寺悠斗の所在は？」

「まだ摑めません。父親か母親のところを頼るだろうと踏んでいたのですが、今のところその動きはないようです。携帯電話の基地局を調べたのですが、アウトでした。携帯電話を壊したか、電池を携帯電話から抜いたかのいずれかでしょうな」

丸本が吾助に話してしまったことを踏まえて、重村がやや皮肉っぽく言っているように聞こえた。「若者一般の行動として一つ考えられるのは、どこかのインターネットカフェに滞在していることです。西区と中央区にあるインターネットカフェをすべて回り、さらに北区など他区にも範囲を広げてしらみつぶしに当たっていますが、数が多くてまだ全部は回りきれていません。その矢先に、傷害事件です。もし須磨成一郎を小野寺悠斗が襲ったのだとしたら、かなり攻撃的な性格です。担任の廣澤は、半ば引きこもりのような内向的な性格だと言っていましたが」

「須磨さんの容態はどんなもんですか」

「須磨成一郎は入院となったが、傷のほうは長さはあるものの、深さはなくて内臓には至っていないということだ」

「凶器は見つかったのですか」

「いえ、まだです。傷口の状態からして、おそらくナイフだと思われます」

重村は息を吐いた。「マスコミが嗅ぎつけたようで、うるさくなっています。インタビューで少年事件に対する怒りをぶちまける映像を連中は持っていますから、受傷事件が起きたことでその映像がまた使い回しできるわけです。おいしいネタです。そして警察が警護しなかったことを叩ける好機です。市民は警察が叩かれることを歓迎する傾向があります。市民の平穏な生活を命がけで守っているのは警察なのに」

重村との電話を終えたあと、古今堂は小野寺吾助の店に向かった。本当はもう少し早く行くつもりだったが、須磨の受傷についての第一報が入って出遅れてしまった。吾助の店へは、丸本と由紀の二人に最初に行ってもらっていた。その由紀からメールが入っていた。彼女たちが店に到着して約二時間後だった。

〝塚畑です。うちと丸本さんは店のテーブル席にいて、小野寺さんはカウンター席に座って新聞ばかり読んではるんですが、めっちゃ空気が重いです。脅迫電話は今のところ、一本もかかってきていません。ひょっとしたら小野寺さんは丸本さんからさらに警察情報を得たいと思って、「助けてほしい」って頼んできはったのかもしれません。丸本さんのほうは、これ以上小野寺さんに利用されたくないという警戒をしつつ、むしろ逆に小野寺さんから息子さんに関する情報を取りたいと思うてはって、それが小野寺さんにも伝わっているんで、最初のうちは会話があったけど、今はお互いだんまり合いみたいになってしもてるんです。署長さんから定期的に報告を入れるように言われてたんで、あんまし気持ちのええ内容やないかもしれませんけどメールします。電話やと中身が聞かれるんで、お手洗いからメールしてます（笑）〟

古今堂は、重村の依頼を受けて丸本を店に向かわせたことを少し悔いた。捜査対象者が知り合いのときは、捜査従事を避けるという原則からすれば、捜査対象者自身ではなくその父親という場合であっても、やはり避けたほうがよいケースだった。

古今堂は、刑事課の堀之内《ほりのうち》に頼んで代わりに行ってもらい、丸本を引き揚げさせることにした。それからかなり時間が経過したので、古今堂自身が今度は交代要員となることにしたのだ。

おのだ亭に着いたときは、午前一時を回っていた。

「もうそろそろ寝たいんです。寝付けるかどうかは、わからしませんけど」

小野寺は奥の部屋に、仕込みなどで遅くなったときのためにソファベッドと蒲団を置いているということだった。

古今堂は、堀之内と由紀と相談して、ローテーションを決めた。これまでのところ、脅迫めいた電話は全然かかってこないということだ。一人態勢でもフォローはできそうだ。由紀にはいったん自宅に帰って、翌朝から出てきてもらう。堀之内は近くにマイカーを停めているということなので、そこで四時間ほど仮眠を取ってもらい、そのあと古今堂と交代して朝まで居残り、由紀とバトンタッチすることにした。

「小野寺さんは寝てください。こっちのことは気にしはらんと」

古今堂は一人残ってテーブル席に座った。

「すんまへんな。けど、署長はん直々に来てもろて、申しわけないでんな」

「署長といっても、しょせんは現場の長です」

キャリアの署長は、お飾りとも言われる。警察庁からやってきて一年後には帰っていく腰掛けのような存在だ。実務的なことは副署長たち幹部がやるので、仕事量は少ない。ならば、その分は現場に出ようというのが古今堂の考えだ。

「ビールの一杯くらいおごらせてくなはれ」

　小野寺は冷蔵庫を開ける。

「アルコールを飲んでいては仕事になりませんさかいに、ジンジャーエールかウーロン茶にしてください」

「わかりました。それにしてもお若いでんな。おいくつだしたか？」

「二十九歳です。僕が中学校一、二年生のころだったと思いますよって、十数年前でしたか。小野寺さんをテレビで見た記憶があります。ほら、お得意のギャグがありましたよね。『バッタもんちゃうで。パチもんやで』でしたか」

「受けたギャグはあれだけでしたな。それに、関西でしか通用しまへんでした」

　小野寺は苦笑しながら、ジンジャーエールをコップに入れて差し出す。

「小野寺さんは、どういうきっかけで漫才師にならはったのですか」

「高校時代は人を笑かすのが好きでして、大学入試に落ちたもんで、漫才師を養成する芸能学校に入ることにしたんです」

「戎橋《えびすばし》なんかでやってはる人たちの先輩ですか」

　道頓堀に架かる橋や閉店後の銀行の前といった場所で、漫才のネタを披露して街頭ライブをしている若者コンビをたまに見かけることがある。彼らのほとんどは、芸人を養成する芸能学校の在校生だ。通行人を相手に武者修行をして、聴衆を惹きつける技を懸命に磨いているのだ。

「そうです。ああやって声を嗄《か》らしてきばってる連中を見たら、なつかしゅうなります」

「あの中からテレビに出られるのは、ひと握りやそうですね」

「わしらの同期は四百人ほどの入学者がいて、テレビに出られたのは五組十人だけでしたさかい、確率からすると二・五パーセントになります。一年制の芸能学校やけど、入って三ヵ月ほどで半分近くに減りよります。四十万円ほどの入学金と授業料を払《はろ》うていても、あきらめよるんです」

「小野寺さんは、二・五パーセントの中に入らはったんやから、エリートやないですか」

「コンビの相方に恵まれたんです。ケンスケはネタのほとんどを考えてくれよりました。自分で考えたのは、『バッタもんちゃうで。パチもんや』だけで、それも高校時代にクラス仲間とふざけていたときに偶然出てきたフレーズでした」

「相方は、高校のときの仲間やったのですか」

「いいえ。芸能学校に入ってから見つけた相方です。入校前から相方がいるのは、二割もおりません。たいていは同期生の中から見つけるんですけど、運不運がありますね。入校して三日目にケンスケのほうから『おまえ、相方おらんのやったら、いっしょにやらへんか？』と声をかけてくれまして、そこから八年間続きました」

「解散の原因を訊いてもええですか？」

「自分から言い出しました。あのまま続けていても、ケンスケをつぶすだけです。ケンスケには才能があって、ルックスもまあまあで、独身で、人気もありました。こっちはケンスケにおんぶしてもらってばかりでろくに芸もでけんで。そのことでノイローゼ気味になって休演したり、ヨメと子供がいたことをスッパ抜かれてしもたりして、ケンスケの足を引っ張ってばかりでした」

「子供というのが、悠斗君ですね」

「そうです。芸能学校では、生徒同士の恋愛は禁止されとるんですが、発表会のあとのコンパで盛り上がってしもて――ということも実際はようありますのや。芸能学校では、女は一割ほどしかおらんので、少々のブスでも可愛く見えてしまいます。ヨメはヨメで、もっと稼げる男やと期待していたようですけど」

吾助は頭を掻いた。「芸能学校を卒業していったんは別れたものの、二年後に復活して、できちゃった婚で悠斗が生まれました。そのあと六年で別居してしもて、二年して離婚ですがな。その離婚もヨメが勝手に役所に届出を出しまして——わしの署名を、筆跡を真似して書きよりましたんや。漫才のネタみたいな話でっけど、ほんまのことですのや」

離婚届は、夫婦の一方が筆跡を変えて相手の氏名などを記入して提出した場合でも、記入事項などの形式面の洩れがなければ受理されてしまう。役所が、夫婦双方の出頭を求めて両方の意思を確認してから受け付けるといったシステムにはなっていないのだ。したがって、もし夫婦の一方に離婚の意思がなかったときは、家庭裁判所に離婚無効の調停を求めるなどの手間をかけなければならない。それを防ぐために、そういったことが予測できる場合は、予防策としての不受理申出書が役所に出せることになっている。

「離婚の無効は争わはらへんかったのですか」

「そんな気は全然起きませなんだ。わしもそろそろあかんと思うてましたんで、ええきっかけになりました」

「悠斗君は、引き取らはったのですね」

「ええ、別居のときから引き取ってました」

「うちの丸本巡査から、悠斗君は中学時代にイジメに遭ったと聞きました」

「それも責任の一端は自分にあります。悠斗の同級生たちは、わしの現役時代を知りませんけど、親たちは知っとります。それだけでなく、よせばええのに、テレビの『あの有名芸人の今は？』という番組に出てしもたんですよ。ちょうどこの店を開業したばかりでお客さんの入りが少なかったもんで、つい『いい宣伝になりますよ』というディレクターの口車に乗ってしもうたんです」

「この僕も、中学時代にはイジメに遭いましてね」

「ほんまでっか？」

「ええ。転校しても大阪弁が抜けなかったのと、見てのとおりのおチビですからね。体育の時間には恥をかきました。走り高跳びは最下位だし、ハードルはいくらやっても一台も跳べませんでした。英語や数学のテストなら点数は隠せるのに、体育はオープンでみんなの見ている前ですからね」

古今堂は百五十八センチの頭頂をポンと叩いた。「学校に行くのが嫌でした。登校拒否にまではなりませんでしたが、仮病で休んだこともありました」

「体育の苦手やった人が、警察官とは意外ですな」

「ええ、パチもんですね」

キャリアには、採用時の体力テストは課せられない。

「中学時代の不登校に懲《こ》りたもんで、高校のほうは宗教法人がお寺の中に作っている小規模な私学に入れました。イジメは一件もないと聞いてましたので。けど、悠斗は宗教色の強さに肌が合わんかったみたいで、五月に中退して今の定時制高校に編入しました。彼なりに学校にもなじむようになって、今度はうまいこといきそうやと喜んでおったんですけど」

吾助は首を横に振った。

「悠斗君の犯行やとは思うてはらへんのですね」

「悠斗は『僕は、暴力は使わへん。そんなことはせえへん』と電話で言いよったんです。信じんわけにはいかしません。父親ですさかいに……」

吾助はもう一度首を横に振った。「ほな、そろそろ失礼して寝さしてもらいます」


堀之内と交代したあと、官舎に戻って四時間ほど寝て署に出勤した古今堂に、由紀から連絡が入った。今度はメールではなくて、電話だった。

「署長さん、ちょっと御相談があるんです。堀之内さんと代わろうと小野寺さんの店に入ったら、きのうとは違うことが二つ起きていました。一つは朝からマスコミがやってきて、昨夜に起きた成一郎さん傷害事件についてのコメントを求めてきたことです。小野寺さんは何も答えませんでしたけど、そのあとワンセグでテレビのニュースやワイドショーばかりを見てはります。それともう一つは、ついさっきなんですけど、小野寺さんが『嫌がらせの脅迫電話など本当はなかった。からかいのようなものは二本ほどあったけど、店を閉めろといったものはなかった。脅迫を受けたというのは、からかいの電話からヒントを得たわしの創作やった』と言い出さはったんです」

「つまり、狂言やったということか……」

古今堂も、ひっかかりは覚えていた。あれだけ脅迫があったと言っていたのに、中央署によるガードが始まったとたんになりをひそめたからだ。

「小野寺さんは、『加害者の父親として、マスコミから批判的な取材を受けるのが辛くてしかたがなかったんや』と言うてはります。自分も何らかの被害者になったなら、それまでの攻撃ばかり受ける立場から、少しは保護してもらえる立場に変われるだろうと」

その気持ちはわからないではない。加害者の家族は、世間から加害者と同列に扱われる傾向がある。ましてや未成年者となれば、〝親としての責任〟を問われることになりかねない。小野寺の場合には、元有名人という事情が加わる。

「せやから言うて、脅迫被害をでっち上げてもええというもんやない」

「小野寺さんは、『中央署の人たちには、親切にやってもろうたのに申しわけなかった』と頭を下げてはります」

「あとでそっちに行くさかいに、それまで待っていてくれるか」

「わかりました」

狂言での被害申告は、たいした罪には問えない。せいぜい警察に対する偽計業務妨害罪くらいのものだろう。

3

須磨成一郎の受傷事件があったことで、美容室ＳＵＭＡには再び多くの報道陣が詰めかけることになった。

見習い美容師の高城庸司は、また憂鬱な気分になった。ようやくきのう引いてくれたマスコミの波が押し寄せてきて、応対係を再び務めることになったからだ。

入院中の成一郎に代わって妻・麻奈子が、高城に指示を与える。

「インタビューは一回だけならやってもいい。だけど、あたしの顔を写さないことが条件よ。今度はあたしが襲われるのではたまらないから——その条件で来ているマスコミ全社の同意を取ってきなさい。一社でも同意しなかったら、インタビューはしないから」

「はい」

瑠璃が亡くなったおとといは、流れる涙をぬぐおうともせずすっかり取り乱していた麻奈子だったが、けさは少し落ち着きが見られた。そのきっかけになったのは、きのうの夕方に麻奈子の妹・浜本比呂子《はまもとひろこ》が息子を連れてやってきたことだったと高城は思っている。麻奈子と仲の良い比呂子は、ときどき店を訪れてくる。京都に住んでいるということだが、あまり身支度には気を遣っていない女性だ。清涼飲料水の缶やペットボトルを自動販売機に補充して回る仕事をしているということで、いつも日焼けした顔をしている。麻奈子はそのことをかなり気にしている様子だが、比呂子はそんな姉の思いに無頓着なようだ。

比呂子はきのうは喪服姿だったが、着こなしも悪い。そのうえ、髪はカラーリングが褪色《たいしょく》したような茶色でしかもパーマが中途半端にとれかかっていた。

比呂子と息子の寛治《かんじ》は、五階の一部に設けられているゲストルームを使って宿泊するということで、高城はその部屋の清掃も指示された。見習い美容師というのは雑用もこなさなくてはいけない存在だということは他店でも聞く。美容業界は、高城が予想していた以上に封建的だ。美容室ＳＵＭＡでも、上下関係ははっきりしている。店ではＳＵＭＡのロゴ文字が入ったスカーフを着用して仕事をするが、ランクに従って黒、緋《ひ》、黄、紫という色分けがされている。残業もよくあるが、見習いでもベテランでも他店に比べて給料は多い。それで離職率が低いのではないだろうか。

きのうの夜、麻奈子は技能研修会をすると言い出した。

「葬儀が終わるまでは、店の臨時休業が続くわ。でもそんなに休んでしまっては、腕が落ちるでしょう」

これまでにも、年に数回は技能研修会をやってきた。閉店後に、指名された美容師が同僚もしくは知人をモデル役に髪をカットして、そのあと合評をしていく。

「従業員が出てきたら何かしゃべらせようと、外ではまだマスコミがしつこく張り付いていそうよ。だから外へ出ないためにも、技能研修会を開くことにする。急だけど、全員参加してちょうだい。食事は研修会までに済ませておいて。まとめて出前を取るから」

麻奈子がきのう技能研修会を開いたのは、カットモデル役となった比呂子の髪を整えて黒く染めるための口実だったのではないかと高城は思っている。比呂子は外見に無頓着そうな女性なので、カットするにも理由が要りそうだった。

もっとも、研修会には従業員に活《かつ》を入れるという目的もあり、かなり熱のこもったものになった。比呂子の髪を、最も勤務年数の長い女性美容師にカットさせ、その批評をしたあと今度は麻奈子自身がその女性美容師の髪をカットしていった。麻奈子は「こんなときであっても、ハサミを持たなくてはいけないのです。それがプロです」と気丈さを見せていた。

成一郎のほうは技能研修会には顔を出さず、なじみの寿司割烹店に飲みに行こうとした。そして襲われてしまった。

けさは早くから、捜査本部の刑事がやってきて「念のため」と従業員の昨夜のアリバイを尋ねてきた。高城は技能研修会のあとずっと四階の自分の部屋に居た。外出したのは、五年先輩の男性美容師一人だけのようであった。彼はコンビニまで夜食のカップラーメンを買いに行ったということだった。コンビニは、成一郎が襲われた場所とは逆の方向であったが、刑事たちはレシートの提出を求めるなどかなり執拗であった。麻奈子の甥の寛治にも、刑事たちはアリバイを確認していたようであった。彼は「五階にずっといました」と小さな声で答えていた。

午前十時過ぎに、麻奈子が二階の店舗にマスコミを上げて会見を始めた。一階の駐車場では通りから覗かれたり、隠し撮りをされかねない。高城以外の従業員も数人が立ち会い、カメラが麻奈子の胸から下しか映していないことの確認役を務めた。

「娘が死んだ翌日に、夫が襲われるなんて、本当に不幸が続きます。いったいどうしてこんなひどい仕打ちを受け続けなくてはいけないのか、理由がわかりません」

麻奈子は慎重に言葉を選んでいるように、高城には見えた。もし瑠璃を殺した犯人が成一郎も襲ったのだとしたら、成一郎が怒りのコメントを発したことで犯人を刺激してしまったということが考えられた。これ以上、犯人を刺激したくない。麻奈子はそのことを配慮しているようであった。

「不幸中の幸いとも申し上げるべきでしょうか。夫の負傷は、大事には至っておりません。美容室ＳＵＭＡが今後営業縮小するといったことは一切ございません。お客様にはどうか今後とも変わらず、よろしくお願いいたします」

麻奈子は頭を下げた。高城はカメラに顔が映らないか、一瞬ひやりとしたがどうやらセーフのようであった。

麻奈子はさらに続けた。

「あすまでの三日間は喪中ということで臨時休業をさせていただきます。今夜は通夜をうちで執り行ないますが、主人を襲った人物もまだ逮捕されておりません。また何かあっても困りますので、親族と従業員のみが参加する形にさせていただきます。葬儀のほうも同様とさせていただきます。どうか御了解くださいますように」

再び頭を下げたが、麻奈子自身が今度は気づいたのか、角度の小さいものであった。

マスコミ陣から質問が飛ぶ。

「犯人に対して言いたいことは？」

「とくにはございません。どちらの事件も早く解決してほしいと思っております」

高城には、麻奈子が冷静さを保とうと腐心していることがよくわかった。きのうの会見で、成一郎は怒りの感情をぶつけ過ぎていた。

「両事件は同一犯人の仕業だとお考えですか？」

「あたしに訊かれても答えようがありません。警察のほうにお尋ねください」

「御主人は襲われたことについて、どう言っておられます？」

「とくには聞いておりません。では、これで失礼いたします」

マスコミからは「待ってください」「もう少し質問があります」と止められたが、麻奈子はさっさと会見を切り上げた。

麻奈子による会見の様子を、どの局よりも早く伝えたのが、大都テレビの昼のワイドショーであった。その番組は、昨夜の須磨成一郎傷害事件についても詳しく報じていた。

4

放映直後に、一本の電話が大都テレビに入った。

「傷害事件の犯人は、僕じゃないです」

電話応対をしたディレクターに、男はそう言った。

「あなたは誰ですか?」

「僕は……小野寺悠斗です。須磨瑠璃さんのお父さんを襲ったのは、若い男の可能性があるって放送していましたが……僕ではありません」

電話はそれで一方的に切れた。

5

古今堂は、由紀とともに中央署に引き揚げることにした。

小野寺吾助への脅迫は本当は何もなく、彼がガードを辞退した以上は、店内に居続けることはできなかった。店の外では、引き続き捜査本部の刑事たちが張り込みを続けていた。

「ほんまに、攻撃ばかり受ける立場から少しは保護してもらえる立場に変わりたいというのが、狂言の理由ですやろか？」

由紀は首をひねった。

「そうは思えへんな」

脅迫電話があったということから、古今堂は小野寺の店にある電話の通話記録を調査していた。うつぼ高校での事件発覚以降、同じ携帯電話から二件の着信があった。その前には四件の固定電話からの着信があったが、いずれも仕入れ業者や常連客からのものとわかった。二件続いた携帯電話は、悠斗の番号だった。

しばらく間隔を置いて、二件の着信があった。そして早朝の時間帯にも一件着信していた。いずれも公衆電話からだった。そのあとにも二件あったが、それらは非通知だった。

「非通知の二件は、小野寺吾助が言うていた冷やかし半分の電話かもしれへん。けど、公衆電話の三件は小野寺悠斗からのもんやと思えるんや」

悠斗の携帯からの二件の着信の間に、丸本が小野寺から電話を受けて携帯電話の基地局の話をしてしまっていた。そして非通知の二件は、インターネットの掲示板に悠斗の父親が元漫才師のゴンスケで、今は〝おのだ亭〟という店を開いていると書かれて以降だ。

「じゃあ、小野寺さんは悠斗君からの着信をごまかすために、脅迫電話を受けたという狂言をしたんですか」

「それと、丸本巡査からもっと情報を引き出したいと思うたんやないかな」

基地局についての情報を聞けたことで、吾助は味をしめたのかもしれない。

「じゃあ、丸本さんからもう情報は引き出せそうにないと判断して、狂言だと言い出したんですか？」

「小野寺吾助は、丸本巡査が一人で来てくれることを期待していたんかもしれへん」

ただ、そういったことだけで狂言をしたというのは弱い気もする。

「うちは小野寺さんってそんなに悪い人やとは思わへんのですけど、息子を助けるためってことになったら別なんでしょうかね」

「署に戻る前に、須磨成一郎さんが受傷した場所に行っておきたいんや」

「あの案件は、四つ橋署の捜査本部が扱うことになったのですか」

「いや。所轄はあくまでも中央署や。うちからも、当直やった刑事たちにすぐ急行してもろてる。ただ、小野寺悠斗の犯行の可能性があるので、その検証を捜査本部がやりたいということやった。捜査本部としては、むしろ小野寺悠斗以外の人物が須磨成一郎を襲ったという検証結果が欲しいのが本音やないやろか」

「なんでですか？」

「指名手配をした少年が逃走中に新たな事件を起こしたなら、逮捕でけてへん警察への風当たりが強うなるさかいや」

須磨成一郎が襲われた場所は、昼間でもあまり通行人の多くない狭い道路の、しかも倉庫の前だった。

「防犯カメラもなさそうですね」

由紀は周囲を見上げた。

「調べてもろたけど、ここにはあらへんかった。隣の道路には設けられていたんやけど」

「夜間に、一人で歩いていたんですよね。署長さん、もしかしてこの傷害事件も狂言って可能性はあらへんですやろか。つまり、須磨さんは自分で自分を切ったわけです」

「その目的は？」

「それは、ようわかりませんけど」

「被害者遺族への傷害事件が起きたなら、それだけ警察の捜査陣の勢力が割かれることになる。一刻も早《はよ》う犯人を検挙してほしい被害者遺族が狂言をする理由は見あたらへん。それに、自分で自分の背中を切るというのはかなりむつかしい芸当や。凶器の処分も簡単にでけるもんやない」

「凶器は何やったんですか」

「ナイフのような刃物やったそうや」

「そしたら、自分で切るということはでけそうにないですね」

「須磨さんはまだ入院中やから、お見舞いがてら事情聴取に今から行こうと思うんや」

「はい。お供させてください」

6

丸本良男は、黒崎二郎《くろさきじろう》会計課長に小会議室に呼び出された。

「小野寺吾助のところを引き揚げたそうだな」

「警察官が、個人的つながりのある市民のガードに携わるのはようないという署長の判断でしたので」

けさからは会計課の通常業務に戻っている。

「府警本部から捜査本部に出ている幹部に知り合いがいて、こういう提案をされたんだよ。小野寺吾助から息子に呼びかけをさせられないかって」

黒崎は、府警本部から中央署に転任してきた警部だ。ノンキャリアとしてはかなりの出世コースにいたようだが、多忙時に自宅に仕事を持ち帰ろうとして電車の網棚に書類を置き忘れて紛失するというミスを犯して左遷されたと噂に聞いている。

「何の呼びかけですか？」

「出頭だよ。逃走すればするほど、罪は重くなる。それだけでなく、切羽詰まって自殺をするおそれも高くなる。数年前に、山口県の高専生が同級生の女子を殺害して逃走して、未成年者だけど実名を出すべきかどうか論議を呼んだが、結局自殺という最悪の結末に終わった。都会と地方という違いはあるが、状況として今回と似たケースだ。君も同じ結果は望まないだろう」

「もちろんです。悠斗君を中学生のころから知っているのですから」

「だったら、もう一度、小野寺吾助のところに行って説得してきてくれ。マスコミは注目しているから、吾助の呼びかけは、すぐに撮って流してくれる。悠斗は、テレビを見ることができる場所にいるようだ。須磨成一郎の傷害事件について、自分は犯人ではないという電話をテレビ局にしてきたそうだ」

「そうなんですか」

「これは私個人の意向ではない。捜査一課からの要請なんだよ。うまく説得できたなら、丸本君の手柄になる。君は府警本部に転勤したいと言っているそうじゃないか。いいチャンスだよ」

「それはそうなんですが」

　この春まではそう思っていた。しかし、今では所轄署の仕事にそれなりのやりがいを見つけつつある。

「署長の意見を聞いてからでもいいですか？」

「丸本君。古今堂署長は警察庁のキャリアさんだよ。来春には中央署どころか大阪府警にもいない予定の人間だ。そういうおかたに、いちいちお伺いを立てる必要はないよ」

「少し考えさせてもらえませんか」

この春に赴任してきた古今堂といっしょに仕事をしたことを通じて、彼が単なるエリートのキャリアでないことがわかってきた。一年限りのポストなのだから実務的なことは副署長や課長に任せて、お飾りのゲスト役に徹しても誰も文句を言わないのに、彼は現場に積極的に出て、ときには刑事のように捜査に携わる。そういうところが、副署長や課長たちにはかえって疎《うと》まれているようだが。

「あまり時間はないぞ。手遅れにならないようにしてくれ」

丸本は会計課の部屋に戻った。

携帯電話が着信を告げる。小野寺吾助からか、と思ったが実家からだった。

「もしもし、良男」

せっかちな母親の声が、着信ボタンを押すと同時に響く。「悪いけど、ちょっとこっちへ来てくれへん？」

「どないしたんや。急に？」

「いろいろあるんよ。すまんけど」

「すまんけど、て言われても。また弁当の臨時注文が入ったとか、そんなんやないやろな」

「弁当やないけど、臨時なんや。臨時と言うより緊急なんよ。一時間くらいでもええし、職場を抜けられへん？」

「抜けるなんて、簡単にでけへん」

「ほな、休みを取ってよ」

「おやじが急病とかそんなんか？」

「ちゃうちゃう、いたって元気や」

「そしたら、五時過ぎてからにしてくれへんか」

課長の黒崎に返答をすることなく、休暇をとることなどできない。それに、きのう小野寺のところに行ったことで、担当している庁舎維持費の計算がそれだけ遅れてしまっているのだ。

「しゃあないな。それでええし、必ず来てや」

7

「お話しすることはありませんな。それよりも、瑠璃を殺した犯人を一分一秒でも早く逮捕してください」

個室病室のベッドの上で、須磨成一郎はとりつく島もない態度を見せた。「犯人がわかっているのに、捕まえられないのは警察の怠慢以外の何ものでもない」

「われわれは中央署の人間です。娘さんの殺人事件ではなく、成一郎さんの傷害事件の捜査をしています」

「そんな役所の縦割りみたいなことを言われても市民には関係がない。警察官なら所属に関係なく、少しでも早く指名手配犯を見つける。それが、あるべき姿じゃないのか」

「言わはるとおりです。所轄の線引きはあくまでも警察サイドの勝手です」

「だったら、早くあの男を逮捕してくれ」

「一つだけ教えてください。あなたは、襲った犯人の姿を見なかったのですか」

「いきなり背後から襲われて、痛さと恐怖でその場にうずくまったんだ。犯人のほうを振り向いている余裕などなかったよ。あの状況では、それが普通だろう」

「犯人は、すぐに走り去ったのですね」

「そのとおりだ。あの素早さと足音からして、若い男に違いない」

「けど、小野寺悠斗とは断定でけませんね」

「他に誰がいるんだ?」

須磨は気色《けしき》ばんだ。「インタビューで『こそこそ逃げ回っているなんて、卑怯きわまりない』と非難した。それで怒ったあいつが襲った。それ以外に考えられん。警察が、あいつをもっと早く逮捕できていたら、こんな負傷はせずに済んだ。そのことへの責任を感じないのかね」

病室を出たところで、由紀は丸い頬をいっそう膨らませた。

「被害者として辛い思いをしてはるのはわかりますけど、ちょっと尊大すぎませんかね」

「担当医の先生に少し話を聞いていこう。それから、うつぼ高校にも寄ってみたい」

「うつぼ高校に寄るということは、殺人事件についても調べるんですか?」

「いや、あくまでも傷害事件の捜査や」

　うつぼ高校定時制の担任である廣澤照男は、浮かぬ顔で古今堂と由紀に接した。

「事件があった日曜日から、まだ四十数時間しか経っていないのに、とてつもなく長い時間が過ぎたような気がします。きのうは全校集会とホームルームだけでしたが、きょうからは授業もしなくてはいけません。気が重いです」

「先生から見て、悠斗君は攻撃的な性格でしたか？」

「いえ、むしろ逆ですね。彼は不登校のときに教育カウンセラーの世話になっていたことがありまして、僕も担任をするにあたって話を伺いに行ったことがあるんですが、攻撃性が指摘されるどころか、イジメを受けてもがまんするところがあってそれがイジメを助長したのではないかとカウンセラーに言われました」

「人を傷つけたことは過去にはありましたか」

「ないです。僕の知る限りでは」

「学校では身体測定をやらはりますね」

「ええ。年度当初の行事です」

「その記録を見せてもらいたいんです」

「かまいませんが、身長や体重や視力といったものばかりで、精神面の検診はやっていませんよ。そういうことは教育カウンセラーのところにいかないと」

「いえ。それでかまへんのです」

8

丸本は、夕方五時半過ぎに中央署を出ると、実家のある都島区東野田町へと向かった。

四時ごろに署に戻ってきた古今堂に、丸本は黒崎から言われた内容と判断を保留したことを正直に伝えた。

「丸本巡査自身は、どう考えていますか？」

「そんなにうまく説得でけるか、自信はありません。きのう、吾助さんと店にいっしょにいてお互いにとても気まずかったです」

「僕は少し話をしてみて、彼は息子が殺人をするはずがないと受け止めてるなと感じました」

「ええ。無実だから逃げてほしい、と願ってはるようです。せやから、僕に指名手配のことなんかを訊いてきたんやと思います」

「そういう人間に説得なんかして、うまいこといきますやろか。無理に実現しようとしても、丸本巡査との関係をこれで終わりにするだけでしょう」

「そうなると思います」

「断ったほうが賢明ですね。僕のほうから黒崎課長に言うときます。角が立たへんように、あんじょう気ぃつけて言いますよって」

「よろしゅうお願いします。署長は、悠斗君が無実と考えてはるのですか？」

「いえ。それは判断しかねています。小野寺悠斗が電話で犯行を認めたのは動かしがたい事実です。けど、その意図がわかりませんのや。認めておいて、逃げている心理も」

「世間の注目を集めたいというキャラでもないんですよ」

「告白の電話以外にも、現場の状況とか指紋といった証拠もあります。僕たち警察官は、ついつい証拠や供述といったものに引きずられてしまう傾向を持っています。せやけど、犯罪をするのは、あくまでも人間です。その人間の性格を抜きに考えてしまうと、本質を見落とすという可能性もありますのや」

「気が楽になりました。相談してよかったです」

丸本の実家は、ＪＲ・京阪電車の京橋駅から徒歩で十分足らずのところにあり、すぐ近くに近松門左衛門が「心中天《しんじゆうてん》の網島《あみじま》」の素材にした遊女・小春と天満《てんま》の紙屋主人・治兵衛の墓碑がある。この墓碑を子供のときに何度も見たことから、丸本は村田英雄が「王将」で歌う〝女房の小春〟というのが、その碑の人物だと思い込んでいた時期があった。

それにしても、村田英雄の「王将」は大阪人に好まれる歌だ。阪田三吉を〝名人〟として応援した大阪人の東京に対する反骨精神が、〝あすは東京に出て行くからは、何が何でも勝たねばならぬ〟というフレーズに共鳴するのだろう。実家の〝強虎弁当〟もそうだ。東京が本拠地のジャイアンツに対抗しようとする大阪のタイガースファンに支えられている。

「ただいま」

実家の扉を開けると、母親のエイ子の姿があった。椅子に座って疲れた様子で俯いている。いつもは元気の塊《かたまり》のような顔で「おかえりぃ〜」と言ってくれるのだが、小さく頷くだけだ。

「どないしたん？」

「あんたを待ちくたびれてしもうたんや」

「いったい、何があったんや？」

「バランがなくなってきたんで、裏のプレハブに行ったんよ」

バランというのは、弁当に間仕切りのようにして詰める緑色の細工切りの飾りだ。毎日何百枚も使う。店の裏手にプレハブがあり、弁当箱などとともに収納してある。

「そうしたら、思いがけない人に会《お》うてしもた。そいで、どないしようかと思ってあんたに電話したんよ」

「誰？」

「二階で待ってくれている。あんたが帰ってくるまで待ってて、となんべんも頼んだんよ。あんたには、もっと早う帰ってほしかったけど」

「いったい、誰なん？」

「あんたの部屋で、サッカーの雑誌を読んでいるわよ。たぶん」

丸本は警察の独身寮暮らしだが、エイ子は息子の部屋をそのままにしておいてくれている。「あんたには彼女がいるのかとか、母親ならどんな彼女なのか関心はないんかって、訊かれたわよ。もしかしたら、恋愛であんたに相談ごとがあるのかもしれへんよ」

「え……」

丸本は悪い予感に捉われながら二階への階段を上がり、名古屋の病院で看護師として働いている妹の部屋を通り、自分の部屋の前に立った。まさかと思いながらも、部屋のドアを開ける。

悪い予感が当たってしまった。

そこにいたのは、小野寺悠斗だった。床に座って壁にもたれた悠斗は、うたた寝をしていた。読み飽きたのか、サッカー雑誌は閉じられて置かれていた。

ドアが開いた物音で起きた悠斗は丸本と目が合うと、何の言葉も発することなく、視線をそらせた。彼が中学生のときに吾助が連れてきて初めて会ったが、そのときもあいさつをすることなく、まったく同じ所作をした。

「指名手配、受けているのは知っている?」

他にもっと言いかたがあると思いながらも、それしか言葉が出なかった。

悠斗は黙って頷いて、さらに視線をそらせた。

インターローグ

「お母ちゃん。あのお芝居、見たい」

子供が、母親の手を引っ張った。

道頓堀通りの中座で、松竹新喜劇の公演が行なわれていた。大黒柱の役者である藤山寛美の笑顔を描いた大きな看板が立てられている。

〝連続無休公演　更新中〟という幟《のぼり》がその横ではためいている。

「テレビで見たらええんや。そしたら入場料はいらへん」

「本物の藤山寛美さんを見たいんよ。小島慶四郎さんも、酒井光子さんも」

子供は、テレビで放映される松竹新喜劇を欠かさず見ている大ファンだ。〝笑わせて最後は泣かせる〟と言われた脚本の多くを手がけた館直志《たてなおし》とは、渋谷天外のペンネームであり、劇団が傾きかけた時期に〝たてなおし〟の願いを込めてつけられたということも知っていた。

「なんぼせがんでも、あかんもんはあかん」

子供の目の前で、タクシーが停まった。晴れ着でめかし込んだ親子四人連れが、楽しげな表情で中座の入り口に向かっていく。

「ああして見にいく人もいるのに」

「うちらには、入場料を払えるお金はないんや。毎日カツカツなんやから」

母親は、子供の腕を引っ張った。

中座の横にある道を南に五十メートルほど歩くと、法善寺《ほうぜんじ》横丁がある。美味しい料理を出す店が両側に建ち並ぶ石畳の細い横丁を通り抜け、母と子は法善寺の水掛《みずかけ》不動の前に出た。賑やかな道頓堀通りとは目と鼻の先の距離であるが、とても静かだ。

母親はひしゃくで水をすくって、不動像に掛ける。

「水をかけると願い事がかなうんや。あんたもやってみぃ」

子供は母親にならって、ひしゃくの水を不動像に掛けた。不動像の顔にも胴体にも、苔が生えている。ひっきりなしに水が掛けられるからだろう。

子供は手を合わせて、願い事を心に念じた。

(タクシーで新喜劇を見に来られるようなお金持ちになりたいです。そのあとは法善寺横丁で美味しい料理をお腹いっぱい食べたいです)

第四章

1

「え、悠斗君は傷害事件の犯人やないんですか」

由紀は、細い目をいっぱいに見開いた。

「断定はできひん。けど、その可能性はあると思う」

古今堂は署長室で腕を組んだ。「さいぜん病院で主治医の先生に訊いたら、下部僧帽《そうぼう》筋から広背《こうはい》筋にかけての裂傷――つまり背中の肩甲骨《けんこうこつ》の下から腰椎《ようつい》にかけての傷口やったということや。うつぼ高校の身体測定記録で、小野寺悠斗君の身長が百七十三センチやとはっきりした。病院によると、須磨成一郎さんは百六十六センチということで、悠斗君がもし犯人なら自分より低い身長の成一郎さんを切ったことになるけど、それならもう少し背中の上部のほうに傷口ができるのが普通なんや」

「高い人が低い人の背中にナイフを振り下ろしたら、そうなりますね」

「それともう一つ、足跡のこともある。府警本部鑑識課に顔が利く谷《たに》刑事に、情報を得てきてもろうた。うつぼ高校の生徒会室で採取された足跡と同一のものは傷害現場では見つからへんかったということや。そこから考えられるのは、小野寺悠斗が逃走中に靴を履き替えたか、もしくは小野寺悠斗は傷害の現場に行ってへんかったか……」

「現場の道路はアスファルトやったですけど、採取しにくくはなかったんですか」

「完全にでけたとは言えへん。ただ、倉庫前なので、その日の午後七時前にシャッターを降ろすまで、荷物や資材の積み下ろしでかなりの埃があったということや。夜間の人通りは少のうて、朝になったら倉庫会社の社員が清掃する慣わしになっている。せやから、かなりの足跡が取れたんや」

「悠斗君から、自分は傷害事件の犯人ではないという否認の電話が大都テレビにかかってきたことが報道されていましたね」

「ただ、小野寺悠斗の犯行やないとしたら、誰が何の目的で須磨成一郎を襲ったのかがわからへん」

「もし悠斗君が襲ったとしたら、須磨さんがインタビューできつく言ったことへの腹いせだという動機はありますよね」

「せやけど、腹いせでそこまでするやろか。せっかく逃げているのに、わざわざ襲うためのチャンスを窺ったうえで実行する。そんな危険を冒すやろか」

「そうですね」

「小野寺悠斗という若者のことをもっと調べたいと思うてる」

「けど、いかんせん殺人事件は管轄外ですよね」

「あくまで傷害事件の捜査に関連して、という前提になる」

「それにしても、悠斗君は、どこにいるんでしょうか。引っ込み思案の十九歳が立ち寄れるところって、そうそうあらへんと思うのですけど」

2

丸本良男は、額の汗を拭《ぬぐ》った。自分の部屋に、捜査本部が血眼になって探している指名手配犯がいるのだ。

「今まで、どこにいたんや？」

「ネットカフェ」

悠斗はぼそっと答えた。五年半前に、中学生だった悠斗と初めて会ったときから、その口調は変わっていないようだ。

「ネットカフェでは、よう寝られへんやろ」

悠斗はかすかに頷く。

それで会話は途切れた。

初対面のときも、こんな調子だった。

イジメを受けて部屋に引きこもっている息子が興味を持っているのは、パソコンゲームとサッカーだけだということで、吾助がサッカーを口実に外に連れ出してもらえないだろうかと丸本に相談しにきた。当時交番勤務だった丸本は、非番の日に母校である体育大学のサッカー部の紅白戦練習試合を悠斗に見せることにした。

「サッカーはやったことあるの?」

「体育の授業でしか」

「そうか。けど、試合見るのは好きなんや」

「うん、まあ」

「日本代表の選手では誰が好き?」

五年半前は、ジーコ監督のもとにドイツワールドカップ出場を目前に控えて日本全体が盛り上がっていた。

「加地亮」

「へえ、そうか」

丸本は驚いた。中学生なら、中田英寿か中村俊輔といった答えが返ってくることが多い。サイドバックの加地は巧いプレーヤーで、日本代表として五十試合以上に出場しているが、堅実なだけにかなり地味な存在であり、知名度もそれほど高くはなかった。

「加地のどういうところが好きなん？」

「目立たないところで頑張っていそうだから」

紅白戦を見学したあと、丸本は後輩から借りたユニフォームを悠斗に着せて、自分もユニフォーム姿になって、試合後のグラウンドでボールを蹴り、ヘディングを教えた。少し汗をかいたので、いっしょに風呂に入ろうと誘ったが、悠斗は嫌がった。そのあとの焼肉店にはつき合ってくれたが、あまり食べようとはしなかった。

その次の非番の日にも誘ってみたが、悠斗は来なかった。結局、一度だけに終わっていた。

「インターネットカフェで何をしてたん?」

「別に……他に行くところがなかったから」

「逃げているのって、精神的にしんどかっただろ」

「うん、まあ」

丸本は、ここがタイミングだと思った。

「いっしょに付いて行くよ。今から警察へ」

悠斗は一瞬だけ目を上げたが、視線が合うとすぐに下げた。そして首を横に振る。

「なんで? しんどい逃亡生活は、もうええやないか」

「でも……」

「犯行を認める電話をしたんだろ」

「した」

「せやったら、早く出頭したほうが、裁判では情状が考慮されて罰が軽うなる可能性がある。警察署の前まで付き添って、僕は中に入らへんから」

勤務時間外であっても警察官が中まで付いていくと、出頭にはならないだろう。

「だけど……」

悠斗はなかなか受け入れない。

「出頭を考えていたから、警察官である僕に会いにきたんやろ?」

「いや」

「せやったら、どうしてここまで?」

吾助に連れられて二回ほど来てはいるが、それほど勝手知ったる場所というわけではない。

「……いろいろあるから」

悠斗はそう言って口をつぐんだ。

「良男」

階段の下で、エイ子の呼ぶ声がした。

「冷静に考えてみいな。君のためには、出頭するのが一番ええ」

そう言って丸本は下に降りた。冷たいジュースかコーラを飲ませてやりたい。

「良男。悠斗君は、やってへんって言うてるでしょ」

「え、そんなことないで」

「あたしには、そう言うたわよ。きっと、警察官である良男に無実の罪を晴らしてもらいたくて、ここまできたんよ」

「やってもいいひんのに、どうして犯行を認める一一〇番通報を?」

「そこまでわからへんわ。けど、やってへんと言うてるんやから信じておやりよ。ほんまに犯人やったら、良男が帰ってくるまでおとなしく待ってへんわよ」

「けど、僕に対しては犯行を否認してへんで」

「ほな、やったと認めたん？」

「いや、そいつは聞いてないけど」

肯定したのは、一一〇番通報をしたことだけだ。だが、それが大きな容疑の根拠なのだ。

二階で物音がした。

丸本は気になって、階段を駆け上がる。

部屋のサッシ窓が開いて、カーテンが風に揺れていた。悠斗の姿は部屋にはなかった。

丸本は窓に駆け寄った。隣家の小屋根伝いに逃げていく悠斗の後ろ姿が見えた。

「おおい。待つんや」

丸本は叫ぶが、悠斗は動きを止めない。瓦の割れる音がした。隣家の小屋根から道路に飛び降りる。少しぎこちない動作だ。

丸本は、階段を滑るように降りて、玄関から表に出た。

悠斗の姿は、もう道路にはなかった。

「どこへ行ったんや」

丸本は走った。そんなに遠くへはいっていないはずだった。

「あのアホが、靴も履かんと」

丸本は周囲を手当たりしだいに走った。

だが、悠斗の姿を捉えることはできなかった。

3

「署長はん。ちょっとよろしいでっか」

刑事課の谷永作《えいさく》が署長室に入ってきた。

かつては府警本部捜査一課の刑事であったが、容疑者として逮捕され裁判で有罪となった男の妹と結婚したことで、所轄署の四係担当に左遷され、以降いくつかの署を転々としている。四係は暴力団担当で、刑事課の中では退職率が高いセクションとされている。人事面ではタライ回しのような扱いを受けており階級も万年巡査だが、古今堂は彼の能力を高く買っている。この夏には、彼の義兄の冤罪を晴らすことができた。

「西区で殺された女子高校生がおりましたやろ」

「須磨瑠璃さんですね」

「新聞に載った彼女の写真を見て、知り合いの暴力団の準構成員がけったいなことを言いよりましたんや。なんばにあるガールズバーにかつておった子やと」

「人違いやないんですか」

瑠璃は生徒会長を務めていた模範的な生徒だということだ。セレブ御用達とされる美容室の一人娘であり、経済的にも困っていると思えない。

「わいも人違いやないか、と確かめました。そしたら、その男はこう言うんですワ。その女の子が場違いなほどお嬢さんっぽい感じの娘で、しかも夜八時過ぎという早い時間帯に上がったので、いたずら半分でどんな家に住んでいるのか尾けてやろうと、ガールズバーの入っているビルの前で車を停めて待っていた。そうしたら、彼女は制服姿で通学鞄を持って、ビルを出てきた。タクシーを拾わずに歩いていくから、車を使わずにあとを尾けた。彼女はしばらく歩いて道頓堀の美容室SUMAのビルに入っていった。美容室はもう閉店している時間だった、と」

「うーん……、須磨瑠璃さんの意外な一面ですね」

「もう少し、詳しゅう情報を集めてみまひょか」

「お願いします」

谷が出て行ってしばらくして、机上の電話が鳴った。

「久しぶりだな。百々《どど》だ」

百々篤《あつし》司は府警本部の警務部統括理事官で、キャリア国家公務員として古今堂の四年先輩に当たる。ただし、出身大学は違う。百々はキャリアの最大学閥である東大卒で、古今堂は少数派の早大卒だ。

「御無沙汰しています」

「捜査一課の重村課長代理から相談を受けてね。彼は、古今堂君と同じ警視だが、地元採用組のノンキャリアだ」

捜査一課長と課長代理は、ともに叩き上げのノンキャリアが就くポストだ。「ノンキャリアとしては、たとえ階級が同じでも相手がキャリアとなると、断られたものを再考してほしいとは言いにくいようだ」

「小野寺の父親に、息子への呼びかけをさせるようにうちの署員が説得する件ですね」

「未成年者だから顔写真を公開できない。一般市民からの目撃通報は得られない——

そんなハンディを乗り越えていかなくてはならないのだ。使えるものは使う。そういう発想も必要じゃないかね」

「小野寺吾助さんが晒《さら》し者《もの》になることには、僕は賛成でけしません」

世間の耳目を集める事件であるうえに、小野寺吾助は元有名人だ。素材の制作にはほとんど費用をかけることなしに、テレビ局としては高い視聴率が期待できる。呼びかけをしたなら、何度でも繰り返して放映がなされるだろう。

「事件の早期解決、それがわれわれの第一の使命だ」

「それには異議はありません。ただ、小野寺さんと少し話す機会がありましたが、彼は息子が犯行をしたとは思うてません」

「犯罪者の家族の大半が、『信じられません』とか『うちの子に限って』という反応を見せるものだ」

「もしも小野寺悠斗が犯人でなかったなら、どないしますか？　うちの署員との個人的関係を使って呼びかけさせておいて、それが冤罪やったとしたら。警察はとんでもない人権侵害をしたことになりませんやろか」

「絞殺の凶器となったポシェットの指紋や同じ学校のテニス部員の目撃証言など証拠は揃っている。それに容疑者自身が犯行を認めている。冤罪などありえない」

「しかし、須磨成一郎に対する傷害については、小野寺悠斗の犯行とするにはかなりの疑問があります。傷害事件が別人の犯行としたなら、殺人事件のほうも精査が必要やないですか」

「傷害のほうは、別人が他の動機でやった可能性はある。何しろ須磨は美容室業界の成功者だ。同業者の妬《ねた》みを買っていたこともあるだろうし、従業員に対しては厳しかったようだからこの機会に恨みを晴らそうとしたということも考えられなくはない。しかし、殺人のほうは動かない」

「小野寺悠斗は、なぜわざわざ犯行を認める電話をしてきたんですやろか」

「過去には、逃亡生活の大変さに嫌気がさして早く捕まりたいと警察に電話してきた例もある。出頭のために警察署に足を向けるのもそれなりの勇気がいるからな」

「けど、傷害事件については否定の電話をしています」

「犯人心理というのは、単純ではない」

百々は珍しく苛立った口調になった。「ぜひ再考をしたまえ」

「検討はしますが、答えは同じになるかもしれません」

「被害者の両親が経営する美容室の顧客には、有力者の夫人もいる。あの美容室のファンとして、早期解決を望んでおられる」

「早期解決を望む気持ちは同じです」

ただそのために結論を急ぎすぎて冤罪を引き起こしてしまうことは、あってはいけない。そして有力者が絡んでいるといったことで、捜査の匙《さじ》加減を変えることはもっとやってはいけないことだと思う。警察官の給料を出しているのは、国民だ。一部の有力者ではない。

百々との電話を終えた古今堂は、喪服に着替えた。美容室SUMAで通夜がきょう行なわれることは、須磨麻奈子がインタビューで話していた。焼香と献花をさせてもらいながら、美容室の中や従業員の様子をさりげなく観察する――あわよくば、谷が摑んできたガールズバーのことを、さりげなく母親の麻奈子にぶつけてもみたい。容疑者のことを知るのは大切だが、被害者の情報を得ることもそれに劣らず重要だ。

「お待たせしました」

黒の上下に身を包んだ由紀が、白いトルコキキョウの小さな花束を抱えて入ってきた。

4

丸本は困惑していた。

悠斗に逃げられて、彼の履いていたスニーカーだけが玄関に残った。

エイ子の話によると、悠斗は丸本が電話を受けた午後三時前には、丸本の部屋に上がったということだった。その間に、エイ子は強虎弁当を一折差し入れ、悠斗はそれをほぼ平らげたという。

「良男が、悠斗君を追い詰めたから、逃げたんとちゃう？　悠斗君はあんたに話を聞いてもらいたくって、三時間以上も待っていたんよ」

その、三時間以上もいたことが問題なのだ。現職警察官の母親が、指名手配少年に部屋を提供して、食事も与えていた。指名手配されていることを知ったうえでのことである。

「もっと早く連絡してほしかったな」

「連絡したやないの。帰れへんと言うたんは、あんたやないの」

「あいつがいるって言うてくれてたら、飛んで帰っていたよ」

「こっちは、忙しそうなあんたに気ぃ遣《つこ》うたんよ」

丸本は頭を抱えた。

母親だけを責めるわけにはいかない。ずっと待っていた悠斗に対して、丸本はすぐに出頭を勧めてしまった。悠斗からすると、犯人である前提で話にとりかかられたことになる。

悠斗を眼前にした丸本は、あせりと迷いの間で揺れていた。早く処理をして警察官人生の危機を脱しなくてはいけないというあせりと、七面倒くさいことはせずにいっそのこと捜査本部に連絡して大勢の刑事に来てもらえばいっきに問題は解決するのではないかという迷いがあったのだ。

(僕はこれからどうしたらええんや)

丸本は新しい迷いに悩んでいた。

このミスを、いつ、誰に、どう報告すれば、問われる責任が軽くなるのかという迷いである。

一つの選択肢としては、所属長である古今堂に今すぐありのままを報告することである。人情派のキャリアである古今堂は、丸本を責めたりはしないだろう。けれども、丸本に対する処分を決めるのは、古今堂署長ではない。府警本部警務部の監察官室だ。

監察官室としては、丸本がすぐに捜査本部に連絡せず、結果的に取り逃がしたことを問題視するだろう。警察官の行為は、そのプロセスよりも結果が重視される。たとえば、取り調べにおいて多少の言葉上の威圧があったとしても、〝完落ち〟を導き出せたなら、まず非難されることはない。

別の選択肢として、何も報告しないというのもあるかもしれない。丸本は勤務時間を終えて実家に帰っただけなのだ。悠斗が部屋にいたことは、警察関係者の誰も知らない。それならば、下手に報告すると馬鹿を見ることになりかねない。

しかし、黙っていたことが発覚したときは、科せられる処分はもっと重いものになる。

（ミスを減らす方法はないやろか）

何かプラスの材料があれば、それだけ責任は軽くなるだろう。

丸本は、悠斗がインターネットカフェで過ごしていて、寝不足であることを聞き出していた。ただ具体的にどこのインターネットカフェであるかといったことまでは摑んでいない。潜伏先がわかっていれば、そこでこのあと逮捕するということもありえたかもしれないが……。

（吾助さんを説得してみるか）

黒崎課長を通じて丸本は、吾助への働きかけを求められていた。

それができれば、少しはプラスになる気がした。やりたくはないが、ここは背に腹は替えられない。


丸本は、すぐに吾助の店に足を向けた。マスコミ陣はずいぶんと減ったが、まだ二つばかりのクルーが店の外に待機している。

吾助は店に施錠して閉じこもっていた。扉をノックする丸本の顔を慎重に確認してから、中に入れた。

「実は……悠斗君に会いましたんや」

「えっ、見つかったんですか。どこで？」

吾助は飛び上がって驚いた。

「うちの実家近くで、僕の母親が見つけました」

「いつのことですか？」

「きょうの三時ごろです。僕が帰ってくるまで悠斗君は待っていてくれました。それで、出頭するようにいったんですけど、受け入れてもらえず、逃げられました。僕は、警察官として窮地に立っています」

どうしても早口になる。

「悠斗は追われているんですか」

「上への報告はまだしてません。その前に、吾助さんにお願いがあります。悠斗君はずいぶん疲れていました。インターネットカフェにいたようですけど、よう寝られへんかったと眠そうでした。悠斗君が犯人であるかどうかは別にして、とにかく警察に出頭して真相を話す――それが一番ええと思います」

「警察の捜査はどこまで進んどるのですか？」

「それは知りません。でも、逃げているというのは悠斗君にとってええことやないと思います」

「けど、指名手配になった人間を、警察が無罪という視点から調べ直すということはありえませんやろ」

「それは、わかりませんよ。とにかく、このままでは悠斗君は追い詰められてしまいます。逃走資金もようけは持ってへんはずです。窃盗《せっとう》などの罪を犯す可能性もありますし、何よりも自殺が心配です」

「どうしたらええんですか」

「外ではまだマスコミが待機しています。そのカメラに向かって呼びかけてくれませんか。とにかく逃走を続けずに出頭するようにと」

5

古今堂と由紀は、美容室ＳＵＭＡのビルの近くまで来た。時刻は午後七時前だ。道頓堀界隈は、夕飯どきを迎えて、どんどん人が増えている。賑やかな中にあって、一階の駐車スペースにチェーンが掛けられ閉鎖されている光景は、寂しさが際立っている。

このビルが異質さを醸し出しているのは、他にも理由があった。原色系の立体看板が目立つ道頓堀のけばけばしさの中を通ってきたばかりの目からすると、このビルの白一色という外壁は新鮮さを感じる。二階の入り口にはエンタシスの柱が立ち、三階以上には四角い窓が並んでいてそれぞれに飾りのバルコニーが付けられている。バルコニーの柵も、幾何学模様の凝った曲線を描いている。パリにあるプチシャトー風のエレガントなホテルを連想させる造りだ。

ビルを見上げる古今堂の前で、タクシーが停まった。降りてきたのは、四十年配の品の良さそうな女性だった。喪服に身を固め、大きな白百合の花束を持っている。高価そうなパールのネックレスが印象的だ。古今堂は歩を止めた。彼女のほうは古今堂に気づかないまま二階への外階段を上がっていく。その姿勢がとても美しい。

「うちが用意した花が見劣りしてしまいますね」

由紀が小さく舌を出した。

「限定のセレブ客の一人かもしれへんな」

歩きかたの美しさは、宝塚歌劇団の出身者を連想させる。

彼女は二階のインターホンを押した。二階の入り口扉には、〝CLOSED〟の札が掛かっている。

しばらくして、喪服姿の小太りの女性が姿を見せた。

「あれが、瑠璃さんのお母さんでしょうか」

成一郎の顔はテレビに映ったが、麻奈子は映らなかった。

「年齢的にはそんな感じやけど」

肌荒れしていて、喪服の着こなしもだらしない。セレブ美容室を経営する女性のイメージとは合わない。

二人の女性は、短く会話を交わしている。言葉の内容は聞き取れない。

高価そうなネックレスをした女性は、白百合の花束を渡して丁寧に頭を下げた。そして階段を降りた。

「密葬ということですから、上客の人でも中には入れへんのですね。うちらも、無理かもしれんですね」

「話を聞くだけでも、意味はあるで」

古今堂と由紀は外階段を上がる。〝CLOSED〟の札の下に、ハガキ大の断り書きが貼られていた。

〝密葬につき、参列・献花・香典などはいっさい御辞退申し上げます　須磨成一郎・麻奈子〟

きちんとした張り紙を作る時間的余裕がなかったのだろう。パソコンで印字されたものだ。

古今堂はインターホンを押した。

さっき店内に入ったばかりの小太りの女性が姿を見せた。

「恐れ入ります。古今堂と申しますが、須磨麻奈子さんですか？」

「いえ、あたしは妹です」

「そうでしたか」

「どちらの関係のかたですか？」

「われわれは中央警察署の者です。須磨麻奈子さんに話を伺いたいのですが」

古今堂は名刺を手渡し、由紀に花束を差し出すように目で合図した。

「姉を呼んできますが、お花は受け取りません。そこにちゃんと書いてありますでしょ。よく読んでくださいな」

麻奈子の妹だという女性は、扉の断り書きを指さしてから、奥に消えた。

「ちょっと感じ悪いですね」

由紀は花束を下にしながら、頰を膨らませた。

店内は暗めの照明が点いているだけだ。密葬の会場は、他のフロアなのだろう。いくら密葬でも、壇と遺影くらいは設けられるはずだ。

ほどなくして、黒無地の着物姿の女性が現われた。

「須磨麻奈子ですが」

妹だというさっきの女性と顔立ちは似ているが、麻奈子のほうが細面の美人だ。肌の手入れも行き届いている。着物も帯も高価そうだ。

「中央警察署長の古今堂と申します。このたびはどうも」

「犯人が逮捕されたのですか？」

「いえ、それはまだです。きょうお伺いしたのは、瑠璃さんがアルバイトをしてはったかどうかの確認がしたくて」

「アルバイト？　そういうものは必要ありませんでしたわ。おこづかいのほうは、充分に渡していました」

「夜の九時ごろに帰宅しはることはありませんでしたか」

「それなら塾です。美大に入るには実技試験をクリアしなくてはいけません。学校の美術の授業だけでは足りませんから」

「美大ですか」

「美術系大学に進学してセンスを養ってから美容師になりたいという娘の意向で、あたしたちも賛成していました」

「塾はどちらのほうにあるんですか」

「心斎橋筋一丁目です。そんなことより、指名手配犯の行方は全然わからないのですか？」

「捜査本部は鋭意努力していると思います」

「少年一人に、どれだけの大人が振り回されているのですか」

「お気持ちはわかります。焼香だけでもさせてもらえませんか」

「今夜はお引取りください。いらっしゃるなら、逮捕してからにしてください」

麻奈子は、怠慢を責めるような視線を送った。

「では、せめて献花だけでも」

「いいえ。いただく理由がありません。こんな暇があるのなら、捜査に時間をかけてください。それが娘にとっての何よりの供養なのですから」

「わかりました。ここで失礼いたします」

古今堂は、一礼して引き下がることにした。

古今堂たちが階段を降りきらないうちに、麻奈子の声が聞こえた。「こんな小さな張り紙じゃダメよ。作り直しなさい」

「寛治、ちょっと来なさい」

黒ぶち眼鏡《めがね》をかけた若い男の子が顔を覗かせた。高校生か大学生くらいだろう。黒のセーターに黒ズボンだ。わずらわしそうな表情で〝CLOSED〟の下の張り紙を剝《は》がす。古今堂と目が合うと、黙って視線を下げた。

6

四つ橋署に置かれた捜査本部では小さなざわめきが起こる報告が、三つ立て続けに行なわれた。

一つめは、梅田にあるインターネットカフェからもたらされた情報であった。小野寺悠斗の顔写真を持って店を訪ねた捜査員に、店長は「このような客を見た記憶はありませんが、従業員にも確かめ、系列店にも照会しておきます」と答えた。その店長から「当店ではありませんが、神戸の三宮《さんのみや》店から写真に似た客が個室ブースを使っていた可能性があるという回答が入りました」と電話があったのだ。

捜査本部ではインターネットカフェは潜伏先として有力と睨《にら》んでいたが、他県まではまだエリアを広げていなかった。同店では、利用に際しての身分証提示は求めていなかったが、防犯用ビデオを設置していた。店内を俯きながら歩いてブースに向かう悠斗の姿をカメラは捉えていた。犯行日に、うつぼ高校のテニス部員で生徒会副会長の男子生徒が目撃したのと同じ恰好だった。白と赤のチェック柄のブルゾンを着て、ジーンズにスニーカーという姿だ。

店の記録によると、犯行翌日の午後十一時過ぎに訪れて翌朝八時までのナイトパックで個室席を利用していた。荷物らしいものは何も持っておらず、料金の千六百円をすべて硬貨で支払ったのが店員の印象に残っていたという。
所持金が底をついている様子が推測できた。その前日である犯行日は、別の店を利用していたか、あるいは金の節約のために繁華街を夜通しうろついていた姿が想像できた。

　二つめの報告は、悠斗の母親である武山七海を張り込んでいる捜査員からもたらされた。なんば駅に近い浪速区内のうらぶれた小さなスナックに勤めているが、ほとんど客の入りはなかった。本来なら潰れていてもおかしくない店だった。七海たち三人の中年ホステスは、交代で裏口を使って雑居ビルに出入りしていた。監視を続けるうちに、なんばや道頓堀からポン引きの男が車に乗せて客を案内し、そこにホステスたちが入っていくことがわかった。出てきた客は、一様に浮かない顔をして再度送迎車に乗り込んでいた。送迎車のあとを追い、なんばや道頓堀で降ろされた客に職務質問をかけて、ボッタクリバーの実態が浮かんだ。店内では違法性の高いハーブの売りつけもされているようだ。

　三つめの報告は、悠斗が訪ねてきたときに備えて吾助をこっそりマークして張り込んでいる捜査員からであった。

吾助の店へ、三十歳前後の男が固い表情で入っていった。しばらくして、吾助が店から飛び出してきた。吾助は額から一筋の赤い血を流していた。そして捜査員たちと同じように店の近くで待機しているマスコミ陣に訴えるように言った。

「警察官から、捜査協力を強要されました。断ったら、突然暴行を受けました」

吾助のあとから、三十前後の男が足をもつれさせるようにして出てきた。

「誤解です。僕は暴行なんかしてません」

「いえ。暴行されました」

吾助は、額の傷を指さす。

マスコミ陣が集まる。

「あなたは、警察官なんですか？」

三十前後の男は、小さく顎を引いた。

「所属と氏名は？」

「中央警察署の丸本良男です」

第五章

1

「困ったことになりましたな」

府警本部の岡元《おかもと》監察官が、その夜のうちに中央署を訪れていた。

「丸本巡査は認めているのですか」

古今堂は経過説明を受けたあと、確認をした。岡元の来訪を受けるのは二回目である。この夏には、刑事課四係の谷が身内に関わる捜査を私的にしているという疑いで監察の対象となっていた。

「『小野寺吾助のところへは行きました』と認めています。しかし『暴行なんかしていません。小野寺吾助の傷は、彼が自分でカウンターに額をぶつけて作ったものです』と否定しています」

「検証はできませんか」

「無理ですね。丸本によって暴行されて額を打ったのか、自分で傷つけたのかは、目撃者もおらず、わかりようがないです。問題はそれだけではありません」

岡元は、丸本が実家に悠斗の来訪を受け、しかも身柄確保のチャンスを逸していたことを古今堂に伝えた。

「署長は御存知でしたか？」

「いいえ、聞いていません」

「指名手配犯と接していたというのは極めて重大なことです。丸本巡査は直ちに報告すべきです。丸本の母親のほうも、弁当と部屋を提供して三時間も滞在させたのですから、犯人蔵匿罪《ぞうとくざい》が成立しえます」

容疑者だと知りながらかくまうと、犯人蔵匿罪という罪に該当する。二年以下の懲役または二十万円以下の罰金だ。

「丸本巡査と会うことはできませんか」

「きょうはむつかしいでしょう。四つ橋署の捜査本部がくわしく事情聴取をしています。何しろ指名手配犯と会っているのですから」

岡元は神経質そうな細い指で机を叩いた。「マスコミのいる前で傷害騒ぎが起きているのがやっかいです。くわしい説明をマスコミから求められています。隠し通すことはできません。丸本巡査自身による記者会見もしなくてはいけないかもしれません」

「もし、そうなったときは、僕も必ず同席させてください」

岡元が帰っていったあと、由紀が心配そうな顔を覗かせた。

由紀とともに美容室ＳＵＭＡでの通夜を訪れたものの、献花すらも断られて帰る途中で、古今堂の携帯電話に捜査本部からの連絡が入ったのだった。同じ中央区内のそれほど離れていない場所で、暴行を受けたと丸本が訴えられていたのだ。

「丸本さんの立場、やばいんでしょうか」

吾助を説得することは、捜査本部のほうが出してきた案だった。だから、吾助のところを訪ねたこと自体は責任を問われることではない。しかし暴力的手段に訴えたとしたら、もちろん許されない。

「小野寺悠斗を逃がしたことが最も問題にされそうやな」

「けど、意図的に見逃がしたんやないんでしょ？」

「丸本巡査はそう説明しているみたいや。ただ、それも立証は容易やない。たとえ意図的でなかったとしても、手際の悪さは否めない」

「うちらにでけること、あらへんでしょうか。丸本さんは仲間です」

「うん、そうだよな。調べるべきことはある。たとえば、小野寺悠斗はなんで丸本の実家の弁当店を訪れたか、ということや。父親のかつての勤め先ということやが、悠斗との接点はほとんどあらへん」

「丸本さんに相談するために行ったということはないですやろか」

「ありうるけど、それならすぐに逃げることがおかしい」

　署長室の扉が開いて、谷が姿を見せた。

「よろしいでっか」

「ええ」

「前に言うてましたガールズバーの件で、新しいネタが得られました。やはり殺された女子高生がガールズバーに出ていたことは間違いありませんな。別の客からの情報では、彼女は客の少なかったオープン当初はブルマに体操着という恰好で出ておりました。夕方の早い時間帯がほとんどやったそうです。客が増えるにしたがって、彼女の出番は少なくなったものの、中学時代の知り合いの女の子を何人かアルバイトで連れてきたということです」

「今も高校生たちは店に出ているのですか」

「毎日やないそうですけど。高校生が働いているというのが店のウリにもなっとるようです」

「うちはようわからんのですけど、高校生がお酒を出す店でアルバイトするって違法やないんですか」

由紀が口を挟んだ。谷が答える。

「法的には飲食店であるガールズバーで高校生がアルバイトをするのは、グレーゾーンなんや。カウンター越しでない場所で接客行為をしてたらアウトやけど、カウンター越しに酒を出すだけならファミレスで高校生のアルバイトがビールを客席まで運ぶのと変わらへんという見方もある。お酌をして単純な会話をするだけなら、京都の舞妓はんたちもお座敷でしているけど、違法とはされてへん」

「じゃあ、ファミレス扱いということですか」

「ガールズバー側は、そう主張してのがれようとしてる」

「ガールズバーは法整備がまだ十分になされてへん業態や。これから法規制はされていくと思う」

古今堂が補足する。「その店でアルバイトをしている高校生は、須磨瑠璃さんのことを何か知らへんやろか。学校での優等生とは違う面を」

「一人だけでつけど、訊くことができました。その子は中学時代のクラスメートで、かつてはかなり裕福な家庭やったそうですけど、お父さんの経営する会社が倒産して、急に家計が苦しくなったそうです。弟も二人いるんで、須磨瑠璃に高額のバイトを紹介してもらって感謝してると言うてました。彼女は、須磨瑠璃と店長がデキてるという噂を聞いたことがあるそうです」

「店長がカレシということですか」

「裏を取っときます」

「お願いします。もし噂が本当なら、その店長と会うてみたいです」

「店に行きますか。今から？」

「行ってみたいですけど、先に会うておきたい女性がいます」

丸本の母親のことであった。丸本の母親は、まだ息子が四つ橋署に連れていかれた詳細を聞いていない。

2

「こんばんは。エイ子おばさん、お久しぶりです」

由紀は、高校時代のアルバイト雇い主に頭を下げた。

「由紀ちゃん。四月にお花見弁当の手伝いにきてもろて以来やね」

エイ子は割烹着《かっぽうぎ》姿だった。夜九時を過ぎているが、店の中では茄子を煮込んでいる匂いと蒸気がこもっている。あすの仕込みなのだろう。

「あ、ああ、四月のときはボランティアでした。アルバイトとしての報酬はもろてませんでしたから」

由紀は古今堂のほうを気にするように見た。警察官がアルバイトをすることは兼業禁止規定に触れる。

「せやったかな。まあ、とにかく座ってんか。えっと、こちらさんは？」

「かんにんです。紹介するのが遅れました。うちの署長の古今堂警視です」

「うそっ。こんな若いのに署長さんなん？」

「息子さんから聞いてはりませんか」

「良男は寮暮らしで別居やし、帰ってきてもあんまし仕事の話はせえへんから」

エイ子は古今堂のほうに向き直って居住まいを正した。「良男がいつもえらいお世話になっています」

「そんなにあらたまっての挨拶はせんといてください」

「署長さん、大阪の人なんですか？」

「自分では、大阪育ちやと思てます。小二から中二まで守口にいました」

「そうですか。あ、せや、由紀ちゃんも署長さんも、うちの弁当の試作品を食べてくれへん？　今、新メニューを開発中なんや。茄子とレンコンの生姜煮よ」

「せっかくですけど、それは別の日にさせてもらいます。今夜は、お話ししたいことがありますよって」

「そうなん。ほな、お茶だけでも」

エイ子は、折りたたみ式の小テーブルを拡げ、丸椅子を二つ出して厨房のほうに引っ込んだ。

「エイ子さんは、新しいメニューを考えるのが得意なんです。お客さんの新規開拓にも熱心で、強虎弁当はエイ子さんで持っているようなもんです。ダンナさんのほうは、エイ子さんに言われたことを職人のようにコツコツこなしてお弁当を黙々と作ってはるだけですね。けど、夫婦仲はええんですよ」

「そういうカップルやから、うまいこといくんかもしれへん。織田作之助の夫婦《めおと》善哉《ぜんざい》に出てくるお蝶と柳吉みたいなもんや」

「お待ちどうさん」

エイ子はお盆の上に、煎茶と番茶とウーロン茶の三種類も載せて持ってきた。彼女なりの気遣いなのだろう。茶の横には、一個ずつ袋に入ったいろいろな種類の飴がこんもりと小山を作っている。

「よかったら、飴ちゃんもどうぞ」

エイ子が座るのを待って、古今堂は口を開いた。

「さっそくですねけど、小野寺悠斗を見かけはったときのことを聞かせてください。何時ごろでしたか？」

「午後三時ごろやったね。裏手にあるプレハブ倉庫に行ったときに、偶然に悠斗君を見かけたのよ」

「そのとき彼はどうしていたんですか？」

「倉庫の側溝のところで膝をついていたんよ。後ろ向きやったから初めは悠斗君ってわからへんかって、通りかかった男の子が気分が悪うなってうずくまっているのかと思ったんよ。『気分でも悪いん？』って声をかけたら、びっくりして振り向いて。悠斗君やったので、こっちもびっくりしたわよ」

「彼が指名手配を受けていることは知ってはったんですか」

「スポーツ新聞の芸能社会面なんかで、指名手配少年の父親が吾助さんやって書かれていたから、いくら悠斗君の名前が出てへんでもわかるわよ」

「そのあとどう声をかけはったんですか？」

「『うちの息子に用事なん？』と訊いたら、『そうじゃないです。京橋まで行く途中なんですけど、ついなつかしくなって寄り道をしました』とかなり疲れた顔で答えたんよ。指名手配を受けているのやからどうしたらええのか迷っていたら、悠斗君のほうから『ここで少し休ませてもらえませんか。警察から追われていますけど、本当は僕は何もやっていません』と言ってきたの。『ほんまなん？』と訊くと、『嘘じゃないです。死体を見つけてしまって、怖くなって逃げただけです』と答えたの。出まかせを言っているようには見えへんかったし、『こんなとこやのうて、うちにおいで。おなかが空いてたら、ご飯食べて行ってもええわよ』と言うと、嬉しそうな顔をしたわ。それで、良男の部屋に連れて行って、試作の弁当を食べさせてあげたんよ。お味噌汁もほしいって頼まれたから作ってあげたわ」

「そのあとずっと部屋にいたのですか」

「ええ、そうよ。サッカーの雑誌を読んでいたみたいよ」

「丸本巡査が帰ってくることは伝えたんですか」

「ええ。『うちの良男は頼りないけれど警察官の端くれなんやから、相談してくれたらちょっとは力になりそうよ』と言うと、迷ったみたいだけど『そうします』と答えてくれたわ」

エイ子は金柑《きんかん》の飴を手にして口に入れた。「良男はすぐには帰れへんって愛想のない返事やったけど、悠斗君は『待ちます』と答えて、そのとおりいてくれたわ」

「部屋を見せてもろてもええですか。それから夜分に恐縮ですけど、プレハブ倉庫のほうも」

先に丸本の部屋を見せてもらった。床にわずかだが土が落ちていた。

倉庫のほうは、建物は施錠されていたが、敷地には自由に立ち入れた。悠斗が膝をついていたという地面は舗装されておらず土であった。

古今堂はしゃがんで、由紀に懐中電灯で照らしてもらって側溝の蓋《ふた》を開けた。それほど重くはなかった。

3

翌日は、須磨瑠璃の葬儀が行なわれた。

〝CLOSED〟の下の張り紙は四倍くらい大きくなって、近親者のみの密葬であることがさらに明確にアピールされていた。

須磨成一郎は、葬儀に合わせてけさ早くに退院していた。おそらく喪主を務めるのであろう。

由紀は、美容室の前の道路で立っていた。葬儀に出入りする人物をチェックするためである。古今堂は署のほうで定例会議に出ている。

きょうは一階の駐車場に二十人近いマスコミ陣がいた。

けれども、僧侶二人以外には中に入っていく者はいなかった。僧侶はマイクを向けられても何も答えなかった。

若い従業員らしき男性が一階に降りてきた。マスコミ陣に「約一時間半後に葬儀が終了したらコメントを出しますので、それまでは取材をお控えください」と頭を下げる。

「須磨成一郎さんの御様子は？」と訊かれて彼は「恐れ入りますが、質問も葬儀のあとにしてください。お願いします」ともう一度頭を下げて、二階に上がっていった。

弔電の配達人らしき男が入ってすぐに出てきた。そして、出前が運ばれた。出前の軽自動車には、傷害事件のときに成一郎が行くことになっていた近所の寿司割烹店の名前が記されていた。

しばらくすると、昨夜張り紙を作り直すように言われていた少年が扉を開けて出てきた。小走りに階段を降りると、すぐ近くにあるコーヒーショップに急ぎ足で向かう。喪服姿だが、スーツは着慣れないと見えてどこかぎこちない。由紀は、彼がポケットからタバコを取り出しながらコーヒーショップに入っていくのを見逃さなかった。

由紀は彼のあとを追って中に入った。このまま立っていても、葬儀が終わるまで何の収穫も得られそうになかった。

「ねえ、あなた年齢はいくつ？」

喫煙席に座った少年が、ライターで点火したのを確認してから、由紀は声をかけた。

「何なんだよ」

「警察よ。未成年者かどうか確認したいの」

少年の顔色が変わった。

「二十歳だよ。大学生や」

「何年生まれ？」

「平成三年」

「じゃあ、干支《えと》は？」

少年は言葉に詰まった。干支を訊いて反応を確かめる方法は、警察学校で習った。

「嘘をついたらあかんよ。あなた、高校生でしょ。学校の授業は？」

「忌引《きび》きだよ。ずる休みやないで」

「誰の忌引きなの？」

「いとこや」

「あなたの名前は？」

「学校に通報するん？」

「こちらの指導に従ってくれたら、通報なんかせえへんわよ」

由紀は、彼が手に挟んだままのタバコを摘んで、灰皿で押し潰した。

「浜本だよ。浜本寛治。もういいやろ」

寛治は腰を浮かしかけた。

「もう少し待って。大阪に住んでいるの？」

「京都や。でも、こっちに出てくるかもしれん」

「大学進学で？」

「大学は行くかどうかわからへん。おれは、勉強は大嫌いやから」

「将来はどうするの？」

「働くことは嫌いやないよ。近くのラーメン屋でのアルバイトはずっと続けてる。飲食関係の仕事がいいなと思っているけど、お母さんと伯母さんから美容師になったらどうやと言われている」

「けど、一人前になるまでには修業が厳しいんやないのかな。独立なんてもっとタイヘンそうやわ」

「やろうね。でも、伯母さんの店を継ぐことになりそうやから。あ、お母さん」

寛治は、目を見開いた。由紀が振り向くと、昨夜献花を断った小太りの女性が、寛治を探し出して近づいてきた。

「何のつもりよ。『コーヒーをイッキ飲みしてすぐ帰ってくる』と言ってたのに、女の人と会っているなんて」

寛治の母親はそう言っている途中で、由紀と昨夜顔を合わせていることに気づいたようだ。「あなた、警察の人だったわね。何をコソコソ嗅ぎ回っているのよ」

「寛治君は、未成年者なのに喫煙をしていました」

由紀は、灰皿のタバコを差し示す。

「そんなことぐらいで、いちいち目くじら立てないでよ」

寛治の母親は、唇を尖らせながら息子の腕を引っ張って立たせた。「早く戻りなさい。そろそろ始まるのだから」

一時間半が経ち、さっきの若い従業員が一階に降りてきた。彼はポケットから紙を取り出す。

「お待たせしました。今から、喪主である須磨成一郎のコメントを読み上げます。

〝本日、長女・瑠璃の葬儀を執り行ないました。本来ならば、広い会場を借り受け、常連のお客様や瑠璃の友人など関係者のみなさまにも列席していただくべきではありますが、事件の被害者という酷い立場にあり、指名手配の犯人がまだ逮捕されていない状況でもありますので、勝手ながら近親者と従業員のみによる密葬を自宅でという形を採らせていただきました。なお、美容室ＳＵＭＡは、あすから営業を再開いたすことにしました。臨時休業中は御予約いただきましたお客様に多大の御迷惑をおかけしました。謹んでお詫びいたします〃以上です」

彼がコメントを読み上げている間に、ビルの前に黒塗りのハイヤーが三台横付けになった。

マスコミ陣から質問が飛ぶ。

「葬儀の雰囲気はどうでしたか？」

「おごそかと言うか、しめやかと言うか、そんな感じでした」

「あすからの営業再開というのは早すぎませんか」

「それは喪主が決めたことですので、自分としては何とも言えません。ただ、お客様に御迷惑をかけたくないという思いは、喪主も従業員も強く持っております」

二階から僧侶や須磨夫妻たちが降りてきて、ハイヤーに分乗していく。浜本寛治の姿もある。マスコミ陣はいっせいに移動して、その様子をカメラに撮る。

由紀は、一人になって引き揚げようとする若い従業員のところに駆け寄った。

「かんにんです。須磨成一郎さんが背中を刺されはったときの様子を聞かせてもらえませんやろか」

「様子と言われましても、自分たちは四階の寮にいましたから、わかりません」

「みなさん、寮にいやはったのですか」

「確認したわけじゃないですが、たぶんそうだと思います。あの夜は、研修会もあって、みんな疲れていましたから」

「研修会って何ですか？」

「従業員同士で髪を切り合って、技術やデザインを合評するものです」

「瑠璃さんが亡くなってすぐにあったんですか」

「ええ。みんな精神的ショックを受けていましたけど、店はいつまでも休んでいるわけにはいかないので気を引き締めなくてはいけないという思いはありました」

「瑠璃さんが亡くなったという知らせは、どのようにあったんですか」

「学校から営業中のうちの店へ電話がかかってきました。須磨代表のショックは、それはもう大きなものでした。お客さんの前でしたが、大声を張り上げて『嘘だろ。嘘だと言ってくれ』と何度も繰り返しました。奥さんのほうはもっと凄かったです。しゃがみ込んで、『どうしてなの？　どうして瑠璃が？』と子供のように泣きじゃくっていて、とても正視できませんでした」

彼は、道路のほうを見た。

ハイヤーが軽くクラクションを鳴らして動き出していく。

「すいません。もういいですか」

彼は切り上げたがった。二階に戻るタイミングを逸したらまたマスコミ陣に捕まってしまうことを気にしているのだろう。

「お名前を聞かせてくれはりますか」

「高城庸司です」

高城は足早に階段を上がっていった。

4

廣澤照男は重い足取りで、うつぼ高校に出勤した。

まだ早い時間帯であったが、教頭の小池はすでに職員室に来ていた。

「教育委員会がスクールカウンセラー二名の臨時配置を決めたよ。生徒の心のケアのためだ」

小池は口惜しそうに眉間に皺を寄せた。「心のケアをしてもらいたいのは、この私だよ。教育委員会は、うつぼ高校定時制の来年度新入生を募集停止する方向で動き出した。これから先が思いやられる。ＯＢ会は定時制廃止反対を唱えるのは間違いない。保護者だってそれに同調するだろう。私は板挟みだよ」

「うちの全日制は、定時制がなくなることを喜んでいるでしょうね」

かねてから、全日制はお荷物的存在の定時制を追い出したがっていることは、廣澤も感じていた。

「当然だな。定時制の教員の中にも、内心では募集停止を喜んでいる者もいるだろう。本音では、日陰者の定時制から全日制に変わりたいというやからも少なくないんだよ。ただし、君はそういうわけにはいかんよ。小野寺悠斗の担任ということで、それなりの責任を負わなくてはいけない。いい学校に転任できることなどありえない。私も君も、懲戒処分の可能性がある」

「一応の覚悟はしておきますが、納得はできません。誰が担任をやっても、まさかこんなことになるなんて想像できません」

「それはそうなんだが、教育委員会から見れば職務怠慢ということになるんだろう。誰かを責任者にして、切腹をさせる。それが日本式の幕引きなんだよ。不条理だと思っても、運命だと受け入れるしかない」

「僕はなかなかそういうふうに達観できません」

「私だって、達観はできとらんよ」

小池はまた眉間に皺を寄せた。

重い気分のまま一時限目の授業を何とか終えて職員室に戻ると、見知った顔の警察官が待っていた。事件当日に学校にやってきた杉原である。

「どうもまたお邪魔します。少しだけお話しさせてください。廣澤先生はバイクで通勤していると、さっき小池教頭に教えていただきました」

「そうですが」

「できれば、バイク置き場まで来てもらえますか」

杉原は、ときには生徒が出入りすることもある職員室を避けたがっている様子であった。廣澤は、請われるままバイク置き場まで足を運んだ。そこには、二人の若い男が立っていた。どうやら杉原の部下のようだ。

「先生のバイクはどれですか」

「一番手前に停めてあるやつです」

「念のためにお尋ねしますが、小野寺悠斗から接触はありませんか？」

「ありません」

「電話も？」

「ないです」

「先生から見て、小野寺悠斗と仲の良かった生徒さんを教えてください」

「うーん、やはり生徒会の役員をしている生徒でしょうね」

生徒会に携わるまでは、悠斗は一人でいることが多かった。定時制では珍しいタイプではない。

「他にはいませんか？」

「いないこともないです」

中学校でイジメを受けて不登校になったという悠斗と同じ経験をしていることもあってか、席が隣の男子と最近は比較的よくしゃべっているようであった。

「放課後に、その生徒たちを呼んでほしいのです」

「事情聴取をするのですか」

彼らが犯行に共犯的に関わっているとは考えられない。およそ犯罪とは無縁のおとなしいタイプだ。もっとも、悠斗も同じように見えたが。

「それはしません。状況から、小野寺悠斗の単独犯行とわれわれは見ています。ただ、彼らのことを今後はマークしたいのです。それと、失礼ながら廣澤先生も。今夜は私の部下が先生のバイクのあとを尾いていき、自宅の前で目立たないように張り込みます。管理職である小池教頭にはすでにお話しして、了解をいただいています」

「どうしてそんなことをするんですか？」

「協力いただきたいので、正直に申し上げます。小野寺悠斗が頼って接触してくる可能性のあるところをすべて、人海戦術で押さえます。彼はあまり所持金を持っていないと思われます」

「つまり、お金を借りにいきそうな人間をマークして、小野寺君が現われたところを逮捕するという作戦ですか？」

有効な方策かもしれない。悠斗は金に困ったからといって、万引きや空き巣、ましてや強盗に走るとは思えない。

「まあ、そういうことです。協力してくださいな」

5

捜査本部は、適当な理由をつけて丸本良男を四つ橋署に泊めていた。留置場というわけにはいかないので、捜査本部の刑事たちが雑魚寝《ざこね》をする柔剣道場の蒲団をあてがうことにした。

小野寺悠斗は、丸本を頼って姿を見せたと思われる。それほど交友関係が広くない悠斗が、再び丸本に接触を図る可能性はあった。丸本の実家にも、もちろん捜査員が張り付いた。

丸本の他に可能性が高いのが、やはり悠斗の父親と母親であった。父親の吾助のほうは、捜査員を三倍に増やした。

母親の七海のほうは、所轄である通天閣署の生活安全課と合同で、ボッタクリバーと脱法ハーブ販売容疑で店を摘発する準備が進んでいた。七海を逮捕すれば、勾留《こうりゅう》延長を含めて身柄を二十三日間ほど押さえることができる。

母親を封じてしまえば、それだけ捜査員を他に割り振れる。いかに人海戦術といっても、捜査員の数には限りがあった。

七海が従事する店の摘発の総指揮には、重村が当たった。すでにボッタクリバーの被害者となったサラリーマンの証言は取ってある。彼が興味本位に買ったという脱法ハーブも入手してある。あとは、摘発をうまくやることである。今夜、カモの客が入ったところで踏み込んで、一網打尽にしたい。ボッタクリバーの舞台となっているビルの一室と、表向きの営業をするスナックの両方を同時に押さえる作戦だ。

うつぼ高校から戻った杉原も、摘発に加わった。スナックに踏み込む捜査員をバックアップする支援班の車に乗り込んだ。

ボッタクリバーの摘発で、捜査一課が関わるのは珍しい。通天閣署の生活安全課員が加わっているものの、捜査一課は本来は畑違いだ。

別動班が、道頓堀でポン引き役をになうスーツ姿の男の動きをそっと追っていた。彼が、気の弱そうな酔客に声をかけ、車でボッタクリバーに連れて行くのを待ち構えていた。客が案内されたあと、ホステス役の七海たちの誰かが交代でスナックから向かい、そのあと脅し役の屈強な男が入っていく。その男が、七海の内縁の夫だ。一連の動きはすでに摑めている。摘発は、客が脅されてなだめすかされて出てきたときに踏み込む。それがベストのタイミングだった。

別動班から、スーツ姿の男が客に声をかけて車に乗せたという連絡が入った。いっきに緊張感が高まる。

杉原は、無線機のマイクを手にした。何かあったときにバックアップする支援班だけでも三台の車に分乗していた。彼らを率いるのが杉原の役目だった。したがって、杉原の乗った車は最も見通しのいい位置に停まっていた。

その杉原の目に、気になる歩行者の姿が映った。痩せた体型の若者だ。上下ともトレーニングウェアで、バスケットシューズに白の軍手といういでたちは、ジョギング中に見える。だが、走ってはいない。周囲の様子をさかんに窺うようにして歩いているのだ。あやしいのはそれだけではない。スキンヘッドはともかく、サングラスにマスクというのはジョギングに似つかわしくない。若者は、杉原の乗った車の後ろを横切り、交差点にある公衆電話ボックスへと向かう。

「おい、車をバックさせろ」

杉原は運転席の部下に指示した。

「しかし、もうすぐ客を乗せたポン引きの車が」

「いいから、言うとおりにしろ」

スキンヘッドの若者はマスクを外すことなく、公衆電話からどこかに電話をかけている。電話ボックスの明かりが、彼を照らし出している。

杉原は、男を観察した。写真でしかターゲットを知らない。しかも、目と口は隠されている。だが、顔の輪郭は似ている。

着ている服も、靴も、髪型も違う。金を持っていないなら、あんなふうに変えることはできない。しかし、どこかで金を調達できたのかもしれない。おとなしい性格であっても、窮鼠《きゅうそ》の状態になれば猫を嚙む。たとえば、酔っ払って路上に寝ている男から財布を抜き取るといったことはやるかもしれない。彼の母親も、酔客から金を巻き上げているのだ。

「おい、職質をかけるぞ。いっしょに来い」

杉原は隣に座った部下に言って、車を出た。

スキンヘッドの若者は受話器を置いた。杉原の動きにはまだ気づいていないようだ。電話ボックスを出て向こうに歩き出した男に、杉原は叫ぶように声をかけた。

「おい、小野寺」

男は振り向いた。そして細い体をビクリとさせた。間違いない。

男は走り出した。

「追いかけろ」

部下に命じて、杉原は無線マイクを握る。

「指名手配中の小野寺悠斗と思われる男を発見。身柄を確保せよ。願ってもないチャンスを逃がすな」

摘発のために踏み込む班の捜査員たちまでもが駆けつけ、大人数で男を追い詰めた。

男は完全に包囲された。そして組み伏せられた。道路にサングラスが落ちる。その顔は、マスコミには伏せられたが、指名手配写真として捜査員に配られていた小野寺悠斗のものだった。

「確保！　小野寺悠斗を確保！」

無線から聞こえた部下の声に、杉原は小躍りした。

七海の身柄を押さえるという間接的目標を飛び越えて、予期していなかった形で本命が手に入ったのだ。

第六章

1

　官舎の風呂に入っていた古今堂は、けたたましく鳴った警察専用電話にバスタオル一枚だけ巻いてあわてて駆け寄った。

「夜分にすまない。百々だ。報告しておきたいことができた。小野寺悠斗が浪速区内で捜査本部員によって逮捕された」

　百々はごく簡単に経緯を説明した。「明日、捜査本部は四つ橋署で記者会見をする予定だ。中央署の丸本巡査のことにも触れざるをえない。監察官の岡元は、キャリアである君に遠慮してか、私に君への報告役を頼んできた。丸本巡査の行為は、犯人蔵匿罪もしくは犯人隠避《いんぴ》罪に該当する可能性がある。少なくとも、一対一で会いながら取り逃がしたというミスは、責任を免れない。丸本巡査は当面謹慎処分とする。小野寺悠斗への取り調べが進んだ段階で処分を正式決定する」

「取り調べで何をはっきりさせるんですか」

「逃走資金だよ。小野寺悠斗は、丸本の前から姿を消したあと、服装を変え、髪をスキンヘッドにしていた。そして通天閣に近い簡易ホテルに泊まっていた。ホテルには、別の服も置いてあった。その資金を、もし仮に丸本巡査がこっそりと渡していたとしたら、大きな問題だ。丸本の母親という線もあるが、小野寺悠斗が丸本の到着を三時間以上も待っていたのは、丸本からもらうためだったという推測が成り立つ。丸本に対する監察官による事情聴取も行なわれる予定だ。いずれにしろ、少なくとも丸本の明日からの通常勤務はない」

百々は、〝少なくとも〟というところで語気を強めた。

古今堂は、今夜の当直者に刑事課の堀之内がいることを勤務表で確かめてから、手が空いているなら官舎に来てほしいと頼んだ。

窃盗犯を主として扱う三係に属する堀之内は、あまり他の同僚とはなじまない一匹狼的な存在で、飲み会などにはほとんど参加しないそうだ。昇任試験など受けたことがなく、階級は巡査のままだ。ただ、一匹狼同士の波長は合うようで、谷とはかなり仲がいいようだ。

「すみませんね」

「いや、事件のあらへん夜の当直なんてヒマなもんですワ」

「堀之内さんは、かつて通天閣署にいやはりましたね」

警察官の経歴は、人事記録に詳細に書かれている。同じ署で長く勤める警察官もいるが、はみ出し者扱いの堀之内や谷などは四、五年サイクルで所轄署を異動している。

「そらドサ回りですから、いろんな署を経験させてもろてます。通天閣署にいたころは、まだ交番勤務の外勤制服警官でしたな」

「今の刑事課に知り合いはいやはりますか」

「ええ。同じ交番におった後輩が刑事課で巡査部長の主任になっとります。わしより七つも年下ですけど」

堀之内は軽く笑った。

所轄署の主任は巡査部長、係長は警部補、課長は警部というのが一般的だ。これが府警本部になると主任が警部補、係長が警部、課長が警視とワンランク違ってくる。

「さっき、通天閣署の管内で指名手配少年が逮捕されたそうです。当直の時間が明けたら、逮捕に至った詳細を聞いてきてもらえませんか」

「ええ、よろしいでっけど、何ぞありますんか？」

「丸本巡査が尋ねたとき、少年はインターネットカフェに泊まっていると答えたそうです。それが、今夜は浪速区内の簡易ホテルにいたそうです」

簡易ホテルは、かつては西成区《にしなり》などで日雇い形式で働く労働者が一日単位で泊まった簡易旅館がリニューアルされたものだ。スペースは広くはなくバストイレも共同だが、格安料金で利用できると外国人旅行者にも人気がある。

「ヒッチハイクなどの貧乏旅行の経験がある若者ならともかく、かつて引きこもり同然やった高校生が利用するというのは知識の点でも飛躍している気もするのです。それに浪速区でというのも」

「まあ、簡易ホテルの多くは西成区にありますな。浪速区にもおますけど」

「中央区にもありますか？」

「いや、たぶんないですやろ」

「もう一つ、気になることがありますのや。少年の父親が元漫才師ということもあって、未成年者であるにもかかわらずインターネット上で実名が公表され、炎上しました。それが少し早すぎる気がするのです」

事件のあった翌朝に、捜査本部は氏名や顔を伏せた指名手配をした。その日の正午前後にすでに炎上は始まっていた。「ネット社会では伝達のスピードはとても速いです。けど、最初の火種がないと広がりません。事情聴取を受けたうつぼ高校の生徒はかなりいますが、彼らは授業中でした。しかも、定時制の生徒とはほとんど交流はありませんので、火種となる正確な情報を得ることはむつかしかったと思えます」

「ほな、誰が最初の書き込みを？」

「僕は、小野寺悠斗自身やないかと思うてます。小野寺吾助が自作自演で、脅迫や嫌がらせを訴えたように」

「なんでまたそんなことを？」

2

廣澤照男は、バイクを住之江区にあるかもめ大橋に向かって走らせていた。大阪南港に架かる橋長四百四十二メートルのかもめ大橋は、その名のとおり一羽のかもめが翼を大きく広げたようなデザインの美しい斜張橋だ。廣澤は、かもめ大橋の夜景が大好きだ。むしゃくしゃした気分になったときは、この橋をバイクで疾走することにしている。

刑事が学校にやってきて、廣澤の身辺を見張ると突然通告してきた。見張られるのは不快だったが、やむをえないと自分を納得させた。ところが、授業を終えて職員室に戻ってくると、小池教頭から「警察はもう帰ったよ。小野寺が逮捕されたので、必要がなくなったということだ」とあっさり告げられた。

「逮捕されたんですか」

「私は、小野寺の逮捕を踏まえて、教育委員会事務局の幹部とともに記者会見をしなくてはならなくなった。そのあと、教育委員会は学校の将来的方向を話し合いたいと言ってきている。いよいよ、定時制廃止の検討が本格的に始まるというわけだ」

小池の声に、職員室に居合わせた教員はみんな下を向く。そのうちの誰かがポツリとつぶやく。

「おれたちの勤務していた時代に、廃校になったなんて恥だな」

このつぶやきに、小池が反応した。

「あんたたちは、恥をかくだけで済むじゃないか。私は辞職しなきゃいけないかもしれないんだよ。三十四年間にわたって一日の欠勤もなく真面目に勤め上げてきたというのに。こんなことなら、管理職になるんじゃなかったよ」

こういうやりとりが毎日のように続いていくのかと思うと、気が重かった。

廣澤は、放課後を迎えるとできるだけ早く下校した。

金龍ラーメン道頓堀店で腹ごしらえをする。この前は、客引きの口車に乗ってしまって思わぬ臨時出費をしてしまった。同じ轍《てつ》は踏みたくない。かと言って、何らかの気晴らしをしないと帰っても寝られそうにない。

矛盾する思いを抱えながら歩いていた廣澤は、息を飲みそうになった。細い路地から出てきて廣澤の前を歩くカップルが、知っている二人だったからだ。幸せそうに声を立てて笑っているカップルのほうは、廣澤に気がつかないまま前を歩いている。長身の男は伊達眼鏡をかけ、女は帽子を深くかぶっている。二人ともまともに顔を晒さないように工夫しているつもりのようだが、女のほうの笑い声には聞き覚えがあった。

男は、うつぼ高校の全日制教頭の辻真佐雄《まさお》だ。そして辻と腕をからめて歩く女は、石加代子だった。

(あいつら、デキていたのか)

かなりの年齢差カップルだ。辻教頭は廣澤が採用一年目のときに、妻を病気で亡くしていた。独身同士だから、不倫ではないが……。

加代子は辻に寄りかかる。

「今夜は帰さんぞ」

辻は、加代子の肩をぐいと抱き寄せる。

「望むところよ。でも、この前みたいに途中で先に眠っちゃダメよ。退屈なのは嫌いだから」

廣澤の心を、虚しさが占拠した。

校内で擦れ違っていただけのころは、清楚で知的なルックスの彼女に惹かれていたこともあった。

「お荷物の定時制がなくなりそうだから、うれしいよ」

「ねえ、ここに入りましょう」

「そうしよう」

二人は、〝カップルは二割引〟という表示が出たショットバーへ、肩を組んだまま入っていった。

廣澤は、虚しさを通り越して諦めを感じていた。

自分の高校の女子生徒が殺され、その容疑者として定時制の男子生徒が指名手配されて逮捕された。あの辻教頭には、殺された生徒の痛みや逮捕された生徒の哀しみに共感しようという姿勢はない様子だ。

（そんな男に惹かれる彼女も彼女だ）

加代子によるスクールセクハラの指摘は、悠斗には少なからぬダメージを与えたと思う。同席していた廣澤さえ、詰問されているような重さを感じた。もしかしたら、悠斗の犯行動機に少しは作用したかもしれないのに、そんなことは感じていないようだ。

（厳格な父親を持ったということが、彼女に何らかの影響を与えているのだろうか）

いずれにせよ、廣澤が加代子に対して抱いていたイメージは、大きく崩れた。人間は二面性を持つということは聞くが、裏表がほとんどない廣澤にはなかなか理解ができない。だから、ボックリバーにも騙《だま》されるのかもしれない。

廣澤は、盛り場を歩く気が萎《な》えた。

今夜は飲むつもりでバイクを学校に停めておく予定だったが、引き返すことにした。そして、かもめ大橋に向かって走ることになったのだ。

3

当直明けとなった堀之内は、浪速区へと足を向けた。

浪速区は、大ざっぱに見ると、右上の角が取られた正方形のような区域である。右上の角が、なんば地区で中央区に含まれる。いわゆる道頓堀界隈も中央区だが、道頓堀川自体は大阪湾の方向に向かって流れ、大黒橋より西になると道頓堀川の南側は浪速区で、北側が西区となる。

浪速区にある道頓堀川の南側地区は、幸町《さいわいちょう》というホームドラマに出てきそうな町名で、東西にとても長い。その幸町の一角にある交番で、堀之内は外勤警察官を務めていた。

交番勤務のころは、浪速区と西区の間をゆったりと流れる道頓堀川を眺めるのが好きだった。道頓堀川が木津川などと合流する地点の北側には大阪ガスの工場が建っていた。今はその敷地に、日本で三番目のドーム球場である京セラドーム大阪が造られている。

大小さまざまな工場、そこから上がる煙、淀んだ川、行き交う船……いかにも大阪らしい光景だと思っていた。

しかし、中央署に転勤して、大阪らしい光景はむしろ中央区のいわゆる道頓堀界隈だと思うようになった。工場や船は他の工業都市でも見ることができる。けれども、ド派手さを競い合うような立体看板やネオンサイン、ひしめき合って並ぶ安くて美味しい飲食店、原色系の服を着てオールナイトで騒ぐ大衆、ナンパや街頭漫才を受け入れる気質……道頓堀界隈以外の街ではまずありえない光景だ。

堀之内は通天閣署に電話をかけて、交番勤務時代の後輩を喫茶店に呼び出すことにした。一時間ほどは体が空かないというので、待つことにした。

上司から勤務時間外の用事を頼まれて聞き入れたことはこれまでなかった。休日に引っ越しの手伝いやゴルフのつき合いをすることが出世につながるのは、警察社会も一般のサラリーマンと同じだと思う。いくら昇任試験があるとはいえ、ペーパーテストの点数だけではなく、面接もある。面接の基準はあいまいなものだし、上司による上申書が案外と重視されるといった話も聞いたことがある。有利な上申書を作成してもらうにはウケをよくしておかなくてはならないわけだ。

堀之内はそういうことを嫌ってきた。結果として階級は巡査のままだが、そんなことは気にならない。上司の顔色ばかり窺っている人生など送りたくはない。

古今堂のために動くのはそれとは違う。彼が署員一人一人のことを大切にしているのが、よくわかるからだ。古今堂はこれまでに出会った署長とはタイプが違う。キャリアでは少数派の私学出身ということもあるのだろうが、エリートらしくない。強いて言えば、エリートの中の非エリートなのだ。

4

由紀は、美容室SUMAが開店する時刻を待って、予約の電話を入れた。

「高城庸司はまだ見習いですが、よろしいですか」

電話口に出た若い女性はそう言って確認した。

「はい」

「うちは紹介制が原則ですが、どなたの御紹介でしょうか?」

「いいえ。高城さんとは少し面識がありますので」

「そうでしたか。それでは、コースはいかがいたしましょうか」

「カットをお願いします」

もうすぐ二十歳になるが、パーマもカラーリングも一度もしたことがない。午後六時にあっさり予約が取れた。有名店とはいえ、見習い美容師を指名する客はそんなにはいないのだろう。

昼前に、古今堂とともに外に出る。

「捜査本部の重村警視に連絡をとってみたんや。きょうの夕方に、捜査本部は解散するそうや。あとは取り調べと送検手続きに移行する」

「小野寺悠斗は、殺害を認めているんですか？」

「昨夜に逮捕されて以降、須磨瑠璃を殺したこと自体は素直に認めている。ただ、一部で黙秘や否認をしている。たとえば、逃走資金の件や。彼は逮捕時に九万円近い現金を持っていた。簡易ホテルの素泊まり料金、新しいシューズ、トレーニングウェア、散髪代を使ったとして十万円ほどの資金を途中で得たと思われるが、彼は『最初から持っていました』と言い張っているそうや」

「丸本さんのところへ行ったことは認めているんですか」

「うん。ただ、理由については『なつかしかったから』としか言わんそうや」

「丸本さんにとっては、逃走資金にまで関わったかどうかは大きく処分に影響しますね。悠斗君は、それがわかっているからかばっているという解釈もできなくはないですね。うちは悠斗君には会うたことはないですけど、吾助さんたちの話からは優しそうなイメージを受けています」

「捜査本部は、こう見立てているようや——早い時期に警察は、悠斗の父親と母親を監視対象にした。せやから、悠斗が両親から金を受け取るチャンスはあらへんかった。かといって、当初から高校生が十万円持っていたとは考えにくいし、丸本巡査と会うまでは服装などは同じやった。とすると消去法で、丸本巡査のところで受け取ったことになる」

「たしかに、そうなってしまいますね。けど、丸本さんはそこまでするでしょうか」

「窃盗などの新たな犯罪をさせないため、あるいは悠斗に自殺を選択させないため、という渡す動機はありうる——重村警視はそう考えている」

「署長さんも、丸本さんが渡したと思うてはるんですか」

「そやない。せやけど、捜査本部の見立てに反論するには、立証が必要になる」

「どんな立証ですか？」

「丸本巡査以外に、悠斗が逃走資金を受け取るチャンスがあったことと、渡す人物がいたことを立証せなあかん」

「そんなん、でけるんですか？」

秋晴れの穏やかな空気が、オフィス街を包んでいる。捜査本部は小野寺悠斗を少年Aとして、その逮捕を発表した。きょう一日は朝から夜までそのニュースが流れるだろう。しかしそれとて、いつまでも続くものではない。日常の忙しさに追われて、多くの人たちは半月ほど経てば、うつぼ高校の事件のことを忘れていく。カメラマンや記者たちは、次の事件の現場へわれ先にと駆けつけることになる。マスコミが事後報道をするのは、あとはせいぜい裁判の判決のときだ。

「小野寺悠斗は一貫して犯行を認めているわけやないんや。父親の吾助には、やっていないと言うているし、丸本の母親にも同じようなことを口にしている」

「せやけど、自供だけやのうて根拠もあるんですよね」

「三つほどある。まず一つめとして、生徒会室の鍵を持っている者は限られている。悠斗はそのうちの一人や。悠斗が当日登校していたことも、テニス部員に目撃されている。次に、須磨瑠璃は生徒会室に備え付けてあるパソコンのメールで呼び出されているが、そのパソコンを使える者も悠斗たち少数の人間だけや。須磨瑠璃のメールアドレスを知っていた者も限られる」

「悠斗君は瑠璃さんのメールアドレスを知っていたんですか？」

「石教諭によると、学園祭準備中にパンフレットの用紙が足りなくなって、手伝っていた定時制の小野寺悠斗が買いに行ってくれたことがあったそうや。そのときの連用に、瑠璃さんは小野寺悠斗とアドレス交換をしていたということや」

「そんなことがあったんですか」

「第三に、須磨瑠璃は彼女のポシェットの紐で首を絞められて死んでいたけど、そのポシェットに悠斗の指紋が付いていた。瑠璃の制服の一部からも悠斗の指紋が検出されてる」

「犯行の動機について、悠斗君は話してるんですか？」

「動機については話したくない、と言っているそうや。重村警視は、悠斗は彼女に好意を抱いて思い切ってアクションを起こしたけれど、石教諭たちにそれを止められて屈折した感情を持ってしまった——そう見ているようや」

「心の屈折はわかんないこともないですけど、殺意にまで発展しますやろか」

「あくまで一般論やけど、十代の犯罪者のケース分析では、いっときの感情に囚われて短絡的な行動に走る傾向が往々にして見られる。少年犯罪を成人犯罪とは別扱いする理由の一つとされている」

「うちもまだ十代ですけど、ようわからへんですね。男と女の違いがあるんかもしれへんですけど」

「須磨瑠璃の衣服が少し乱れていたことにも捜査本部は注目している。屈折した感情のほかに、相手を殺してでもという性的な目的があったけど、実際に死体が相手となると気味悪くなって止めた……」

由紀と古今堂は、須磨成一郎が襲われた倉庫の前まで歩いた。

「須磨成一郎はここで襲われた。今、生活安全課に頼んで周辺の防犯ビデオを集めてもらっている」

「周辺？」

「前にも言うたけど、この道路を映している防犯カメラはないんや」

5

午後六時の五分前に、由紀は美容室ＳＵＭＡに足を運んだ。

〝ＣＬＯＳＥＤ〟の札の代わりに〝ＯＰＥＮ〟の札が掛けられている。

入り口の扉を開けると、普通の店なら一斉にかかる「いらっしゃいませ」の声がない。だが、無愛想だという印象は受けない。フロアに居合わせたスタッフがこちらを向いて目礼をしてくるからだ。黒いスカーフをした女性が、入ったところに作られた受付カウンター越しに、さらに角度の深いおじぎをしてくる。ざっと見たところスタッフの中に高城の姿はない。成一郎もいない。

「予約をお願いした塚畑と申しますけど、高城さんはいやはりますでしょうか」

内装で目を引くのは、バカラのシャンデリアだ。凝ったデザインの縁飾りの付いた大きな鏡が壁に並んでいる。

「高城は倉庫で作業中です。ほどなく降りてまいります」

女性スタッフは予約表で確認した。「当店の御利用は初めてですね？」

「はい」

「では、会員カードを作成しますので、御記入をお願いします」

けさ電話に出てくれた女性の声だ。

由紀は渡された用紙が上質の和紙であることにも驚いた。

生年月日は月と日だけで、生まれ年は記入しなくていいようだ。年齢も書かなくてもよい。けれども、職業と役職名、さらには年収まで項目がある。お気に入りのブランドショップや行きつけのブティック、よく読む雑誌名だけでなく、既婚・未婚の別、さらには既婚者については配偶者について、職業・役職名・年収という項目まであるのだ。

「全部答えなあかんのですか？」

「すべて御記入いただくことになっています」

スタッフの女性は当然のような顔をする。

由紀は、職業欄をどう書こうか迷った。きのう高城に対しては、マスコミ陣が火葬場に向かう成一郎たちを追いかけたあとのタイミングで声をかけた。高城はマスコミの一員とこちらを誤解しているようであった。由紀はもちろん私服姿であった。

この場ではマスコミの人間を装うことも考えたが、あとでわかったときに問題にされかねない。かといって警察官と書いてしまうと、警戒されてしまうおそれもある。捜査上、相手方に警察官と知られたくないときは、〝公務員〟と答えればよいと谷から教わったことがある。ただ、浜本寛治とその母親は由紀が警察官であることを知っている。

「浜本寛治君とお母さんは、まだいやはるのですか？」

女性スタッフは、えっという表情を見せた。

「お二人とは、ちょっとした知り合いなんです」

由紀は笑顔でごまかす。

「けさ早くに京都のほうにお帰りになりました」

「ああ、そうですか」

由紀は職業欄に〝公務員〟と記入した。役職はなし、年収は正直に約三百万円と書き入れた。

手渡されたカードには、ビギナーズクラスと書かれてある。

「最初は、ビギナーズクラスからスタートしていただきます。御利用回数や頻度によりまして、次のグリーンクラスに昇格していただけます」

「グリーンクラスになると特典があるのですか」

「はい。予約優先権などいろいろとございます。昇格なさったときに、くわしく説明申し上げます」

「グリーンの上のクラスはあるんですか」

「ブロンズクラス、シルバークラスといったふうに続きます」

「上のほうのクラスになると、どんな特典があるのですか。あ、いえ、あくまでも後学のために聞いておきたいのです」

「シルバークラスとゴールドクラスになると、三階の専用ルームがお使いになれます。プラチナクラスだと、個室になります。そして御来店のときには、ウェルカムシャンパンがふるまわれます。最上のダイヤモンドクラスには、スイートルーム並みの特別室が用意され、うちの従業員が御自宅まで送迎いたします」

「送迎まであるのですか」

「ただし、プラチナクラス以上には定員がございます。またどなたでもなれるというわけではございません」

受付の女性は時計を見たあと、「高城を呼んでまいります」と言い置いて、姿を消した。時刻は午後六時を少し過ぎていた。

受付の女性とともに、高城庸司がやってきた。彼は大きなダンボール箱を載せた台車を押していた。ダンボール箱には、シャンプーの名前が書かれてある。これだけの美容室で使われるシャンプーは、一日でもかなりの量になるだろう。

「ああ……あなたでしたか。作業中の見苦しいところをお目にかけてしまって、すみません。指名なんてまだありえないと思っていたんで、嬉しい反面、担がれているんじゃないかと不安でした」

彼は由紀の顔を見て、がっかりした表情を浮かべた。「きょうも取材ですか」

「いいえ、うちはマスコミの人間やないんですよ。とにかくカットをお願いでけませんか」

「僕のような駆け出しでも指名料がいります。他店より高いですよ」

「ええ。電話予約を入れる前に、ホームページで料金は調べてきました」

相場の倍近い額であった。

「それならば、どうぞ」

高城はうなずき、台車を受付の女性にゆだねた。


座り心地のいい椅子に座り、カットをしてもらう。高城は、好きな芸能人は誰ですかといった他愛ない話をしてくる。

適当に会話を合わせながら高城のことを訊く。高城は福井の出身で美容学校ではトップクラスの成績を収め、一名だけの求人に二十名を超える応募があった美容室SUMAの見習い美容師に四月からなったという。

「専門学校では、この美容室は有名やったんですか」

「ええ。須磨代表は革命児のような存在ですから」

「どういうところが、革命児なんですか」

「僕は北陸の人間なんでよく知らなかったんですけど、大阪のミナミというのは日本一の庶民の街だそうです。値段が安くて、敷居が低くて、気軽に入りやすいということが重視され、店は客を流れるようにさばいて薄利多売で儲けていく。そういった街にあって、紹介制のセレブ御用達の高額店という異色の旗印を掲げて成功しています」

「会員がいくつものクラスに分かれているのにびっくりしました」

「あれは副代表である奥さんの発案なんですよね。東京でもこういうシステムはほとんどないと聞いています」

「この店ができてから何年経つんですか？」

「ミナミにオープンして今年の八月で十年ということで、盛大に記念パーティがありました」

「それまではこの美容室は、どこにあったのですか」

「よくは知りませんけど、森ノ宮《もりのみや》というところだったそうです」

中央区の東成区との区境近くにあるのが、森ノ宮だ。「十周年記念パーティでは、娘の瑠璃さんによるSUMAの後継者宣言もあったのですが、あんなことになってしまって」

「せっかくの十周年という記念すべき年に娘さんが亡くなって、御両親は落胆なさったでしょうね」

「ええ。とても気の毒で見ていられませんでしたよ」

高城は手を止めた。「お客さんは、うちの店のことにずいぶんと関心をお持ちのようですけど、やはりマスコミの人じゃないんですか？」

高城は由紀にそう訊いてきた。迷ったが、ここは思い切ってぶつかってみることにした。次に髪を切りに来ることができるのは、一ヵ月ほど先になってしまうだろう。

「実は、うちは大阪府警に勤めているんです。きのうは、しっかり名乗らなくて、かんにんです」

高城の顔が曇った。

「僕から何かを聞き出そうとしてもダメですよ。僕は下っ端の人間として、代表から指示されたとおりにメッセージを読み上げていただけですから」

「うちも下っ端の人間です。今年になって現場に配属されたばかりの新人です」

「上から何か言われて探っているんですか」

「知ってはるように、指名手配犯は逮捕されました。けど、成一郎さんの傷害事件はまだ捜査中です」

「同じ少年の犯行じゃないんですか」

「傷害については否認しているそうです。殺人については認めているのに」

「お客さん、まさか僕を疑っているんじゃないでしょうね」

高城は鏡越しに、由紀を睨み据えるような視線を送った。「代表は、襲ったのは若い男のようだったと言っていたそうですけど、僕ではありませんよ。あの夜は技能研修会があって、そのあとはずっと四階の寮の自室にいたんですから」

高城はハサミを置いて、鏡の前から消えた。由紀の髪のカットはまだ途中だ。

しばらくして、思ってもいなかった人物が鏡の中に現われた。太い眉を吊り上げた須磨成一郎だった。

テレビカメラの前で少年犯罪の不条理を怒る須磨の顔は厳《いか》つかったが、鏡に映る須磨はそのとき以上の凄みがあった。由紀は自分が真後ろを見せていることに怖さを感じた。たとえ柔道の達人でも、背後から攻められたらなす術《すべ》がないと、師範から教えられたことがあった。

「いったい何のつもりですか。警察が客を装って潜入するなんて」

「潜入しているわけやないです」

由紀は立ち上がって、須磨と向き合った。須磨の怒った顔は、仁王を連想させた。

「いや、立派な潜入行為だ」

「須磨さんは、自分を切りつけてきた犯人が誰なのか、知りとうないんですか」

「犯人は、小野寺悠斗だ。私に卑劣さを指摘されて逆恨みをした」

「彼は、傷害事件については否認してます」

「それは、警察の取り調べが甘いからだ。相手が少年だとなると、警察は人権の壁に躊躇する。悪い癖だ」

「否認だけが理由やないです。これはうちの考えですけど、もしも彼が逆恨みで犯行をしたのなら、一度切りかかっただけでは終わってへんのやないですか。まだ入院してんとあかんほどの重傷やったか、ひょっとしたら殺されてはったんやないですか」

「殺される理由はない。私がカメラの前で言ったことは正論だ」

店に居合わせた客や従業員はこちらを見ている。しかし、須磨は構わずに続ける。

「少年容疑者への追及の甘さを棚上げしておいて、うちの従業員に対して容疑をかけるとは何ごとだ。失礼にもほどがある。うちの従業員が、そんな犯罪行為をするわけがない」

「高城さんを疑っているわけやないです。誤解です。気分を悪うしはったのやったら、謝ります」

由紀はカット中の頭を下げた。「ただ、真相を知るためには、関係者に事情を訊くことは欠かせへんのです」

「繰り返すが、うちの従業員は犯罪行為などしていない。料金はいらないから、もう帰ってくれ」

「わかりました。けど、料金は払います」

カットが中途半端なまま、由紀は店をあとにした。

6

古今堂は、小野寺吾助の店に足を運んだ。もう捜査本部の車は停まっておらず、マスコミ陣もいないようだ。

インターホンを押す。

「すんません。古今堂です」

反応はなかったが、あきらめずに声をかけ続ける。

扉が少しだけ開いて、吾助の片方の目が見えた。

「何の用でっか？」

「確認したいことがありますのや」

「もう警察にお話しすることはあらしません」

「きょうは、丸本良男の上司として来ました。お願いします」

扉が開いた。吾助は不精髭が伸びている。

「何をする気にもなりまへんのや」

吾助はテーブル席に腰を下ろす。空の瓶ビールが四本転がり、五本目が半分ほどになっている。

「食材はあるからビールに挟まれるように、漬物の入った小鉢が一つ置かれている。

「食材はあるからアテを作ったらええんやけど、身体が動きまへんのや」

吾助は小さく首を振る。「この店も、もうおしまいです」

「閉めるんですか」

「悠斗が逮捕された以上、お客さんにも、近隣の店の人にも、申しわけが立たしません」

吾助は瓶ビールを手にしてラッパ飲みをした。テーブルにはグラスはなかった。

「けど、悠斗が犯人やなんて、いまだに信じられまへん。悠斗のやつが美容室SUMAの娘さんに無謀な恋心を持ったのも、娘さんが嫌がっていたのも事実ですやろ。けど、思いが通らず恥をかいたからというて、人を殺すようなことは絶対にせえしません。いや、せえしませんと信じとります」

吾助は肩で息をした。そして、涙目になった。

「署長さん、こないだここで話をさせてもろて、あんたは四角四面のエリートやないことがわかりました。きょう、あんたをこうして入れる気になったのも、一縷《いちる》の望みを持ちたいからです。署長さん、もういっぺん事件のことを調べ直してもらえまへんやろか？」

「息子さんが無実やという根拠は何ですか？」

「せやから、悠斗はそんなことのでける性格やおません。それに、わしへの電話では、犯人やないと言いよりました」

「それ以外に、何か根拠はあらへんのですか」

「あらしません。けど、悠斗にかぎって、殺人なんてえげつないことは」

「息子さんは警察に電話をしてきて、犯行を認めています」

「それがようわかりまへんのや。ほんまに悠斗でしたんか？」

「声紋が一致しました」

「ほなら、誰ぞに脅されて電話をかけたんとちゃいますか」

「脅していたのは誰なんですか？」

「わからしません。けど、悠斗は中学でイジメられたときも、無理やりやらされたことがありました。駄菓子屋でガムを万引きしてきたり、おっかない教師の家の塀にイタズラ書きをしてきたり」

「中学時代のそういう人間と、現在でも関係は続いているのですか」

「いや、具体的なことはわからしません」

古今堂は、吾助のうつろな目を見つめた。

「吾助さんは、息子さんのことが好きなんですね」

「そらあ、たった一人の子供ですがな」

「息子さんに対しては、気ぃ遣うてはりますね」

「漫才師やったことでイジメられる原因を作ったり、離婚したりして、いろいろ迷惑もかけましたさかい」

「息子さんには、逃げてほしかったですか」

「無実なのに、捕まる必要はあらへんやないですか」

「吾助さんは脅迫や嫌がらせの電話を受けていると言うて、警察の目を自分に向けさせようとしましたけど、それも逃走を助けたいという意図からやったのですね」

実際は、悠斗の行方を探したのは捜査本部であり、脅迫や嫌がらせの電話を受けたことへの対応は中央署が担った。だが、一般市民である吾助にはそういう警察組織についての知識はなかったと思われる。

「いや、それは……」

吾助は、ごまかすかのようにまたビールをラッパ飲みした。

「さいぜん言いましたように、きょうは丸本良男の上司として来ました。丸本巡査は窮地に立っています」

古今堂は吾助がビールを飲み終えたタイミングで言った。「息子さんは、逃走資金を十万円ほど所持していました。それを渡したのはあなたですね」

「ちゃいますよ。わしは、警察やマスコミに見張られてました。悠斗と会うことなんかでけしませんでした。そのことは、署長さんもわかってはるはずや」

「そうやって、息子さんと接触できないことを示すためにも、脅迫や嫌がらせを受けたという狂言をしたんやないですか」

吾助は、非難ばかり受ける加害者遺族から同情される被害者になりたかったと、狂言の動機を説明した。けれども、警察にガードされただけで、そこまで立場が逆転するものではない。あれは、店内に警察官を入れたかったための口実ではないか。外を張り込んでいる警察官に、「中へどうぞ」というのはわざとらしい。

「そんなことおません」

「ほなら、息子さんは誰から逃走資金を受け取ったんですか」

「元女房の七海からとちゃいますか。わしとはまったく疎遠ですけど、あいつにとっては母親ですさかい」

「七海さんとの接触も捜査本部は警戒していました」

「七海という女はしたたかですよって、巧妙な方法を考えよりますで。どんな方法かはわかりまへんけど」

「七海さんが、ボッタクリバーや脱法ハーブの販売に関わっていたことは、知ってはりますか」

「いいや。離婚してからはろくに連絡も取ってまへん。七海のやつは、別居する直前に大麻を吸うていたことがおました。芸能学校に入る前の十代のころはシンナーもやっていたようで、薬物への抵抗感はないんですやろ。結婚するときは、そういう過去はまったく見せよりまへんでした。とんだ食わせもんでしたな」

七海は内縁の男たちとともに摘発をのがれて逃げた、と堀之内が通天閣署の刑事から聞いてきた。たしかに、したたかな女と言えた。

捜査本部としては、悠斗を確保できたことで、付け足しである七海のほうは摘発できなかったとしても結果オーライと考えているようだ。

「吾助さん」

　またビールをラッパ飲みしようとした手を、古今堂は摑んで止めた。「あなたが息子さんを守ろうとするように、僕にも守るべきものがあります。それは、署の部下たちです。丸本巡査です」

　吾助は突然に手を摑まれて、怒りを含んだ驚きの顔になった。

「何をするんでっか」

　古今堂は、かまわずにビールを吾助から引き離す。

「あなたが息子を守ろうとする気持ちはわからなくもないですが、それでは丸本巡査がかわいそう過ぎます。逃走資金を渡したのはあなたですね」

「わしは、悠斗が逃げてから一度も会うとりまへん。ここから出ることすらしとりまへんがな。悠斗はここには来とりません。ずっと監視しとった警察が、それを証明しているんやないですか」

「たしかに、あなたは捜査本部の監視下にありました。けど、僕たちが店内に入るまでは、電話で連絡を取ることはでけました。丸本巡査から携帯電話の微弱電波のことを聞き出して、携帯電話を捨てるかバッテリーを抜くように息子に指示したと思います。せやから、あなたから息子への連絡はでけませんが、息子からこの店に連絡してくることはでけます。通話記録を調べたら、公衆電話から三件ここにかかっています。そのときに、あなたは簡易ホテルに泊まる方法があるといったことも伝えたのやないですか」

「たとえ電話連絡は可能であったとしても、どないして現金を渡すんでっか？」

「メッセンジャーを使《つこ》うたら可能です。臨時休業となったこの店を監視していた捜査員は、息子さんが来たときの身柄確保のために張り込んでいました。あなたと息子さん以外は、出入りが不自然な人間やなかったもんで、スルーしています。新聞配達員、食材の納入業者、アルバイトの従業員……ここに来る前に、丸本巡査の母親であるエイ子さんに話を聞いてきました。アルバイト従業員の浅田君は、丸本弁当店での手伝いに一度同行したことがあったそうですね。朴訥《ぼくとつ》だけれど、よく働いてくれて、あなたの指示には忠実やったそうです」

「浅田は、うちの息子と面識はありまへんで」

「面識はなくても、渡すことはでけます。むしろ間接的な方法をとったほうが、浅田君も抵抗があらへんかったと思えます」

古今堂はさらに畳みかけた。「あなたが事件のあとアパートやのうて、この店にずっといたのも理由があったのですね。あなたは『ここには食いもんのストックがおます』と説明しましたが、本当は違いますね。アルバイト従業員がアパートに来たら不自然やけど、店やったら怪しまれへんからですよね」

「いったい何が言いたいんでっか」

吾助の目からうつろさが消えた。

「エイ子さんから、息子さんを見つけたときのことを一昨日に聞きました。丸本弁当店の裏手の倉庫のほうで見かけたということでした。倉庫の周囲を調べてみました。そして、側溝の蓋を開けてみたところ、ガムテープの切れ端が付着してました」

古今堂はビニール袋に入れた切れ端を取り出した。「十万円を入れた封筒が、蓋の裏にガムテープで留められていたと想像でけます。ガムテープからは指紋が検出でけました。浅田君の指紋と合致するのやないかと考えてます。浅田君や丸本巡査に迷惑をかけたと思わはりませんか？」

吾助は、ガムテープの切れ端をじっと見つめた。

そして、重そうな息を吐いて、うなだれた。

「すんまへん。お察しのとおりです。けど、悠斗の無実を信じたからこそ、逃げさしてやりたかった――その気持ちだけはわかってくなはれ」

古今堂の携帯が着信を告げた。

「百々だ。今どこにいる？　署に訊いたら、外出中だということだったが」

「区内の高津にいます」

「ならば、すぐに来てもらいたい」

「どこに行けばええんですか」

「美容室ＳＵＭＡの三階にある特別室だ。須磨成一郎氏が、君に抗議を申し入れている。ＶＩＰも同席している」

「抗議？　どういうことですか。それにＶＩＰというのは？」

「とにかく来たならば、わかる」

百々はそう言って電話を切った。

第七章

1

美容室ＳＵＭＡは、閉店の時刻を迎えようとしていた。古今堂は二階への階段を早足で上がる。

つややかに輝く髪をなびかせた女性客が、スタッフに丁寧に見送られていた。

古今堂は美容室というものを利用したことがない。中学二年の夏休みに、急な雨で傘が必要になったという母からの電話で足を運んだ経験が一度あるだけだ。仰向けになって洗髪をする姿に驚いた。散髪屋では下を向いて髪を洗ってもらうからだ。

古今堂が店の中に入ると、通夜のときに応対してきた須磨麻奈子が立っていた。きょうはＳＵＭＡのロゴの入った紫色のスカーフをしている。

「中央署署長の古今堂さんでしたね」

「はい」

「三階へどうぞ」

二階の受付カウンターの奥に階段があったが、そこは使わない。フロアを横切った奥にドアがあり、そこを開けるとエレベーターがあった。

「こんなところにエレベーターがあるんですか」

「こちらを使えるのは、限られたお客様だけです」

両側にずらりと椅子と鏡が並んだ二階の広いフロアを横切るときに、三階へ上がるその限られたメンバーは優越感を得るのかもしれない。麻奈子は3のボタンを押す。1から6まであるが、4だけがない。

「四階は何があるのですか」

「従業員寮になっています」

従業員は階段しか使えないのだろう。

「ここの従業員さんは、みなさん寮生活をしてはるんですか」

「今はそうですね」

「所帯を持ったかたは、いやはらへんのですか」

「ベテランの独身美容師もおりますが、たいてい五年から十年働いて独立していきますから」

すぐに三階に着いた。廊下には赤絨毯《じゅうたん》が敷かれている。二階との違いはそれだけではなく、三階は小部屋に仕切られている。シルバールーム、ゴールドルーム、プラチナルームと奥にいくほどそのスペースは広くなる。先の二つは、扉がガラス張りで中が見えた。それぞれ、内壁や天井が銀色と金色になっている。プラチナルームは扉がステンドグラスになっていて、中が見えなかった。そして最も奥が、ダイヤモンドルームという表示の部屋だった。まるで大企業の役員室のような重厚な扉だ。

「ここが、究極の限られたお客様がお使いになる部屋です。わずか十名様だけです。欠員が出ないとその十名に入れません。シルバークラスのお客様は、選ばれた腕のいい従業員が、ゴールドクラスはあたしが、プラチナ30クラスは代表が担当します。究極のダイヤモンド10クラスは、代表とあたしの二人がつきっきりで担当いたします。ですから、十名様が限度なのです」

須磨麻奈子は、重厚な扉を開けた。

高級チーク材を使ったダークブラウンの木目の壁に十五号サイズの絵画が三つ掛けられていた。描かれているのは、それぞれ虎と鷹と鯨だ。

さらにアロワナやバタフライフィッシュが泳ぐかなり大きな水槽が部屋のほぼ中央に設けられていた。その横に、ソファセットが置かれている。

ソファセットの反対側に、鏡と椅子とシャンプー台、それに加温器が設けられ、その前には大型テレビもある。

ソファセットには三人の男が座っていた。

百々の向かいにいるのが、須磨成一郎だ。百々の横に座ったロマンスグレーの男は、テレビで見覚えがあった。大阪選出の代議士だ。名前はすぐに出てこないが。

「古今堂君、座りたまえ。長枝《ながえだ》先生はこのあと会合がおありだ。多忙な時間を割いていただいている。手短に済ませてもらう」

百々がそう言ったことで、古今堂はこの代議士の名前を思い出した。長枝勇造《ゆうぞう》、自由民生党のベテラン議員だ。古今堂は言われたまま、須磨の横に座る。

「君が、古今堂署長か。一度お顔を拝んでおきたかったんだよ。夏には、公安委員を辞職に追い込んだと聞いたもんだからね」

真向かいに座った長枝は、鼈甲《べっこう》眼鏡の奥のぎょろりとした目で見据えてきた。

「中央署は、能力の高い署員に恵まれていますから」

この夏は、大阪城の外堀に浮かんだ水死体をめぐっての捜査で冷や汗をかいたが、谷たちの協力を得て何とか真相に辿り着けた。

「能力の高い署員には、丸本良男巡査も含まれているのかね」

百々が皮肉を込めた言いかたをした。古今堂は直接的な答えを避けた。

「明日にでもあらためて監察室に文書報告をしますが、丸本が指名手配少年に逃走資金を渡してはいなかったことがはっきりしました」

「そいつは結構な話だな。だが、それで丸本巡査が眼前にいた指名手配少年を取り逃がしたミスが減じられるわけではない」

百々はいつものことながら、能面のような表情を変えずに早口で喋る。

「それはそうですが……」

「君のところの塚畑由紀巡査も、有能な署員なのかね。きょう、ここの客を装って来店したようだが」

百々は、須磨成一郎のほうに視線を向けた。

「うちで最も経験の浅い見習い美容師を指名して、根掘り葉掘り訊いてきました。若い彼はたまらず私のところに助けを求めました。婦警さんにはお引き取り願いましたが、大変迷惑をしました。はっきり申し上げまして、営業妨害だと考えております」

「塚畑に行くように命じたのは僕です。彼女に責任はありません。不快感を与えてしまったのならお詫びします」

古今堂は横に座る須磨に頭を下げる。

「どうして、うちの店のことを探るんだ?」

「中央署は所轄として、須磨成一郎さんに対する傷害事件の捜査をしています。その過程で、この店のことを調べる必要があると考えました」

「おっしゃる意味がわかりませんな」

「小野寺悠斗は、傷害事件については犯人ではないと言っています。逮捕後も、犯行を認めたという情報は聞いていません。客観的に見ても、あの夜に須磨さんが行きつけの店に足を運ぶということを、小野寺悠斗が知りえたとは考えにくいのです」

「じゃあ、うちの店の内部に犯人がいるとでも?」

「その可能性はありえます」

「もう傷害事件のことはいいんです。傷もたいしたことはなかった。被害者である私が、もういいと言っているのだから、捜査はやめてもらえないですか」

「傷害はいわゆる親告罪《しんこくざい》ではないので、たとえ取り下げをしはっても捜査は続きます」

器物損壊などの軽微な犯罪や、強制わいせつなどの被害者の名誉を重んじる犯罪は、被害者が訴えを取り下げたなら警察は捜査はできない。法律的には、親告罪と呼ばれる。

百々が割って入るように言った。

「古今堂君。小野寺悠斗が傷害事件も起こしたのではないかということについては、捜査本部が取り調べ中のはずだ。中央署は控えるべきではないかね。それに、小野寺悠斗が犯行を認めていないというだけでは、理由として弱い」

「中央署は所轄署として、一つ物証も得ています。丸本巡査の実家に残された小野寺悠斗の靴です。鑑識課に照会したところ、うつぼ高校の生徒会室で採取された靴跡の中に同じものがあったということです。小野寺悠斗は、事件当日から丸本巡査の実家を訪れるまで、靴を替えていたとは思えません。傷害事件は、その途中でした。けど、傷害の現場からは、同じ靴跡は採取されていません」

靴跡がなかったということは、悠斗が傷害事件の犯人ではないという消極的な根拠になりうる。

「靴跡がなかったということは、たまたま採取できなかったということかもしれない」

たしかに、百々の言うように、悠斗は傷害の現場に足を運んでいたが、道路や気象などの条件から採取できなかったという可能性までは否定できない。

「せやから、くわしい調査の必要があると考えています」

「そうであったとしても、きょうの塚畑巡査のやりかたは強引過ぎる。それとも、その見習い美容師の若い男性が、須磨さんを襲った犯人だという証拠でもあるのかね」

「それはありません」

「古今堂さん。高城君の名誉のために言っておきます」

須磨が強い口調で言う。「高城君は、やや無愛想なところはありますが、勤勉で温厚な若者です。雇い主である私を背後から襲うといったことをするわけがありません。その動機も見当りません。疑うのが警察の仕事かもしれませんが、きわめて不愉快ですな」

「古今堂署長。ここでのやりとりを聞いていて、国会議員としてではなく一年長者として言わせてもらおう」

長枝は、鼈甲眼鏡のズレを指先で直した。「須磨さんは、お嬢さんを無残にも殺された気の毒な遺族だということを忘れちゃいかんな。事件のあった当日だが、たまたまうちのワイフがこの部屋でセットをしてもらっておった。その夜にこの近くの国立文楽劇場で私の後援会主催の文楽鑑賞会があって、韓国訪問中の私に代わって挨拶をすることになっておったからな。ワイフが須磨夫人から肩こりに効くペンダントをいただいたということで、うちの女性秘書が御礼の和菓子を持って夕方に伺った。秘書が玄関で見送ってもらっているときに、お嬢さんの訃報《ふほう》が突然に舞い込んできた。御本人たちを前に言うのもはばかられるが、須磨さんは大声を張り上げて『嘘だろ。嘘だと言ってくれ』と何度も繰り返し、須磨夫人はしゃがみ込んで、『どうして瑠璃が？』と泣きじゃくり、居合わせたうちの女性秘書もかなりのショックを受けた。そんな悲しみを乗り越え、葬儀を済ませてようやく営業を再開した矢先に、警察官が客を装って捜査するといった非礼を受ける筋合いはないのじゃないかね」

「古今堂さん」

須磨は目尻を拭った。「私は、やりきれない思いでいっぱいです。娘を突然に奪われ、マスコミの取材攻勢を受け、そのうえ何者かに襲われたのです。それなのに、逮捕された犯人は未成年者ということで軽い刑で済みそうです。こんなバカなことがありますか」

「お立場はわかっているつもりです。けど、傷害事件の犯人が未検挙である以上、捜査はせなあきません。被害者のかたのことを調べるのは、ごく普通の捜査手法やと思うています」

「古今堂署長。われわれ政治家は、大局的な見方をしなくてはいかん。警察という行政機関においても大所高所に立った判断は必要なはずだ。君は署長という管理職であり、今は大阪府警に身を置いているとはいえ国家公務員であり、警察官僚だ」

長枝は時間を気にするように腕時計を一瞥《いちべつ》した。「須磨さんへの傷害事件は、かりに指名手配少年の犯行であったとしても被害は軽かったのだから、少年の量刑が大きく過重されるとは思えん。むろん、少年以外の、商売敵である同業者の犯行ということもありうるかもしれん。須磨さんは認めたくないだろうが、従業員が犯人という可能性もないわけではない。どの組織にも不満分子はおるものだ。中央署にも、署長の方針に従おうとしたがらない署員はいるんじゃないかね」

「いると思います」

「そういうことに、捜査費用と時間をかけて取り組む必要があるのだろうか。捜査費用は、税金から出ておるのじゃよ。もう受傷被害者である須磨さんは捜査を望んでいない。いくら親告罪でないとしても、そこまでやるべきだろうか。言いたいのは以上だ。ぜひ熟慮してくれたまえ」

長枝は腰を上げた。

2

丸本良男は、寮の自室で重苦しい時間を過ごしていた。正式処分が決まるまでは謹慎、ということで、職場には出られない。

古今堂署長だけでなく、由紀も谷も堀之内も電話をくれた。

みんな気を遣ってくれていた。由紀は、「古今堂署長が、丸本さんが逃走資金を渡していないことを証明してくれはりましたよ」と声を弾ませて、新たな電話をかけてきた。

けれども、実家に三時間以上もいた小野寺悠斗を取り逃がしてしまったという事実は消えない。匿い行為があったと受け取られてもしかたのない状況なのだ。

丸本は溜め息を吐いた。

狭い個室でダルマのようにじっとしていなくてはいけないのは辛い。寮の同僚たちは、丸本が謹慎となったのを知っている。一罰百戒《いちばつひゃっかい》の意味で、この寮では処分を受けた者が出たときは、管理人を兼ねる退職ＯＢの寮監が、その旨を掲示板に張り出す慣わしになっている。

食堂は、朝も昼も混んだ時間帯を外したが、非番の者がどこかにいた。こちらを見ているわけではないと思うのだが、どうしても視線を感じてしまう。

夜はもっと多くの者が食堂を利用する。丸本は、コンビニで食べ物を買って部屋で済ませることにしようと思った。あすの朝の分もあわせて買っておきたい。

丸本は、通常の勤務時間外までは謹慎は及ばないということを確かめに寮監の部屋を訪ねてみたが不在だった。下手に待っていて、外出はできないと言われるのは癪だったので、とりあえず寮を出た。酒を飲んだりするのはまずいが、買い物くらいならいいだろう。

丸本は寮生がよく利用するコンビニを避けて少し足をのばした。弁当やパンを籠に入れて、レジ横にある新聞棚に目を留める。地元の夕刊紙が、小野寺悠斗逮捕を受けた教育委員会による謝罪会見の写真を載せていた。事件で影響を受けた人間は自分だけではないという気がした。丸本は夕刊紙も買った。

コンビニを出たところで、丸本は風呂に入りたくなった。寮には共同浴室しかない。浴室に行くと、また気まずい思いをすることになりそうだった。西心斎橋近くに外勤警察官時代にときどき利用した銭湯があった。都心にあるのがミスマッチなくらいにひなびた感じのレトロな建物で、タオルや石鹼も買うことができる。ここから少し離れているが、タクシーを使えば時間は節約できる。

丸本は、タクシーに乗って銭湯に行くという生まれてはじめての経験をすることになった。

洗髪もしてすっきりした気分で、丸本は銭湯を出た。久しぶりに飲んだ風呂上りのコーラが美味かった。

このあたりはタクシーがあまり通らない。丸本は、南の方向に向かって歩いた。五分ほど歩けば、若者向けのファッション店が集まるアメリカ村があるが、そこまで行かなくてもタクシーは拾えると思えた。

「いやよ」

丸本が歩く先にあるこじゃれた感じのイタリアンレストランから出てきた若い女が、高い声で叫んでいる。

「いいじゃないか。メシを食うだけ食って、さよならなんて詐欺だよ」

初老の男が、女のあとを追いかけて腕を摑む。

「出会い喫茶で『好きなものを食べていいから』って連れ出しを申し込んできたから、乗ってあげたのよ。つきあってあげただけでも感謝しなよ。ジジイのくせに」

女は腕を振り払う。

「大人をバカにするんじゃない。食い逃げは許さん」

初老の男は再び腕を掴む。相当酔っているのか、ろれつが回っていない。

丸本は無視しようと思った。制服でパトロール中なら放ってはおけないが、今は違う。ましてや謹慎中の身だ。

女はまた腕を振り払う。体勢を崩しかけた初老の男の顔を見て、丸本はおやっと思った。さっき夕刊紙で見た顔ではないだろうか。丸本は夕刊紙の掲載写真を急いで確認した。謝罪会見でうなだれていたうつぼ高校定時制の教頭によく似ていた。

女は、体勢を崩しかけた男の足を払った。男はたまらず道路に転がる。「フン」と言い残して、女は去っていった。

「大丈夫ですか」

丸本は男に声をかける。やはり新聞に出ていた顔だ。

「おまえは誰なんだ？」

「おたくは、うつぼ高校の教頭さんですよね」

男は、目を細めて丸本を見上げた。

「だから、どうだって言うんだ。おまえは、あの女の連れか。嵌《は》めたのか。美人局《つつもたせ》か」

男は、ゆっくりと立ち上がろうとする。

「そんなんやありませんよ」

丸本は手を差し伸べようとした。「ちょっと話をしませんか」

こんな形でうつぼ高校の関係者と接点が持てるとは思ってもいなかった。小野寺悠斗のことをもっと知っておきたい。

「何を企んでいるんだ」

男は、丸本の手を撥ね除《の》けて拳を繰り出した。丸本の左目にパンチが当たる。

丸本は左目を押さえながらあとずさった。

謹慎中に、自分の判断で出てきたのだ。ここでトラブルを起こしてしまうのは絶対にまずかった。

3

塚畑由紀は、始業前の洗面所で髪の毛をヘアピンで留めていた。きのうカットが途中で終わってしまったので、左右がアンバランスになっている。髪形をアップにしてごまかすしかなさそうだ。きょうは金曜日だから、あすにでも馴染みの美容室にいくつもりだ。近所のおばちゃんが一人でやっている店で、美容室SUMAとは比べものにならないくらいに狭くて古びた店構えだが、予約の必要はなく、もちろん客のランク分けなどない。

それにしても、こうして鏡を前にしていると、背後から須磨成一郎が恐い顔を出してきそうな錯覚に囚われる。

「署長、おはようございます。ちょっとよろしいですかな」

洗面所の外の廊下で声がした。あの声はたぶん附田《つきた》副署長だ。

「おはようございます。ええ、どうぞ」

「丸本のところの寮監さんから電話がありまして、丸本が昨夜無断で外出して負傷してきた可能性があると報告がありました。本人は、寮の階段でうっかり足を滑らせて顔を打ったと申し開きしているようですが」

「そうでしたか。丸本巡査のことは気になっていますので、一度立ち寄ってみます」

古今堂はそう答えている。

「署長、これは申し上げるべきかどうか迷ったのですが、きのう百々警視正から私に電話がありました。古今堂警視は独走してしまう傾向にあるから、御守り役をしっかり務めるようにと釘を刺されました」

「そうですか」

「今回は、国会議員の先生も注目なさっているそうですな。それだけに慎重な対応が求められるのじゃないですか」

「百々警視正はそこまで言及したのですか」

「いえ、そうではありません。私の老婆心までのことです。それでは」

附田が言うだけ言って、立ち去っていった。


由紀は一呼吸置いてから、きのうの報告をするために署長室に入った。髪がうまくごまかせたとは思えなかったので、恥ずかしい。

「家に帰って自分でカットしてみたんですけど、かえって変になっちゃいました」

由紀は丸い頬が赤く染まってくるのを自分でも感じた。それがよけいに恥ずかしい。

「つらい思いをさせてすまないね」

「ええんです。髪の毛はすぐに伸びてきますよって」

報告をしたあと、由紀は丸本のことが気になって訊いた。「実はさっき副署長さんとの会話を聞いてしもうたんです。別に立ち聞きするつもりはなかったんですけど」

「丸本巡査は、動きが取れない状態であせっているのかもしれへん」

「気持ちはわかりますけれど、あせるとかえって処分を重くしてしまいますよね」

「そうなんや」

「丸本さんは、処分を免れそうにないんですか？」

「今は小野寺悠斗に対して、犯行についての供述を取ることを優先している段階やと思う。それが終わってから、丸本巡査の実家を訪れたときの様子を訊いて、処分を決めていくことになるんやないかな」

「何とかしてあげたいなと思うんですけど」

「丸本巡査の処分回避方法はないことはないんや」

「どんな方法ですか」

「小野寺悠斗の犯行自体をひっくり返すという方法や。小野寺悠斗がもしも殺人を犯してへんかったら、丸本巡査の行為は犯人蔵匿罪や犯人隠避罪に問われることにはならへん。もちろん、丸本巡査のお母さんの行為も何の問題もないことになる」

「けど、悠斗君は犯行を認めているんですよね」

「せやから、かなり厳しいルートとなる。いったん大阪府警が指名手配をして、逮捕までした容疑者を、無実だったとする——これは組織に反する行為にもなる」

「そうですね」

「けど、組織よりも個人を重んじなあかんというのが、僕の持論や。たとえ大阪府警が恥をかいたとしても、無実の少年が冤罪に問われることがあってはいけない。そして、現場の警察官がいわれのない処分を受けることになるのを見過ごすこともできひん」

「署長。今回の件では国会議員の圧力があるようなことも、さっきの副署長さんとの会話になかったですか？」

「圧力とは思ってへんけど、意見はされている。ただ、そのことで警察の姿勢が変わることはあってはならない——これも持論なんや。もうすぐ知事・市長選挙やけど、公示期間前後には〝警察官は不偏不党の中立の立場を貫かなくてはいけない〟という訓示文書が府警本部長の名で貼り出されることになると思う。警察官の不偏不党というのは、大事なことや。異論はない。けど、そうした訓示を出してる上層部が必ずしも不偏不党やないんや。国会議員からの要請には一般市民に対するのとは違う対応をすることがようある。上層部の人間が、退職してすぐに特定政党の公認を受けて議員に立候補することかて少のうないんや。在職中から何らかのつながりがなかったら、すぐには公認されへん」

古今堂は腕を組んだ。「僕は、相手の言うことに理があるなら、代議士であろうとなかろうとその意見には素直に耳を傾けたい。けど、代議士やからという肩書を先に出して押しつけようとする姿勢には従うわけにはいかへん。それで、僕が何らかの不利益処分を受けたとしても、恥とは思わへん。せやけど……僕はともかく、他の署員をつきあわせることには二の足を踏んでしまうんや」

「うちは、かましませんよ」

「気持ちはありがたいけど」

「実は、うちは警察官になるときに、サラリーマンの父親から反対されたんです。内勤になるって思うてへんかったので、『警察官は危ない仕事で女の子にはさせたくない』って。けど、うちは『絶対になりたいんや』って父を説得しました。今の世の中、正しいことを貫ける職業ってほんまに少ないと思うんです。利益や売り上げといった数字に捉われへん仕事も……うちの父親の勤め先は、機械部品の下請け会社ですけど、うちが生まれる少し前はバブル経済の人手不足で、就労ビザのない外国人を季節労働者として使うような不適法な行為もしていたみたいです。それを人事担当の父親も嫌だなと思いながら、会社のためやからと言われてやっていたそうです。父親はそのことを思い出したようで折れてくれました」

「そうやったんか」

「新人巡査であるうちのでけることなんかしれてますけど、〝自分は正しいことをしている〟って胸を張っていたいんです。たとえ圧力を受けたとしても、自分をごまかすことはしとうないです」

「ようわかった……ほなら、また頼まれてくれるか？」

「はい」

「小野寺悠斗の母親のことを、もう少し調べたいんや」

「悠斗君の母親ですか？」

「通天閣署と捜査本部による摘発をかいくぐって逃げてしもうた。行方を摑むのはむつかしいかもしれへんけど、周辺を調べることはでけると思う。まずは本籍地の役所をあたって、彼女の親族関係を調べてほしいんや」

4

「すんません。銭湯を出たとたんに、目の前にうつぼ高校の関係者が現われたという偶然に、つい慎重さを欠いてしまいました」

丸本は、寮に足を運んだ古今堂に頭を下げた。左目の下の内出血が痛そうだ。「けど、殴られてもじっと我慢しました」

「寮監さんには正直に報告したほうがええと思いますよ。あとから事実がわかるよりも、自分からきちんと言うたほうが」

「はい、そうします」

丸本は神妙な顔でうなずいた。「それで殴られて目が醒めたというわけやないんですけど、昨夜いろいろ考えましたのや。悠斗君が実家にいたときはとにかくびっくりしてしもて、指名手配を受けた彼が犯人やという前提で話をしました。けど、他にも犯人たりうる者はいるんやないかと思えますんや」

「それは誰ですか？」

「具体的に誰とまではわからしませんけど、うつぼ高校の関係者をもっと洗うたほうがええという気がしてなりません。事件現場である学校へは部外者は簡単には入れしません」

「けど、あの高校は校門でのチェックがあるわけやない」

「ほいでも、勝手を知らん学校へはおいそれとは入れしません。生徒会室がどこにあるかなんて、わからしません。僕の出た高校には、生徒会室なんてあらへんかったです」

「僕の高校では、新聞部と共用やったと記憶しています」

古今堂は、うつぼ高校に一度足を運んでいた。校内地図や案内板といったたぐいのものはなかった。廣澤に案内してもらったが、ずいぶんとわかりにくいところにあった。

「署長、うつぼ高校の関係者をもう一度洗い直してもらえませんやろか。悠斗君は、犯人やないと思えてなりません」

「小野寺悠斗が犯人やないという根拠は？」

「イジメられっ子で反撃もせえへんかった男に、殺人はでけしません」

「それは言い切れしません」

これまでの犯罪例からしても、犯人が普段の性格から想像もできない行動に出ることはそれほど稀なことではない。

「悠斗君は、うちのおかんの弁当を食べて、三時間もいましたんや。ほんまの犯人なら、早いとこ逃げようとするはずです」

それは根拠になりうる。捜査本部は、丸本から逃走資金を得るために待っていた、と見立てていた。けれども、丸本が逃走資金を渡したのではないことははっきりした。

「けど、それだけでは弱いです」

インターネットカフェで我慢してきた悠斗は、広い部屋にいたかった、あるいは睡魔に勝てず眠っていたから長く居た、という可能性はありうる。

あるいは、いっときは出頭することを考えて唯一の知り合い警察官である丸本の帰りを待っていたが、いざ丸本と相対するとその気が萎えたということだってありえるかもしれない。

「いずれにしろ、中央署にはうつぼ高校における殺人事件の捜査権はありません」

悠斗と会って取り調べたり、供述を求めることもできない。しいて言えば、須磨成一郎への傷害事件について認めるかどうかの尋問はできるかもしれないが、捜査本部が許してくれるとは限らないのだ。

「ほなら、どうしたらええんですか」

「傷害事件を糸口にして、これまで気づいていない視点からアプローチするしかなさそうです。寮の自室でもでける作業をしてくれますか」

「何でもやります」

古今堂は、防犯カメラのＤＶＤの束を取り出した。傷害事件のあった場所の周辺に設けられた防犯カメラのものだ。

丸本の寮を出た古今堂は、美容室ＳＵＭＡのビルの不動産登記簿を調べた。あれだけの立地に建つビルだ。土地と建物あわせての時価総額は、数億円はするのではないか。

登記簿によると、土地と建物はいずれも須磨成一郎と麻奈子の共有名義（持分割合は一対三）で、都市銀行の抵当権が設定されていて、その債権総額は二億五千万円となっていた。

購入は約十一年前で、その当時の須磨夫婦の住所は、中央区の森ノ宮中央一丁目であった。

古今堂は、その旧住所に足を運んでみた。

ＪＲ大阪環状線の森ノ宮駅から二百メートルほど離れた場所で、商店や住宅や駐車場などが混在していた。登記簿に書かれていた建物は焼肉店になっていたが、現在はシャッターが降りていて、〝長い間御利用ありがとうございました〟の張り紙が出ていた。閉店日は先月末日となっている。

古今堂は、太子橋信八の工場に電話を入れてみた。信八の工場は焼肉店が使う鉄板の洗浄を主な仕事としており、大阪市内の焼肉店に知り合いがたくさんいた。

「おお。森ノ宮のその店やったら知っとるで。洋酒会社でサラリーマンをしてたグルメ通の男性が、定年後に開業したんや。七十歳になったらリタイアするというヨメさんとの約束のうえで開いとった。赤字で閉めたというわけやないんやで。でければ居抜きで焼肉店として買ってくれる人を探してるんやけど、ユッケの食中毒事件があったんで、なかなか見つからんみたいや」

「その前にあった美容室のことで、なんぞ聞いてへんか？」

「それは知らんな。リタイアした店主の連絡先は知っとるんで、尋ねてみよか？」

「ありがたいけど、信八も忙しいんとちゃうか」

電話口に出てくれたのはパートで働くおばちゃんで、信八が替わるまでしばらく時間がかかった。

「わては善良な市民やから、警察には協力しまっせ」

信八は明るく笑った。

信八が仲介の労をとってくれた元焼肉店の主人とは、午後一時に会えることになった。

それまでの間に、中央区役所に行って、須磨成一郎の住民票を取得した。本籍地は大阪府南部にある富田林市《とんだばやし》であった。捜査のためなら、警察は無料で住民票や戸籍の写しを請求することが認められている。情報管理の責任はもちろん生じるが。

富田林市の市役所まで行って戸籍を得た。同い年の須磨夫妻は二人が二十九歳のときに結婚していた。一人娘の瑠璃は、二人の婚姻届出から約四ヵ月後に産まれていた。富田林は成一郎の父親の出身地でもあった。父母の戸籍もあわせて調べた。母親は、成一郎が十二歳のときに死亡していた。現在七十六歳の父親は母親より二つ年下である。成一郎に兄弟姉妹はいない。

住所の軌跡を記した戸籍の附表《ふひょう》が特徴的であった。成一郎の母親が亡くなるまでは、富田林市北部の近鉄喜志《きし》駅近くに住んでいたが、そのあとしばらくして父親と成一郎は大阪市内に転居をする。それもいずれも市内中心部と言える西中島、江戸堀、千日前、中津、扇町という五ヵ所をほぼ半年おきくらいで移っていた。そして十五歳で、成一郎は父親の出身地である富田林南部に転居していた。

その出身地に足を運んでみた。市域とはいえ近郊農家の多い一角であった。そこで長年農業を営んでいた成一郎の祖父母は他界していたが、大叔父にあたる男が引き継いでいたので事情を聞くことができた。

須磨成一郎の父親は、この小さな農家の次男として生まれて高校を出て地元の工務店で働くが、そこの女性事務員と親しくなり、年上ということで周囲の反対もあったが、結婚する。そして喜志駅近くに住み、成一郎が生まれる。しかし、成一郎の父親を不幸が相次いで襲う。妻の病死と勤め先の倒産だ。父親は別の会社の臨時職員として働くがうまくいかず、成一郎を育てながらできる仕事だと誘われて土地の高騰を背景に出てきたいわゆる地上げ屋のハシリのような仕事をする。古いマンションや借家の住人を立ち退かせるために嫌がらせなどさまざまな手で追い出すのが役目だ。チンピラが使われることも少なくなかったが、取り締まりもされるようになってきたので雇い主は、子連れの素人という成一郎の父親を使った。住民票も移して当局からの攻勢をかわす手法を採ったわけである。

成一郎の父親は、一時期はかなりの報酬を得たが、結局は脅迫をともなった地上げ行為への加担ということで逮捕されて実刑を受ける。成一郎は、それで祖父母に引き取られることになった。この農家から地元の高校へ通い、卒業とともに美容機器販売会社に営業職として就職してそこでの寮生活に入る。社会人となってからは祖父母のところを訪れることはほとんどなかった。成一郎の父親は服役を終えて出所したが、やはり実家へ近づくことはなく、服役中に知り合った男とともに九州へ行ったと聞いたきりだという。

話を聞いているうちに正午を過ぎてしまい、古今堂は大急ぎで戻ることになった。

待ち合わせの髙島屋の前には、信八の姿があった。その隣に、好々爺《こうこうや》風の小柄な男がいた。

「信八、すまんな。わざわざ来てくれたんか」

「初対面同士というのはどうしてもしゃべりにくいもんやさかいな」

「そうなんです。私も太子橋さんに同席してもらったほうがありがたい。安西《あんざい》です。初めまして」

白髪の男が頭を下げる。

「古今堂です。きょうは御足労さまです」

「安西さんとさっき話をしてたんやけど、昼どきやから航平のおごりでランチっちゅうのはどや？」

「うん、ええよ。店は信八がおすすめのとこにしよか」

「そしたら、航平のための〝見知らんガイド〟のミナミ編パート2といこか」

「ミシュランならぬ見知らんや。わても三十歳近くになってオヤジギャグをかますようになってもうたワ」

「見知らんガイド？」

信八に連れられて入ったのは、西心斎橋二丁目にある北極星という洋食店だった。洋食店ではあるが、畳敷きの広間に低い小机と座布団が並んでいて靴を脱いで上がる。カウンターに止まり木のスタイルではない。広間から見える庭も和風だ。

「ここ北極星は、大正十一年の創業で、オムライス発祥の店なんや」

「オムライスって日本で生まれた料理やったんか」

「そやで。オムレツの中にライスで、オムライスや。英語にはオムライスという言葉はあらへん。安西さんは知ってはりますよね？」

「ええ。でも、私も若いころは、ここが発祥の店だと知りませんでした」

「大阪が発祥の地というのは多いんや。きつねうどんかて、中央区南船場にある松葉家本舗が始めたもんやで」

タイミングよく出てきたオムライスを頬張る。ふわっととろけるような半熟卵の包みと薄い味付けのライスという絶妙の組み合わせが、特製ソースの深い甘さで引き立っている。

「この店の主人は、おいしいオムライスの作りかたを惜しげもなく公開してはる。マッシュルームとタマネギと鶏肉が、トマトケチャップで炒めるライスの具になる。炒めるときに日本酒と醬油と白ワインの三つを隠し味として加えるということがコツなんや」

「そもそも、この店がオムライスを始めたのは胃の悪い常連さんのための親切メニューだったそうですね。それが名物料理になるのだから、情けは人のためならずということですよね」

信八と安西の会話に聞き入っていた古今堂は、こうして会うことになった本来の目的を思わず忘れてしまいそうになった。

「すんません。安西さんが開いてはった焼肉店のことですけど、どういう経緯であの場所で開かはることになったんですか？」

「会社を定年まで勤めたあと、適当な店がないだろうかと探していたところ、須磨さん御夫婦が売りに出しているのを知ったからです」

「須磨さんとは前から知り合いやったんですか？」

「いいえ。須磨さんの奥さんは北区の曾根崎でホステスをやっていて、会社員時代の私の後輩だった伊東という男の紹介です。伊東はときどき店に通ってあげていたのです。彼女がクラブを退店してからも、年賀状のやりとりなんかは続いていて、森ノ宮の美容室を売るときもいい買い手がいたなら紹介してほしいと声をかけられていたそうです」

安西はスプーンを持つ手を止めた。「奥さんの麻奈子さんとは、店の売買交渉や契約で何回か会いましたが、なかなかのしっかり者ですな。ご主人のほうは一度出てきたっきりで、しかもほとんどしゃべりませんでした。髪結いの亭主という言葉がありますが、まさにそれですな。美容院は奥さんで持つんだなって、あらためて思いましたね」

「飲食店も旅館も、そうでっせ。経営浮沈のキーを握るのはヨメはんや」

信八が口を挟む。

「美容院を始めること自体も麻奈子さんの発案で、ご主人は麻奈子さんに引っ張られるようにしていっしょに美容学校に通ったそうです」

「登記簿を見たところ、現在の道頓堀の店は夫婦共有の名義になっていましたが、森ノ宮のほうは？」

「やはり共有で、奥さんのほうが三分の二の持分でした。ホステス時代に稼いだお金をしっかり貯め込んでいたんだなと思っていたのですが、仲立ちしてくれた伊東の話をあとで聞いたところ、そうでもないようなんです」

「と言いますと？」

「麻奈子さんも、ホステスになったころはまだ若さゆえの経験不足から、お客さんにツケを踏み倒されて借金を負うこともあったそうなんです」

再び信八が口を挟んだ。

「クラブのホステスは、そういう意味では個人経営者やと言われるな。客のツケを認めるかどうかの判断は自己責任で、店が背負ってくれへんのや」

「麻奈子さんはホステス時代はそれほど稼げなかったが、かなりの資産家と結婚したことで財産を得たらしいと、彼は言ってました」

「資産家と結婚？」

「相当の年の差婚だったそうです」

どうやら麻奈子は、再婚して成一郎と一緒になったようだ。きょう調べた成一郎の戸籍ではそこまでわからなかった。麻奈子が他の市町村に転籍していれば、その戸籍には過去の婚姻の記載は出ない。転籍前の戸籍を辿ればわかるが。

「その伊東さんを紹介してもらえますやろか」

「いいですよ」

安西は携帯電話を取り出した。

伊東は、滋賀県の渓流へ釣りに行っていたようだが、電話に出てくれた。

「麻奈子さんのことやったら、私よりもよう知ってる元教師がおります。私の大学時代の友人で堀田《ほった》という男ですが、彼は麻奈子さんが中学二年生と三年生のときに担任をしていたのです。曾根崎の店へも堀田に連れられて入ったのが最初でした。堀田はそのあと教頭になって、彼女の結婚披露宴にも招かれたそうですよ」

「お会いすることはできますか」

「連絡してみます。彼も定年になってますから、ヒマはあると思いますよって」

連絡をとってもらったが、担任をしていた堀田という元教師は、同居している孫を保育園まで迎えに行って娘夫婦が帰ってくるまでは面倒を見なくてはならないそうなので、夜になってから会うことになった。

5

古今堂はいったん中央署に帰ることにした。

由紀が戻ってきた。

「吾助さんの元妻の七海さんについて調べてきました。両親はすでに亡くなってい て、奈良に弟さんがいやはるので訪ねてみました。ここ十数年はすっかり疎遠になっ ていて、連絡もまったくないそうです。けど、収穫はありました。七海さんは西区阿《あ》 波座《わざ》の出身で、うつぼ高校の定時制に二年生の途中まで在籍しています。中退のあ と、ジュエリーショップの店員として一年間働き、別の商業高校を卒業した幼なじみ の女性といっしょに芸人養成学校に通い、そこで吾助さんと知り合うわけです」

「うつぼ高校の元生徒か」

七海は、学校の関係者ということになる。

「相方を組んだ女性に会うことができました。亀井梢《かめいこずえ》さんというんですけれど、彼女 と七海さんは芸人養成学校をリタイアすることなく一年間続けたものの、卒業してか らの仕事に恵まれず、七海さんはスナックでアルバイトを始め、お酒の飲めない梢さ んはイベントやパレードなどでぬいぐるみを着るアルバイトをするようになります。 コンビは自然解散となって、七海さんが吾助さんと同棲するようになり、彼女もイベ ントで知り合った遊園地社員の男性とつき合い始めました。梢さんは結局その遊園地社員の男性と結婚して、今では専業主婦で大阪府北部の高槻《たかつき》市に住んでいますけど、七海さんとは薄いながらも交流はあるとのことで、吾助さんと離婚してからの七海さんを心配してはりました」

「心配?」

「ええ。七海さんがボッタクリバーと脱法ハーブに手を染めている疑いをかけられていることを切り出すと、梢さんは七海さんから打ち明けられてそのことを知っていました。梢さんは、七海さんの同棲相手でありボッタクリバーの主宰者である安岡友章《やすおかともあき》という男が悪いんだと言うてはりましたね。かねてより安岡とは別れたほうがいいとアドバイスをしていたけれど、七海さんは昔から不良っぽいダメ男タイプに惹かれることが多く、説得したときはわかったと言いながらも結局は縁を切らないということでした。七海さんが籍の入っていない安岡との間に男の子をもうけてからは、もう梢さんも説得をあきらめたそうです」

「男の子は何歳くらいなんやろ」

悠斗にとっては、異父の弟ということになる。

「小学校の二年生になるそうです。安岡には、同じボッタクリバーでホステスをしているもう一人の愛人がいて、みんなで旅行をすることもあるそうです。なんやけったいな関係ですけど、それが続いているようです。うちには理解でけへん話でした」

「小野寺悠斗には、入りこむ余地はないかもしれへんな」

「けど、七海さんは悠斗君のことを心配しているし、かなり気にもかけているみたいです。今でも悠斗君とは月に一回くらいは会ってるそうです。中学時代に悠斗君はかなりひどいイジメに遭ったんですけど、七海さんは安岡の子分を使ってイジメの中心になった少年を見つけ出して脅しつけたこともあったということでした。悠斗君がうつぼ高校の定時制に編入したのも、七海さんのアドバイスがあったみたいです」

「小野寺悠斗が指名手配を受けたことは、七海は知っていたんやろか」

「犯人として悠斗君の名前がインターネットの掲示板サイトに出たことがありましたよね。梢さんはそれを偶然に目にして、すぐに七海さんに連絡したそうなんです。けど、七海さんは『悠斗がそんなことをするわけがない。イジメで何度こづかれても殴られても、反抗の言葉一つ返せない性格なんよ。せやからいくらでもイジメはエスカレートしたんよ』と最初は取りあわへんかったそうです。けど、梢さんが『万一のこともあるからせめて悠斗君に連絡してあげたら』と説得したら、『そうするわ』と言って電話を切り、そのあと『悠斗の携帯が繋がらない』と伝えてきたそうです。梢さんは、それからは七海さんと連絡を取っていないと言うてはります」

そこへ、堀之内が姿を見せた。

「よろしいでっか」

「うちからの報告はちょうど終わりです」

「わしのほうは、きのう四つ橋署の知り合いと遅うまで酒を飲んだわりには、たいした成果はあらしません。そいつは、わしと同じ窃盗犯担当ですけど、たとえ強行犯担当でも四つ橋署のもんは、小野寺悠斗の取り調べにはほとんど携わっておらんそうです。府警本部一課の多くは引き上げましたけど、残った数人が交代で取り調べ室に張り付いているわけです」

「小野寺悠斗は容疑を否認しているんですか」

「いえ。洩れ聞こえてくるところでは、彼は犯行を否定している様子はなく、留置場でもとても素直な態度やそうです」

「ということは、取り調べの時間は何に費やされているのですか？」

「一つ考えられるのは、細部を憶えてへんというケースですな。犯罪者にもいろんな人間がいて、たとえ犯行を認めていても供述が一貫しないことは少なからずあるんです。空き巣やスリでも、若い初犯の場合は緊張感と興奮で小さいことは記憶から飛んでいたり、記憶違いをしていることがようあります」

「そういうときはどうするんですか」

「こっちで状況を考えて、『こうなんやないか』とアドバイスを与えたうえで供述調書にしていくわけですな。ほんまはやってはいかんことかもしれまへんけど、せやないと空白だらけの供述調書になってしまいよります。そのままでは、検察から公判を維持できないと文句を言われるのは明らかです。容疑者の取り調べって、そんな机上の理屈どおりにはいかしません」

取り調べの可視化について、世論の多くは実施したほうがよいとしているが、警察の現場は強く反対している。それは単に取調室という密室で、暴力や威圧による取り調べがなされているからだけではない。容疑者の供述だけでは筋が通らないので捜査員が〝補作〟をすることも少なくないからだ。

けれども、〝補作〟が行き過ぎると〝創作〟になる。いや、〝補作〟自体がすでに〝創作〟と言えなくもないのだ。

6

伊東から紹介してもらった麻奈子の元担任教師と会うまでには時間があったので、

古今堂は、須磨成一郎がかつて働いていた美容機器販売会社に足を運んだ。

成一郎のいたころの同僚社員の半数ほどは、転勤もしくは退職していた。壁に貼られた棒グラフや檄文《げきぶん》が営業ノルマのきびしさを窺わせる。同期入社だという男性社員に話を聞くことができた。

「須磨は、セールストークがうまかったですね。成績も平均以上でした。もっとやればできるはずだって、上司から叱咤されていましたね。でも、ガツガツ数字に追われるのは嫌なようでした。たまたま独身寮が隣室同士でしたが、休みの日はいつも外出して遊びに行っていましたね。こちらは疲れて寝てばかりいましたが」

「そのころから、美容院を開業したいと言うてはりましたか?」

「それは聞いたことなかったですね」

「美容室SUMAは、ここの会社の機器を使っているんですか?」

「いいえ、違いますね。かつての上司が直々に頼みに行ったのですが、『長所だけでなく欠点もわかっているので、導入しにくい』とあっさり断られました。営業職時代は嫌な思い出のほうが多かったので意趣《いしゅ》返しをしたのかもしれません」

「この会社に、須磨さんは何年いやはったのですか?」

「九年ほどでしたね。辞めるときに同期のよしみで飲みに行ったときは、『本当は寿退社なんだ』と言っていましたけど、嘘だったようですね」

「男性の寿退社、ですか？」

「『良家の一人娘と婚約したんだ。結婚したら婿養子に入るから、苗字も変わる』ということだったのですよ。須磨はかなりの男前だったんで、そういう逆玉の輿もありかなとそのときは思ったんですが」

成一郎と麻奈子の結婚は、戸籍によると二人が二十九歳のときだ。成一郎は初婚だった。彼は高卒入社だったから、在職九年目なら二十七歳となる。成一郎は麻奈子とは別の女性と結婚する予定だったのだろうか。

「須磨さんは退職したあと、仕事は何をしてはったんですか」

「経理を勉強するために専門学校へ行くって、これまたホラを吹いていたんですよ」

「なんで須磨さんはホラを吹いたんでしょうか」

「あいつはセールストークは巧いんですが、性格的に屈折したところがありましてね。辞めるんだから、周りをかついでやろうってとこじゃないですか。須磨はそうやってこっちが信じているのを見て、内心喜んでいたんでしょう」

「結婚披露宴に出はった人は、いやはらへんかったんですか」

「誰も出ていないし、呼ばれてもいませんよ。同僚の一人は、車で谷町四丁目を走っているときに、須磨から『実はこの病院の経営者の娘と婚約したんだ』と言われて驚いたそうですが、何年かして通ると病院は潰れて、雑居ビルになっていたそうです。要するにホラ吹き男ですよ」

須磨は、同僚たちからあまり好かれていなかったようだ。

麻奈子の中学二年と三年のときの担任教師堀田政一《せいいち》は、待ち合わせの大丸心斎橋店の正面玄関に少し遅れてやってきた。目印に腕時計を外して手に持っているということであったが、それよりも伊東から「ホッタという名前をもじって生徒たちが彼に付けたニックネームはホタルでして」と聞いていたことで、すぐにわかった。頭頂部だけが見事に禿げ上がり、小さな目と鼻とあいまって、ホタルを連想させた。

「すんませんな。孫がなかなか離してくれませんで」

「お楽しみのところ、こちらこそすんません」

「警察もそうでしょうが、教育の仕事って、本気でやっていたらキリがありませんのや。非行事件があれば夜中でも出ていきますし、校内暴力で荒れた時期は学校に泊り込んだこともおました。とにかく現役の教師のころは毎日が多忙で、ろくに自分の子供に関わってやることもでけしませんでした。それだけに、孫が可愛く思えてなりませんのや」

「いつ定年にならはったのですか」

「去年の三月です。とにかくホッとしましたな」

「どこかで座ってお話ししたいんですが」

「甘いものでもよろしいでっか」

「はい」

「ほな、ぜんざいにしまひょ」

法善寺横丁にある夫婦善哉《めおとぜんざい》という店に二人は入った。店の名前は聞いたことがあったが、古今堂は入るのは初めてであった。店内は広くはないが、和風の落ち着いた雰囲気がある。

席に座るとすぐに、由紀から電話が入った。由紀には、成一郎と結婚する前の麻奈子の戸籍を辿って入手してくれるように頼んでいた。

「何とか役所の閉庁時刻に間にあいました」

「ご苦労さん。こっちに合流してんか」

電話が終わると、注文したぜんざいが出てきた。

大柄な女性店員が運んできた盆に、二椀が載っている。それが二セット出てきたのだ。中には丸餅が一つずつ浮かんでいる。

「二椀で一人前でっせ」

堀田は嬉しそうに箸を手にした。

一椀のおわんには、ぜんざいは半分しか入っていない。つまり二椀合わせて一人前なのだ。

「なんでこんなふうにわざわざ半分ずつ二椀にしてあるのか、御存知でっか?」

「いえ。めおとという名前が付いているのですから、いつも二つがいっしょということですか」

「ちょっと違いまんな」

「お金がないときは、一人前をめおとで分け合うということですか」

「それも違いまんな。正解はこうです。たとえ中身が合わせて一人前でも、二椀食べられたならトクした気分になれます。織田作之助が、そのものずばりの『夫婦善哉』の本の中でそう書いとります」

また織田作之助が登場した。ミナミと織田作之助は深い関わりがある。

古今堂は、一椀目を手にした。

粒あんで作った汁に丸餅を焼かずに入れるのが関西流ぜんざいだということは、大阪で暮らしたことのある古今堂は知っている。こしあんで作った汁に焼いた四角い餅を入れると関西流のお汁粉となる。

ところが、関東の一部では関西流ぜんざいをお汁粉と呼ぶ。その地域では、ぜんざいというのは、丸餅に汁気のない粒あんが掛かったものだ。関西では、それを亀山と言う。

さらに、沖縄ではかき氷に黒糖で煮た粒あんを掛けた氷菓をぜんざいと呼ぶようだ。雑煮のように、場所によって中身が違ってくるのがぜんざいということになる。

それにしても、こうしてあえて二椀のおわんで食べるというスタイルは、このミナミの夫婦善哉だけだろう。

一椀目を食べ終えたところで、古今堂は堀田に訊いた。

「伊東さんからお聞きやと思いますけど、担任してはった麻奈子さんについてお尋ねします。その前に、須磨成一郎という男子生徒を知らはらしませんか」

「ええ。三年生のときに隣のクラスに転校生で入ってきました。半年ほどでまた転校していきましたけど」

やはりそうだった。成一郎の戸籍の附表を見たとき、この中央区の千日前に半年ほど住んでいた記録があった。

「麻奈子さんと交際していたということはなかったですか」

「それはあらへんかったと思います。須磨君というのは、何を考えているのかわかりにくいところのある男の子で、転校生ということもあって、異性はおろか同性の友人もおらんかったですやろ。結果的に半年おりましたけど、もっと早うに転校するかもしれへんということで、職員会議でも対応が議題になりましたね。そうそう、思い出したんですけど、須磨君のクラスの担任教師は家庭訪問をしてえらい驚いてましたな。古いマンションの一室に父親と住んでいたんですけど、獰猛そうな犬を五匹も飼っているんです。犬好きというんやのうて、住人の隣の空き室でワンワンとうるさく吼《ほ》えさせたり、住人の扉の前で大小便をさせたりして、嫌気がさして立ち退かせるための道具ですのや。あの当時横行した地上げ屋ですけど、取り締まりを免れるために住民票を移して、子供を同居させ学校にも通わせて、単なる占拠やのうて居住実態があるようにするわけです。けど、かわいそうなんは子供ですがな。犬と一緒で、道具なんですよ」

「お父さんがそういう仕事をしていたということは、他の生徒は知っていたんですか？」

「いいえ。知ることがないように、われわれ教師たちは努力しました」

「須磨成一郎という生徒について何か印象に残ってはることはありませんか」

「とにかく言葉数が少のうて、摑みどころのない生徒でした」

「イジメを受けたりはしませんでしたか」

「少し心配しましたが、それはあらへんかったですね。単に暗いだけやのうて、何を考えているかわからん不気味さもあるんで、下手に手出ししたら報復してくるかもしれんという怖さを感じさせる生徒でしたから」

「須磨成一郎と麻奈子が結婚したことは知ってはりましたか」

「例の指名手配少年のことが報道されるまで、知りませんでしたな。娘を殺された父親として須磨成一郎の顔がテレビに出て、須磨麻奈子のほうは顔は出ませんでしたが新聞に母親として名前は出てましたから。びっくりしましたね」

「麻奈子さんと前夫との結婚披露宴に出はったと聞きました」

「ええ、そうでした。招待状をもらったときは恩師扱いされているのだな、と嬉しい気持ちになりましたけど、行ってみるとデコレーションでしたな」

「デコレーション？」

「彼女の知り合いには、カタイ人物が結構いるんだというお飾りですがな。教頭をしていた私のほかに、市役所の元局長とか、工学博士のエンジニアとか、上場企業の専務とかが招かれていました。何のことはない。みんな、彼女がホステスをしていたクラブのお客ですよ」

「どうしてそういうことに？」

「彼女の結婚相手もまたクラブのお客で、二十二歳も年上の男でしたのや。仏具製作という地味な仕事をコツコツやっている男でしたが、親からの遺産でかなりの額の現金を手に入れてました。ヨメさんに先立たれて子供もいないという寂しさからクラブ通いをしていたようですが、何しろ年の差婚だけに財産狙いだと新郎の親戚から見られていたようです。その疑惑を少しでも拭いたいと、彼女なりにお飾りを揃えることを考えたようです。それが成功したかどうかはわからしません。彼女を見ていると、危なっかしい綱渡りをしているように思えてなりません。中学時代はそういう子ではなく、どちらかと言うと堅実なタイプだったのですが、

「麻奈子さんは結婚してホステスをやめたんですか」

「ええ。それが相手の出した結婚の条件やったそうですから」

「麻奈子さんの家族は？」

「母親と妹の母子家庭でした。恵まれた家庭環境にはなかったですね。家庭訪問をしてわかったのですが、彼女の母親は小さな繊維会社の事務員をしていた女性でした

が、そこの社長と愛人関係になって二人の子供までもうけたんです。会社を退職していわゆるお手当てで生活していましたが、その会社が繊維不況で倒産してしまい、母親はパートで働きに出るものの、もともと弱かった体を壊してしまい、生活保護を受けていました。彼女の学業成績は悪くはなく公立高の上位校に進学したんですが、大学はあきらめると言っていました。卒業後は十年ほど会っていなかったのですが、デパートで偶然再会したときはその変貌ぶりに驚きました。向こうから声をかけてくれなかったら、わからへんかったですね」

「そのころは、もう曾根崎でクラブのホステスを？」

「ええ。彼女に誘われて店には何度か行きました。誤解のないように言っておきますが、やましいことは何一つありませんで」

訊いてもいないのに、堀田はそう付け加えた。

「妹さんも同じ中学校だったのですか？」

「ええ。三学年下でした。私は教えたことはなかったですが、顔は知っていました。たしかソフトボール部でした。妹さんのほうは私立の女子高に進学しましたね」

「生活保護世帯で、私学ですか」

「麻奈子さんが高校を出て就職したので、生活保護は辞退することになったみたいですよ。そのときは、むろんホステスとかではなく、普通のOLさんとして就職するって妹さんから聞きましたが」

店の扉が開いて、由紀が姿を見せた。

「いらっしゃいませ」

大柄な女性店員が声をかける。「あれ、塚畑さん？」

「久しぶり。インターハイ以来ね」

「もしかして、お兄さんとお父さん？」

古今堂の横に座った由紀に、大柄な女性店員がそう訊いた。

「え～、まさか。全然体格が違うやんか」

由紀は声を立てて笑った。「インターハイ地区予選の準決勝で対戦相手やった人です」

古今堂にそう説明したあと、由紀は彼女が持ってきた水を一気に飲んだ。そしてぜんざいをオーダーする。

「あわただしい思いをさせたな」

「金曜日ですから、きょう中にゲットせなあかんと思ってがんばりました」

由紀は、麻奈子に関わる戸籍謄本を差し出した。現在の須磨麻奈子となる前の戸籍は、兵庫県川西市に本籍地が置かれ、嵯峨山哲男《さがやまてつお》という二十二歳年上の男と約一年間結婚していた。

「堀田先生が出はったのは、この嵯峨山という男性との披露宴ですね」

「ええ、そんな名前でした」

「披露宴はどこであったんですか」

「神戸港をクルーズする船を貸し切ってのものでした」

嵯峨山とは初婚だった麻奈子は、婚姻前は母と妹といっしょの戸籍に入っていた。父親の欄は空白になっている。母親は、麻奈子と妹の認知を受けていなかった。

「披露宴の雰囲気はどないな感じでしたか？」

「司会や演出はプロの手によるもので、とにかく派手で華麗なもんでしたな。新郎は、初老に差しかかった年齢で若い女をヨメにできたことでデレデレしていましたけど、新郎の親戚はみんな何をたぶらかされているんだと言いたげな顔でしたな」

「新郎が再婚をせんかったら兄弟姉妹に相続財産がいくはずやったのに、ということは影響していませんでしたか」

「それはあったでしょうな。人間、何やかんやと言うてもゼニですよって」

「新郎が約一年後に亡くなって夫婦関係が終わったことは、知ってはりましたか？」

戸籍によると、嵯峨山が亡くなって半年後に麻奈子は成一郎と再婚して、その約四ヵ月後に瑠璃が産まれていた。

「いいえ。披露宴のあとは、すっかり疎遠になってしまいました。クラブのお客、そして披露宴のお飾りとして、利用されただけやったんかいなとわびしい思いになりました。今回の事件がなかったら、どこでどうしているのかも知らんままやったでしょう」

古今堂の携帯が着信を告げた。

狭い店内なので、外へ出て通話ボタンを押す。

「堀之内です。四つ橋署の知り合いから連絡がありました。小野寺悠斗への事情聴取と調書作成はほぼ終わったようです。仕上げに、大学病院の精神科の先生に週明けにでも来てもらって面談したうえで鑑定書作成を依頼するということです」

かつて不登校で教育カウンセリングを受けていたことなどから、念のために精神鑑定をして万全をはかるのだろう。

「家庭裁判所に送致される日は近そうですね」

二十歳未満の少年の場合はすべて、まず先に家庭裁判所に送られる。そのうち一般の刑事事件と同じように扱ったほうがいいということになれば地方裁判所で起訴がされて、成人の場合と同じように公開の法廷で検察官と弁護人による対審が行なわれる。けれども全部の少年事件がそうなるわけではない。そのまま家庭裁判所で審理がなされる場合もある。そうなったときは、公開の法廷ではなく、対審もなされない。

もしも、小野寺悠斗の事件が家庭裁判所で扱われることになったなら、警察での取り調べの様子がそれほど精査されることはないかもしれない。

「いずれにしろ、送致前に手立てをせんことには遅きに失してしまいますね」

逮捕、いや指名手配の段階で、警察としての結論は出ている。その撤回は困難だ。それが送致後となれば、さらに厳しくなってしまう。

第八章

1

「すまないね。土曜日にボランティアで仕事をさせてしもうて」

古今堂は、由紀が運転するマイカーの軽自動車の後部座席に乗り込みながら、謝った。

「いいえ。うちは内勤よりも、こういうちょこまかと動くほうが性におうてます」

由紀は、まだカットをしないでヘアピンで留めた髪に手をやった。「うちはおデブやから助手席に乗ってもろたら、どうしても肘《ひじ》が当たってしまいます。せやから後ろに乗ってもらうんですけど、こんな中途半端な後ろ髪を見せるのは恥ずかしいです。ヘアピンの留めかたも下手ですし」

由紀は、後部座席からもはっきり見える満月のような丸い頰を赤らめた。

古今堂たちは、まずうつぼ高校に向かった。市内中心部は平日に比べると幹線道路は空いている。中央署のある心斎橋から五分もかからずに着いた。正門から中の駐車スペースへと乗り入れる。授業のない日の学校には、ほとんど車は停まっていない。自転車も少ない。

「うちの高校かて、こんな感じやったですね。授業のない日に出てくる生徒は部活動、それも大半は体育系のクラブの生徒です。グラウンドや体育館はともかく、他の場所は無人みたいなものです」

古今堂と由紀は、車を降りて校舎の横を進んで、生徒会室に向かった。生徒会室は引き戸タイプの扉が十五センチほど開けられていた。扉の隙間から人影が見えた。

「失礼します」

扉を開けると、悠斗の担任である廣澤照男が立っていた。連絡をして、来てもらうように頼んであった。

「土曜日に、すみませんな」

「いえ。自動販売機の缶ジュースですが、よかったらどうぞ」

「おおきに。けど、どうかお気遣いなく」

「死体の第一発見者である石先生にも同席をお願いしてみたのですが、あっさりと断られました。『今さら検証なんかする必要はないわ。そういうのを悪あがきというんじゃないかしら』と」

「石先生には、いずれわれわれのほうからお話を聞くことになると思います」

「遺体発見のときの様子だけは彼女から聞いてあります。この学校では、教室や体育館は午後五時が境界となって、それ以前は全日制のみが、それ以降は定時制のみが使う取り決めがあって、実行もされています。考えてみれば、この生徒会室だけがそういった制約なしに、全定両方の生徒が使えました。学園祭のときなんか、居残りや早出が必要でしたから両方の生徒が重なっていました」

「この部屋の鍵を持っている人について、もう一度確認させてください」

「教員は、全日制定時制とも全員が持っています。もちろん教頭や校長といった管理職も含まれます。生徒会のメンバーは全日制は四人だそうです。具体的には会長の須磨さん、小野寺悠斗を事件当日見かけたという副会長、それに書記長と会計責任者です。定時制は、小野寺を含めて生徒会役員は二人だけです」

「会計責任者という生徒がいるとのことですが、お金はここに置いてあるんですか？」

「それはないです。定時制の場合は、会計担当は教員がやっています。全日制の場合は、通帳の形にして、会計責任者が自宅で保管していると聞いています」

「この生徒会室からなくなったものはあらへんかったのですね」

「ええ。たぶん、ないです」

廣澤は、やや頼りなさげに答えた。

「では、事件当日のままということですね。遺体は別として」

「だと思いますね。おとといまで立ち入り禁止の措置がされていて、定時制のもう一人の生徒会役員の鍵も、教頭が預かっていました。小野寺が逮捕されて一件落着ということで、教頭も鍵を彼に返しました」

「パソコンが備えられたのはいつからですか？」

古今堂は窓側のサイドテーブルを指差した。

「去年の春からでした。全日制の生徒会が中心になって、生徒や保護者の署名を集めて実現させたと聞いています」

「この生徒会室に来るときに、校舎の横を通ってきたのですが、生徒や先生がたもそこを通らはるんですか」

「校外から正門を通って直接向かうときはそうなりますね。でも、校舎からだと校舎の裏側からこっちに回るルートのほうが早いです」

「別件ですが、生徒や先生がたの写真のようなものはありますか?」

「四月に撮ったものならあります。教員は教員ばかりで、生徒はクラス単位ですが」

由紀がうなずいた。

「四月のクラス写真は、なつかしいですね。うちは毎年買《こ》うていました」

「クラスがスタートする記念だということで、希望者には販売もしているんですが、本当の目的は違うんですよ」

「え、何のためですか?」

「生徒の特定のためです。たとえば、本屋で万引きして逃げたとか、他校の生徒とトラブルになってケンカしたというときに、どの生徒かをクラス写真で見てもらって特定して、補導に役立てるんですよ。だから、学校の都合のためにあるんです」

「そうなんですか。知らんほうがよかったかもしれません」

由紀は大きな肩をすくめた。

うつぼ高校を出たあと、古今堂と由紀は兵庫県の川西市に向かった。

須磨瑠璃の母親である麻奈子は、二十二歳年上の嵯峨山哲男が初婚相手であった。

戸籍の記載を頼りに訪ねた嵯峨山の生家は、兵庫県屈指のベッドタウンである川西市の郊外に建つ旧家であった。広い屋敷で、石垣の上にぐるりと黒い板塀が取り囲み、さらにその内側には樹木が植えられている。木造平屋建ての家は、屋根の一部しか見えない。敷地面積は二百坪ほどありそうだ。

冠木門《かぶきもん》に付けられたインターホンを押して用件を告げる。かなりのあいだ待たされて、ようやく初老の女性が不機嫌そうな表情を浮かべて出てきた。嵯峨山哲男の戸籍を辿ると、彼は三人きょうだいで妹が二人いることがわかった。春江《はるえ》という上の妹は、嵯峨山の初婚よりも二年ほど早く結婚して改姓していた。住民票によると、そのあと嵯峨山たち三人きょうだいの両親が亡くなって約半年後に、春江は夫とともに、生家であるこの家に転居していた。つまり長男である哲男に代わって春江がこの家の後継ぎとなったということが推測できた。

「春江さんですか。えらい突然に申しわけありません」

戸籍や住民票には電話番号は書かれていない。番号掲載を許可していないのか電話帳にも見あたらなかった。

「こういうのは困るんです。これっきりにしてください」

近所の目を気にしてか、春江は門の中には入れてくれた。けれども、家に上げようとはしない。

「神戸港で船を貸し切ってなされた哲男さんの結婚披露宴に出席しはったんですね」

「それがどうしたと言うんですか」

「新婦側の出席者である教師は、『新郎の親戚はみんな何をたぶらかされているんだと言いたげな顔でした』という印象を受けたそうです」

「それ以外の顔はできませんでした。あのホステス上がりの女が、兄をカモの客として摑まえたうえに、若さだけを武器に財産狙いの結婚をしたのは誰の目にも明らかでした。兄は披露宴の日まで、花嫁は大企業のＯＬさんだって嘘をついていたんですよ。まあ、嘘をつくように指示されていたんでしょうけど」

「結婚後は、お兄さん夫婦とは？」

「会っていないです。結婚式の次は、一年後のお葬式のときよ。それが最初で最後」

春江は思い出すのも嫌だという顔をした。「お葬式のとき、『たった一年だから相続を放棄しなさいよ』と言ってやったんですけど、あの麻奈子という女は軽くフフッと笑って聞き流しただけでした」

「相続財産は多額やったのですか」

「うちの親は先祖からこのあたりの広い農地を受け継いでいて、それを宅地開発会社に売ることで七億円ほどのお金を得たのよ。親は一億ほど使ったから、残りは六億よね。親は古いタイプの人間で、唯一の男である兄にその半分を与え、この家も相続させたわ。兄は、親の期待を受けながら大学を出て地方銀行に勤めたものの、仕事が肌に合わないと退職して、大学時代に知り合った仏具師のところに弟子入りして、住み込みで働くという形でこの家を出てしまいました。親は、相続でこの家を与えたなら戻ってくるのではないかと期待していたんでしょうが」

春江は軽く首を振った。

「嵯峨山哲男さんは、そのころは最初の結婚をしてはったんですね」

「仏具師のところには、もう一人、兄より三つ年上の女性の弟子がいたんです。兄のことですから、自分から積極的に働きかけたとは思えません。ただ、初婚の相手はとても地味な暮らしをしていた女職人でしたから、まだ許せました。結婚を機に師匠のところを出て二人でコツコツやっていたようです」

「初婚相手とは、二十年ほど連れ添わはったんですね」

「ええ。彼女が病死して、子供もおらず、兄は寂しさからキタのクラブに通い、あの欲深いホステスに捕まってしまいました」

「そんなに欲が深かったのですか」

「この家に一度も住んだことがないのに、買い取れって兄を通じて言ってきたんですよ。それも、結婚してすぐに」

この家は春江夫婦が住んでいたが、所有権は相続で嵯峨山哲男が有していた。

「それで、どうしはったんですか」

「結局、三千万円で買わされたわよ」

嵯峨山哲男は、親が遺した六億円の半分も相続していた。相続税を差し引いても、ざっと二億円ほどの資産があったことになる。

道頓堀にある美容室SUMAの原資は、おそらくそれだろう。いきなり道頓堀を買わずに森ノ宮にしたのは、目立ちすぎるのを避ける、あるいは後ろめたさがあったのかもしれない。

「麻奈子さんが、お兄さんと死別したあと再婚して子供を産んだことは知ってはりましたか」

「うちの妹が、梅田の地下街で別の男とベビーカーを押しているあの女を見かけたと言ってましたね」

「その赤ちゃんがお兄さんの子供ではないやろかとは思いませんでしたか？」

「それはまずありえないです。初婚相手の女性は子供をほしがったけれど授からなくて、不妊治療をしたところ、むしろ兄のほうに問題があるとわかったという話でしたから」

「そうやったんですか」

「兄もいろいろしんどい人生だったと思います。世間からは、土地成金の息子で気楽な身分に見えたかもしれませんけど」

「死因は何やったとお聞きですか？」

「心不全で死んだと、あの欲深い女が葬式で言っていました。だけど、兄は心臓には疾患はありませんでした。うちの妹は不審に思って兄が住んでいた所轄の警察署に行ったんですけど、病院で亡くなっているので死因は疑う余地はないと言われたそうです」


古今堂と由紀は、川西をあとにして京都に向かった。

麻奈子の戸籍を辿ることで、実妹の浜本比呂子の住所を知ることができた。

紅葉が映《は》え始めた京都は人も車も多い。浜本家は、京都屈指の紅葉の名所である嵐山に近かった。渋滞に苦労しながら、何とか辿り着くことができた。二十坪ほどの建て売り住宅が軒を並べる一画だ。嵯峨山の大きな生家を見てきたあとというせいもあるが、平凡でつつましやかな印象を受けてしまう。

「まずは、隣家で聞き込みや」

隣家の主婦から得た情報で、比呂子の夫は鉄道会社に勤めていたサラリーマンであったが夫の不倫が原因で離婚して夫のほうが家を出ていって五年ほどになること、比呂子は以前は近くにある会社の社員食堂でパートとして働いていたが給料が低いからと清涼飲料水の配送業務に仕事を変わったこと、息子の学業成績が悪くて高校の卒業すら危ういと愚痴っていたことなどがわかった。

「寛治君がアルバイトをしてるラーメン店を知ってはりますか？」

寛治は、由紀にアルバイトのことを話していた。

「店の名前は知らないけど、場所ならわかるわ」

古今堂たちは、そこへ足をのばした。これだけ人出の多い時期ならアルバイトも総動員に近い状態ではないかと思えた。

寛治は、ホール係として揃いのハッピを着て働いていた。

「こんにちは」

由紀に声をかけられて寛治は驚いた顔をした。

「休憩時間はいつなの？」

「取ろうと思えばもうすぐ取れるけど、いったい何の用なん？」

「せやったら、休憩を取ってよ」

「まさか、タバコのことで、わざわざここまで？」

「あはは……さあ、どうでしょう」

2

ラーメン店の通用口に、寛治はハッピを脱いで出てきた。

「こちらの人は誰なんですか？」

「中央署の署長さんよ」

「署長が、おれみたいな高校生のところに直々に？」

「君たち高校生からすると、警察や刑事はどういう印象なんや？」

「そりゃ、おっかないよ。悪いことせんかったら、関わりのない人たちやから」

「君をぐるりと囲んで取り調べをしてきたなら？」

「そんなんカンベンしてえな。まさかタバコだけでそんなことになるん」

「君に確認したいのは、タバコの件やない。瑠璃さんの通夜の前日は、まだ京都やったんか？」

「いや。その日は、大阪の伯母さんのところに」

「学校は？」

「早退した」

「誰といっしょに大阪へ？」

「お母さんとや」

「なんで君は早めに来ることになったんや？」

「お母さんと伯母さんから、そう言われたんで」

「君が、美容室SUMAを継ぐかもしれないという話を持ちかけられたのはいつのことなん？」

「大阪に行った日やった」

「持ちかけられて、どう思うたん？」

「急な話やったからびっくりしたけど、悪くはないと思うた。こういうアルバイトをしていて、店を持つまでにひと苦労もふた苦労もあるのは知っていたから。でも、その日のうちにスタッフに紹介されて、ちょっとビミョーな気分にもなった」

「ビミョーって？」

「美容のことを何も知らん青臭い高校生があと継ぎになるやなんておかしい、というスタッフの視線を感じたから」

「けど、君のいとこになる瑠璃さんも高校生やった」

「瑠璃ちゃんとは立場が違うで。彼女は初めからあと継ぎになることが決まっていたし、毎日あの店舗の上の階で生活していて従業員たちとも顔なじみやった。おれは、いきなりだよ。それに伯父さんも……」

そう言いかけて寛治はやめた。

「須磨成一郎さんも、あまりいい顔をせんかったんやね」

「それほど頻繁に伯母さんのところに行っていたわけやないし、伯父さんとは血は繋がっていないし」

寛治は店の通用口のほうを振り向いた。「もうそろそろ、戻っていい?」

「悪いけど、これからが本題なんや。見てほしい写真がある」

古今堂はクリアファイルに入れたB5サイズの写真を取り出した。不鮮明ながら、夜の道路を歩く若者の姿が映っている。「これは、君とちゃうか? 君が大阪に来た日の夜に、ミナミの防犯カメラが捉えていたんや」

「こんなん……ぼやけていて、はっきりせえへんよ」

「せやけど、君やったらはっきり白黒つけられる。美容室から出てここを歩いていたのかどうかは、君自身が一番よう知っているんやさかいな」

「別の映像もあるんよ。違う道路に設置された防犯カメラが捉えていたんやわ。こちらは写真やのうて映像よ」

由紀が映像を取り込んできたモバイル機器の再生ボタンを押す。

寛治と背格好が酷似した若者が、道路をきょろきょろしながら歩いている。他に歩行者や車は映っていない。若者はふいに動きを止めた。そして横の路地へと姿を消す。このまま進んでいたなら、もっと姿ははっきり捉えられていたかもしれない。

「おれ……じゃないよ」

寛治は下を向く。

「自分やないということを、君は自分で証明せんとあかんで」

古今堂は、寛治の二の腕を摑んで逃げられないようにした。こういうことはあまりしたくないが、ここはやむをえない。「この映像は、うちの若い署員が防犯カメラの映像を、目が充血するまで何度も繰り返し再生して、ようやく不審な動きをする若者を見つけたんや。その署員は、自分が懲戒処分を受けるかもしれへん不安をおさえながら、少しでも自分にでけることをやって捜査の役に立とうと必死で頑張ったんや。

その涙ぐましい努力を、僕は署長として無駄にすることはでけへん」

由紀も詰め寄る。

「うちがコーヒーショップであなたを見かけたときは、この写真とは服装がちごてたわ。けど、コーヒーショップの店員さんに見てもろたら、あなたが違う日に、この写真とよう似た服を着ていたと証言してくれた」

「君の部屋の捜索を、裁判所に申請しよと思てるんや。それで服が出てきたら有力な物証になる。この防犯ビデオの映像には、時刻も記載されている。君がこうして横道に入ったすぐあとで、成一郎さんはナイフで切られている」

「成一郎さんは、走り去った犯人は若い男だと思うと証言してるわ」

「家宅捜索をしたときには、君の靴も押収する。現場付近の足跡は採取してあるんや」

寛治は耐え切れないように首を振った。

「だから、さっきも言ったように……おれやない。ほんまです」

「そしたら、誰なんや？」

「悲鳴を聞いておれが駆けつけたとき、伯父さんは切られて倒れていた。おれは怖くなって逃げた。犯人と疑われてはたまらんと思うたから」

「せやったら、なんであの時刻に、一本東の道路を歩いていたんや？」

「それは……」

「説明ができひんのやったら、疑われてもしかたないんとちゃうか」

「説明はでけます。せやから疑わんといてください」

3

京都からの帰路も渋滞していたが、何とか夕方には大阪に戻れた。

うつぼ高校の石加代子とは、午後八時に学校近くのファミレスで会うことになっている。

「それまではいったん二手に分かれて、ファミレスで合流しよう。君は、SUMAの従業員の高城にアタックしたいと言うていたね」

「ええ。前回はカット途中で追い出されましたけど、もう一度うちなりの方法でやってみたいです」

「僕のほうは、法務局に寄ってみる。土曜日やけど、頼んでみたら閲覧させてくれることになった」

「閲覧って、登記簿ですか？」

「法務局って一般的には登記簿を連想するけど、扱うのはそれだけやない。戸籍関係も重要な仕事や」

「戸籍って、区役所の業務とちゃうんですか」

「戸籍はほんまは国がやる仕事や。全国共通なんやから」

「言われてみれば、そうですね」

「法定受託事務という形で、地方自治体に出生届や婚姻届などの受理とそれにともなう戸籍の作成や変更を国から委託しているんや。けど、国も任せっぱなしやない。戸籍原本のコピーとでも言うべき副本は法務局で保管してる」

「あ、新聞か何かで読んだことがあります。東日本大震災で役所の庁舎が津波で流されてしもうて、戸籍も失われたけれど、副本が残っているので作り直すことができるって」

「そのとおりや。法務局で残しているんは副本だけやない。出生届や婚姻届、それに死亡届といったものも残している」

「それも副本なんですか」

「いや、届け出のあった原本や。たとえば、死亡届を本籍地の役所に出したときは、その役所で翌月の月末まで保管される。そのあとは法務局に送られる。法務局では送られた年度の翌年から二十七年間にわたって届け出の原本を残してるんや」

「へえ、知りませんでした。土曜日に協力してくれはるってありがたいですね」

「役所同士って、縄張り意識で張り合うこともあるけど、とりわけ現場では公務員同士ということで協力したり融通をきかし合うこともある」

「そうですね。広い意味の身内意識みたいなものはありますね。なあなあになってはあかんと思いますけど」

「せやな。けど僕に言わせたら、なあなあよりもようない役所の体質がある」

「どんな体質ですか？」

「弱い者に強くて、強い者に弱い体質や。国の役所や国家公務員は国会議員から、地方自治体や地方公務員は地方議員から圧力を受けやすい。いや、議員だけやのうて、有力者に役所や公務員は弱い。有力者が付いてきて口利きをしたら、本来なら通らへんもんが通ることかてある。そこから不正に繋がることも少のうない。けど、警察を含めて役所が味方して手を差し伸べなあかんのは、そういう有力者へのルートを持たへん弱い市民やないやろか」

「同感です。弱い人は、役所に頼るしかないんですから」

古今堂の携帯電話が着信を告げた。谷からだった。谷も非番を返上して動いてくれていた。

「署長。例のガールズバーの実質的経営者とようやくコンタクトが取れましたんや。これから会いますんやけど、どうしはります？」

「同席させてください」

法務局のほうは、申しわけないがあと回しだ。

由紀は、美容室ＳＵＭＡのすぐ近くにあるコーヒーショップに足を運んだ。浜本寛治が入っていった店だ。

奥のテーブルで、由紀の妹がカプチーノを飲みながらスマートフォンをいじっていた。高校二年生の妹は、由紀とは違って痩せていて脚も長い。彼女はスポーツには関心がなく、同じ高校の仲間とバンドを組み、ボーカルをやっている。ルックスも、とても姉妹だと思えないくらいに違う。妹は読者モデルにスカウトされたほどの端麗な顔立ちをしている。

「どうやった？」

由紀は、妹のカットされたばかりの髪に目をやった。

「技術はまだ一人前とは言えへんけど、お客の要望を丁寧に聞いて少しでも満足してもらおうという意欲は買えると思う。顔もイケメンのほうやし」

「ルックスのことを訊いてるんやないよ。カット代、返してもらうわよ」

「そんなに結論を急がんといて。お姉ちゃんはイラチやから」

妹はカプチーノを飲んだ。「うちがお姉ちゃんの妹やと打ち明けたら、高城さんはびっくりしてはったわ。お姉ちゃんの中途半端な髪を撮った携帯の写真を見せたら、さすがに良心が咎《とが》めたみたい。けど、『お店に来てもらうことはできませんので、やり直しは御容赦ください』って」

「それで終わったん?」

「せやから結論を急がんといて。あすの朝八時に、この近くの二十四時間営業のカラオケボックスに来てくれることになったわ。始業準備が八時半から入るのでそれまでの三十分間で、ハサミで刈るだけなら、と渋々認めてくれたわ。それにしてもカラオケボックスで髪を切るやなんて前代未聞やね。見つかったら怒られそうやわ」

「見つからんようにするわ」

髪のカットのやり直しがしたいのではない。高城にもう一度話が訊きたいのだ。

「お姉ちゃんの睨んだとおり、高城さんはあの店に満足してへん、という印象は受けたわ」

由紀の妹は、彼女なりの観察をしていた。「働く前のイメージと働いてからの現実の落差が大きかった。このままあの店に居続けてええのか——と悩んではるんとちゃうかな」

「たしかに美容室SUMAは、雑誌で見たセレブなだけのイメージとは、実際はちごたわ。支払ったお金や来店頻度によってお客をランク分けする。それもかなり徹底してる」

「お客だけやのうて、従業員もまたランク分けされているように思えたわ」

「署長さんの話によると、三階には金の壁や銀の天井の部屋があって、二階よりもさらに派手な内装らしいわよ。上のクラスのお客にウェルカムシャンパンのサービスがあったり、さらに最上クラスの客には従業員が自宅まで送迎したりして」

「そんなん、成金趣味やね」

「上のクラスとしてやってくるお客さんも、同じ傾向があるんとちゃうかな」

4

うつぼ高校に近いファミレスには、由紀のほうが先に着いた。

軽い空腹を覚えたので、ミックスサンドとオレンジジュースを頼んだ。待ち合わせの午後八時には少し間があった。石加代子と思われる女性はまだ来ていないようだった。客の多くは、カップルか家族連れだ。一人で来ているのは、中年と初老のどちらも男性であった。

古今堂が、廣澤からうつぼ高校の教職員写真を借りていた。加代子は七十人ほどいる全日制教職員の二列目に写っていた。由紀もその写真のコピーを古今堂からもらっていた。女性教員の比率は三割程度で、警察ほど男社会ではない。ただ、写真で見る限りは、女性警察官以上に地味であった。制服があるわけではないのに、よく似た服装をしている。四月初めの撮影ということもあるだろうが、大半の女性がグレーか黒のスーツ姿だ。化粧は控えめで、髪を染めた女性は皆無だ。平均年齢は、四十代前半といったところで、加代子はかなり若い部類に入る。

オレンジジュースが運ばれてきたので、由紀はそれを飲みながら事件のことを整理する。

六日前の日曜日に、うつぼ高校の生徒会室で須磨瑠璃の絞殺死体が発見された。第一発見者は、当日が日直に当たっていた石加代子であった。部外者が入りにくい学校の、しかも生徒会室という限定された空間が舞台となった殺人事件であった。

ポシェットなどの遺留指紋、犯行時間帯に見かけたという目撃証言、生徒会室のパソコンから打たれた瑠璃への呼び出しメールなどから、小野寺悠斗が重要参考人として浮上し、彼の犯行を認める一一〇番通報が決定打となって非公開の指名手配を受けるに至った。

悠斗が父親の吾助と住んでいた家と吾助の店舗がマークされたが、悠斗は現われなかった。しかし事件から三日後に、逃走していた悠斗は母親の店の近くで逮捕される。彼は犯行を認めているということで、送致も近い。

これが、事件の本筋だ。吾助が逃走資金を渡したことや丸本が悠斗への出頭説得に失敗したこと、さらには須磨成一郎が襲われたことなどが、この本筋に加わっている。

古今堂がファミレスの中に入ってきた。由紀を見つけて軽く手を挙げる。由紀は手を振った。はたから見たら、待ち合わせをしていたカップルに映るかもしれない。

「石さんはまだです」

「そう」

古今堂は由紀の向かいに座り、レモンスカッシュをオーダーした。

「法務局のほうは間におうたんですか？」

「谷刑事が車で送ってくれて助かったよ」

古今堂はレモンスカッシュが来るのを待ちきれないように、水を飲んだ。「谷刑事のおかげで、瑠璃さんのこともさらにわかった。人間って、一次方程式だけでは解けない別の顔をもっていることがある。うつぼ高校の石教諭が聞いたら叱られるかもしれないけど、女性はとくにそうやないかな。たとえ高校生でも」

「けど、それは女性にもよりますよ。うちの高校時代なんかは、柔道がメインで、あとはアルバイトと学業があっただけです。裏なんて、何もありませ〜ん」

レモンスカッシュが運ばれてきた。古今堂はストローを手にしながら、店内を軽く見回し、手の動きを止めた。

「あの男性はもしかして」

古今堂が注目したのは、由紀より早くに来ていた初老の男性客だった。連れはいない。

鞄の中からうつぼ高校の教職員写真を取り出して、古今堂は確認する。

「間違いない。全日制の辻教頭や」

「かんにんです。女性客にしか注意がいってませんでした」

由紀は、ヘアピンで留めた髪を掻いた。

古今堂と由紀は、飲み物を持ってテーブルを移動した。

「今夜は、石加代子先生は来ません。あしからず」

辻はたいして悪びれた顔をせずに、そう言った。

「なんで来れへんのか、理由は聞かはりましたか？」

「『あまり気が進まない』ということです。私も、それでいいと思いました」

「どういう意味ですか？」

「知ってのとおり、石先生は須磨瑠璃の遺体発見者です。あなたたち警察官は慣れっこかもしれませんが、一般市民にとって遺体、それも殺された死体を見ることなんてめったにありません。しかも、彼女がよく知っている教え子です。それだけでも、石先生は深い精神的ショックを受けています。須磨瑠璃はもちろん被害者ですが、石先生も被害者なんですよ」

辻は、〝被害者〟という部分で語気を強めた。「『すでに逮捕者が出て解決済みの事件なのに、どうして別の警察署が出てきて、事件検証のようなものをするのかわからない』と彼女は言っていました」

「あなたは、それを伝えに来たのですか」

「ええ、そうです。無視してもいいのかもしれませんが、何しろ、あなたたち警察は権力者ですから」

辻は低い鼻を膨らませた。「私は、管理職として教員を守る義務があります。石先生に対しての質問はこれからは私を通してください。もっとも、こういうことは二度とやってもらいたくありませんが」

「権力を振りかざす気はまったくありませんのや。ただ、うつぼ高校の教師なら、生徒のためには精神的にしんどいこともやってほしいとは思います」

「精神的にしんどいことって？」

「第一発見者として、石教諭にはお尋ねしたいことがありますのや。それから、JJH委員会のことも」

「ですから、彼女も事件の被害者なんです」

「それは理由にならへんのとちゃいますか。生徒の遺体と遭遇したというのは不運なことやったかもしれません。けど、日直としての勤務中である以上は、それも職務の範囲内やないですか」

　古今堂は、これまで由紀が見たことがないほどの強い口調で言った。「被害者という言葉が出ましたので、申し上げます。今回の事件で、殺された須磨瑠璃さんは文句なしの被害者です。瑠璃さんの両親は、マスコミに自分たち遺族もまた被害者である旨を訴えました。これもそのとおりやと思います。けど、加害者とされた小野寺悠斗の家族は、世間やマスコミから違う扱いを受けました。加害者の家族は加害者だ、と言わんばかりの扱いでした。けど、加害者の家族は加害者やないんです。それだけやのうて、もしも冤罪やったとしたら——つまり指名手配が間違いであったり、誤認逮捕であったなら——加害者とされた人間は、ほんまは被害者なんです」

「あなたは警察官なのに、警察の指名手配や逮捕に誤りがあったと言うんですか」

「人間のやることにミスがないとは断言でけしません。もしミスをしたのなら、それを早急に改めて、謝罪すべきです」

「自分の属する組織のミスを暴露なんかできますか？」

「組織より大事なものがありますのや。指名手配を受けて逮捕されるというのは、その人間の人生を変えてしまうことになります。それをミスでやってしまって、改めないとするなら、警察は、加害者そのものです」

第九章

1

日曜日の夕方というのは、どことなくうら寂しい時間帯である。とりわけ部活動を終えた生徒たちが帰ったあとの学校は、乗客が降りていった終電のようだ。人がいなくなれば、残るのは無機質なカラの箱だ。

「うちは高校時代、日曜日の夕方が嫌いでした。また月曜日から授業が始まってしまうんやなって思うと」

由紀は、うつぼ高校の生徒会室の前で、下校していく生徒たちを見つめながらそう言った。「うちの友だちは、同じクラスに好きなカレシを作ったら月曜日が楽しくなるんやないかって考えて実行したんですけどね。しばらくして別れてしまって、かえって月曜日が重うなってしまいました。署長さんは高校時代はどうやったんですか？」

「僕は、大阪から転校したあとは公立中学校やったから、親は高校は私学の有名進学校に行かせようとした。中高一貫校だけど若干の編入枠があったんや。けど、かなりの難関で僕は落ちてしもて、都立の高校に進んだ。大学入試ではリベンジをしてやろう、と親には関係なく自分の意志で決めた。そやから、高校の放課後はできるだけ早く家に帰り、部活動もせえへんかった。せやけど、リベンジの第一目標やった東大には落ちてしもた」

古今堂は苦笑した。「キャリアの警察官僚というと、不敗のエリートというイメージがあるかもしれへんけど、僕は例外や。インターハイの大阪大会で優勝した君のような連戦連勝の経験なんてあらへん」

「うちかて、そのあとのインターハイ全国大会では、一回戦で敗退ですよ。それも、鮮やかな背負い投げを決められての一本負けやったんです」

由紀はくすっと笑った。

「お待たせしました」

廣澤がやってきた。手には鍵を持っている。「石加代子先生は、来てくれますかね？」

「来てもらえるように、策を取りました」

古今堂は、きょうは忙しかった。朝から吹田《すいた》市にある病院に向かい、その院長宅にも足を運んだ。廣澤に連絡を取ったあと、一度うつぼ高校の中に入り、辻教頭の自宅に電話も入れた。さらに、美容室ＳＵＭＡにも立ち寄った。

由紀のほうも多忙だったようだ。高城にカラオケボックスまで来てもらって、髪にハサミを入れてもらいながら話を聞いた。それから、悠斗の母親とかつて漫才コンビを組んでいた女性のところに再び足を向けていた。

「まあ、入りましょうか」

廣澤は生徒会室の扉を開けて、中の明かりを点けた。

しばらくすると、きょうの日直の教諭が懐中電灯を片手に見回りに来た。眼鏡をかけたひっつめ髪の中年女性教諭だ。

「すみません。あとは僕の責任で施錠します。正門のほうも」

廣澤が軽く頭を下げる。

「そうですか。では、お願いします」

ひっつめ髪の女性教諭は、古今堂たちの身元を訊くことなく、去っていった。

「学校というところは、まったく無関係の人間からすると入りにくい空間で、また警戒もされます。けど、何か関わりがあるとか、今のように同伴者がいる場合は、入るのはむつかしくないとこですね」

学校というのは、都心部にあってもかなりの広さを持つ。広くて閉鎖的な空間は、犯人にとっては好都合だ。「先週の日曜日に部活動をしていたクラブは、わかりましたか？」

「ええ。いずれも全日制ばかりですが」

廣澤はメモを出した。「野球部、サッカー部、ソフトボール部、男女テニス部、それから男女バスケット部、男女バドミントン部、男子の卓球部です」

「出勤教員は？」

「男女のバレーボール部とラグビー部が試合でしたが、いずれも会場はよそだったので顧問はそちらに行っていました」

「ということは、日直の石教諭だけですね」

「そうなります」

生徒会室の外で、ハイヒールの靴音がした。

扉が開き、石加代子が姿を現わした。古今堂は、彼女を写真でしか見たことがなか

しい。

さっきのひっつめ髪の女性教諭に比べると、若くてお洒落で化粧もきちんとしている。けれども、貴婦人という雰囲気はない。

「あなたが中央署の警察署長なの？」

「はい。古今堂と申します」

「自己紹介なんていらないわ。警察署長が脅迫行為をやってもいいの？」

加代子はいきなり抗議してきた。

「辻教頭に電話をした件ですか？」

古今堂は、きょう辻に電話をして改めて加代子の協力を求めた。辻はきのうと同じように断った。

「警察もしつこいですな。石先生が呼び出しに協力しなくてはならない義務はないはずです。不運な第一発見者ということだけなんですから」

「第一発見者というだけやないです。彼女は、亡くなった女子生徒が在籍していた学校の教師です」

「しかし、石先生は何らやましいことはしていないです」

「そう言い切れますか」

「失敬な。うちの教師の名誉を毀損するつもりですか」

「では、失敬ついでに訊かせてもらいます」

古今堂は予定になかったことを持ち出した。「きのう、あなたは『管理職として教員を守る義務があります』と言い、『石先生に対しての質問はこれから私を通してください』とファミレスまで来はりました。もし、他の先生に対して協力を呼びかけても、同じ対応をしはりますか？」

「そりゃまあ、そうなりますな」

辻は少し言いよどんだ。

「王女様を守る騎士のつもりですか。それとも彼女からの要請ですか。いずれにしろ、あなたと石教諭は、単なる管理職と教員という関係だと言い切れますか？」

辻は返答に詰まった。

古今堂はさらに続けた。

「うちの署員が、あなたと石教諭が腕を組んでミナミを歩いている姿を街頭防犯ビデオで見つけました。お二人とも変装しているので、少し苦労したようですが」

寮に居続ける丸本が、見つけ出してくれた。

「そんなのは権力の乱用だ」

「情報提供を受けたから検証したまでのことです」

古今堂は、石加代子の協力をあらためて要請した。辻は「検討する」と電話を切った。二人の関係を取引材料にするつもりはない。ただ、加代子なら直接抗議にやってくると読んだ。情報提供者のことも知りたがると思えた。

そして、その予感は当たった。

「警察に、情報を売ったのは廣澤先生だったんですね」

加代子は、廣澤を睨みつける。「同僚のことを警察に告げ口しておもしろいですか。ずいぶんと悪趣味ですね」

「僕のやったことを、セクハラ行為でＪＪＨ委員会に訴えますか」

廣澤は皮肉っぽく言った。

「これから考えます。ひどく不快に感じたのは確かですから」

「不快で、男女関係が絡んでいたらそれでセクハラですか」

「セクハラの基準は、女性が不快に思うかどうかです」

「それなら訴えたらいい。恥をかくのは石先生だ。セクハラを、男をやっつけるための身勝手な女性の武器にはしてもらいたくはない。セクハラの乱発は、本当に困っている女性のためにならない」

「まあまあ」

古今堂は、二人の間に割って入った。「セクハラ論議は、あす以降にしてくださいな。せっかく石教諭が来てくれはったんですから」

古今堂は、加代子に生徒会室に入るように促した。

「一週間前の日直のときの、死体発見の様子を説明してもらえますか。うちの女性警察官が死体役をします。まず扉は開いていたんですか」

「四分の一ほど開いてました」

「室内の明かりは？」

「点いていました。それで見回りをしていて、あれと思ったんです」

「中に入ったときから、できるだけ正確に再現してください」

古今堂の携帯電話が着信を告げた。堀之内からだった。

「うつぼ高校に着きましたけど、どうしたらよろしいでっか」

「生徒会室に来てもらってください。堀之内刑事は少しあとからお願いします」

「わかりました」

古今堂は電話を切って、加代子のほうを向いた。

「すみません。それで、須磨瑠璃さんの死体は、どういう状態で見つけはったのですか？」

「気が動転していて完璧には憶えていません。警察なら、現場写真があるでしょうから、それを見てください。わたしは、遺体には手を触れていませんし、動かしてもいません」

「記憶にしたがって、再現してほしいのです」

由紀が前に出て、床に身を横たえる。加代子はしかたがないといった表情で膝をついて、由紀の体を動かす。

「だいたい、こんな感じでした」

加代子は膝をついたまま、古今堂を見上げた。

「遺体に手を触れなかったということですが、一見して死んでいるとわかったのですか」

「ええ、まったく生気のない顔でした。とにかく気味が悪くて外へ出て、すぐそこの交番に駆け込みました」

「携帯電話で、救急車もしくは警察を呼ぶことは考えなかったのですか？」

「携帯電話は、職員室に置いてあるバッグの中でした。職員室に戻るよりも、交番に行ったほうが話が早いと思ったのです。電話でうまく状況を伝える自信もありませんでした」

加代子は横を向いた。

「あなたは、ＪＪＨ委員会という学校内の委員会で、須磨瑠璃さんからの訴えを受けてはりますね」

「ええ」

「そのときに、須磨瑠璃さんは『身の危険を感じてます』といったことを口にしていましたか？」

「そんなことはなかったですが、須磨さんからの訴えは適切に処理しました。落ち度はありません」

加代子は床から立ち上がった。

「これまでに、そういう訴えは何件くらいあったのですか」

「適用は、初めてです。ＪＪＨ委員会の立ち上げ自体が、今年度です。委員会の設置が議題となった職員会議では、一部の男性教員から女子生徒が面白半分でからかいの訴えをするのではないかという反対意見も出ました。ですから、生徒会長でもある模範生が訴えてくれたのは、ある意味ではありがたかったです」

生徒会室の前で足音がした。廣澤が開ける。須磨成一郎と麻奈子夫妻が立っていた。陽は落ちて、暗くなっている。

「御足労いただいて、どうも」

古今堂は頭を下げた。「日曜日のこの時間帯となると、店は営業中であっても、お客さんはいやはらへんそうですね」

二人が携わはる上のクラスのお客さんはいやはらへんそうですね」

セレブは、仕事を持たなくてもいい優雅な主婦層が大半で、時間にゆとりがあるということなのだろうか、平日の利用が多いということである。もっとも例外があって、ダイヤモンド10と呼ばれる最上級の十人でも、二人だけは日曜日に来店する。その一人は、平日は多忙な信用調査会社を経営する女性社長であり、もう一人が長枝代議士夫人である。長枝夫人は、有権者の目を気にして平日の利用を避けているそうである。そんな彼女たちでも、この時間帯に利用することはない――けさ、由紀が見習い美容師の高城から聞き出した情報である。

「私たち夫婦の担当するお客様がいなくても、従業員たちはまだ仕事をしています。それに、ここは娘が命を奪われた辛い場所です。こんなところに呼び出す警察の無神経さに驚きます」

成一郎は丁寧な口調ではあったが、不満を述べた。

「その点につきましては、とても申しわけないと思うてます。せやけど、この場所やないと説明がむつかしいのです。きょう一回だけ御容赦ください」

須磨夫妻の後ろから、堀之内がゆっくりと歩いてきた。堀之内は室内を確認するように見ると、中には入らずに踵《きびす》を返した。

「古今堂さんでしたね。あなたは中央署長ということですが、このうつぼ高校は管轄外であり、娘の事件の捜査にも従事していなかったのではないですか」

「ええ、携わってはいませんでした。なんでこうして関わるようになったかは、順次説明させてもらいます」

「堀之内という刑事さんに『どうしてもお願いします』としつこく頼まれたから来ましたが、納得はしていません。出かける前に長枝先生に連絡を入れてきました。長枝先生は『須磨さんのいる前で一度あの署長には注意をしたのに、何ということだ』とあきれておられました」

成一郎が長枝に連絡をすることは想定していた。堀之内には、もし成一郎がそれを同行の条件にするなら受け入れていい、と言ってあった。

「長枝先生は『私なりに対処する』とおっしゃいました。あなたは無傷では済みませんよ。もしかしたら致命傷になるかもしれない」

「僕は、自分がやったことに対する処分は受けます。けど、やってもいない者が理不尽な処分を受けることは見過ごしとうないんです」

まだ丸本良男は謹慎が解かれていない。そして、小野寺悠斗は、殺人容疑で送致されようとしている。

古今堂に促されて、須磨成一郎はようやく腰を下ろした。

2

古今堂は、部屋の中にある椅子を並べて車座にした。廣澤、石、須磨夫妻、それに古今堂と由紀が座って、六つある椅子はすべて埋まった。

「石先生に、ＪＪＨ委員会のことを訊いていたところです」

古今堂は、途中から加わることになった須磨夫妻に向かって説明した。「うつぼ高校でＪＪＨ委員会が立ち上げられたのが今年度のことで、適用の第一号になったのが瑠璃さんだということでした」

古今堂は加代子に確認を求めた。

「ええ、そうですわ」

「瑠璃さんは自分から申請したのですか、それとも申請するように教員の誰かからうながされたのですか？」

「自分からです」

加代子は、古今堂が言い終わらないうちに即答した。「教員からの働きかけはいっさいありません。わたしたちは、彼女が定時制の男子生徒から言い寄られていたことすら知りませんでした。定時制の生徒は、半分他校生みたいなものですから」

廣澤はその表現に不満そうにぴくりと眉を上げたが、発言はしなかった。

「瑠璃さんは、言い寄られていることをどういうふうに相談してきたのですか？　なるべく正確に再現してください」

「授業が終わったあと、瑠璃さんがＪＪＨ委員会のプリントを持って『この件で、話を聞いてもらえますか』と言ってきました。それで、昼休みに瑠璃さんを呼びました。職員室などでは他の生徒の出入りもありますので、応接室を使いました。そこで、小野寺悠斗という定時制の生徒の名前を初めて知りました」

「瑠璃さんは、どういうふうに困惑していると？」

「九月は全日制の学園祭が、十月は定時制の学園祭があって、お互いの生徒会は居残りや早出をしていました。九月には、定時制の小野寺にプログラム制作などを手伝ってもらったり、差し入れのドーナツをもらったり、遅くなったときに送ってもらったりしたので、彼女は十月にはお返しの手伝いや差し入れをしたそうです。だけど、それが好意を持っていると誤解されてしまったわけです。彼女の誕生日に早めに登校してきた小野寺は、強引に誕生日のプレゼントを手渡そうとしたんです」

「どんなプレゼントやったのですか」

「瑠璃さんは受け取らなかったので、中身は知らないそうです。リボンの掛かった小さな包みだったそうです。それで終わりかと思ったら、その次の日の放課後にメールが来たのです。『早めに登校するから生徒会室で会ってほしい。せめてプレゼントだけは受け取ってほしい』って……それに先立つ学園祭の居残りのときの雑談で、訊かれるままに誕生日も答えていました。携帯で写真も撮り合ったそうです。瑠璃さんのほうには同じ学校の生徒以上の意識はなかったのですが」

加代子は記憶力の良さを誇示するかのように、メモを見ることもなく早口で答えた。「瑠璃さんは、届いたメールは無視したそうです。それでも小野寺悠斗はあきらめきれずに、彼女の家の前でたたずんでいたこともあったそうです。わたしは、瑠璃さんからの相談を受けたその日のうちにJJH委員会のメンバーである他の二人の女性教諭に声をかけて、生徒によるスクールセクハラ行為と認定し、すぐに対策をとりました」

「それで家庭訪問となったわけですね」

「そうです。委員会のマニュアルに〝生徒への指導には教頭が同席する〟という規定がありますので、辻教頭や定時制の小池教頭にも立ち会ってもらって、小野寺の保護者である父親に事情を説明したうえで、小野寺本人に対しても注意を与えました。委員会の対応にまったく問題はありません。それが小野寺の殺人行為を誘発したと受け取られるのは、心外です」

「誘発したとは言っていません。マスコミもそういった取り上げかたはしていないはずです」

「校内で、そういった批判を耳にするのです。それも面と向かってではなくて、陰で」

加代子は不満を表情に浮かべた。「こんなことで、JJH委員会が動けなくなってしまっては不本意です。腕力では男性にかないっこない女性の人権擁護のために、わたしたちはがんばっているのです」

「警察も、いわゆるストーカー規制法によって注意や警告をすることはあるのですが、学校ですので生徒本人以外に保護者が関わってくるのですね」

「当然です。生徒たちは未成年であり、保護者のもとで生活をしています。学校では教師が指導しますが、学校外では親に生育の責任があります」

「男子生徒の保護者だけでなく、女子生徒の保護者にも伝えるのですね」

「ええ。被害を受けていることは当然お伝えすべきですから」

加代子は、須磨夫妻のほうを見た。「小野寺に注意をしたその日の放課後に御自宅を訪問して、お仕事中ではありましたが、お母さんに会いました」

須磨麻奈子は頷いた。

「お母さんは、話を聞いて、どう思わはりました？」

「瑠璃が学校でそんな不愉快な思いをしていたと知って、あたしは驚きました。石先生たちがそういう運動をしてくださっていて、ありがたかったです」

「そのあと娘さんとは、どういう話を？」

「石先生によると、その男子生徒は勝手に思い詰めているところがあるということでしたので、取りあわないのが一番いいと考えました。相手は定時制の生徒なので、顔を合わさないでいようと思えばいられるわけですし、石先生からも今後は関わりを持たないのが適切だとアドバイスをいただきました」

「瑠璃さんもその方針に納得してはったのですか」

「もちろんです」

「お父さんのほうは、そういう面談があったことは知ってはりましたか」

「あ、いえ」

成一郎は少し間を置いてから答えた。「娘の教育のことは、妻に任せていました。それに、瑠璃も、母親のほうと面談してほしいと先生に頼んだようです。男親には打ち明けにくかったのではないでしょうか」

「石先生の家庭訪問があったことを知らはったのは、いつやったんですか？」

由紀が質問を挟んだ。

「結局、瑠璃が殺されてからでした」

「辛いことを訊いてしまいますけど、瑠璃さんが亡くなったことを知って、どう思わはりましたか？」

「目の前が真っ暗になりました。瑠璃は店を継ぐと言ってくれていて、私もそれで仕事に張りが持てていたのです。娘とともに生きがいも失ったことになります」

成一郎は、肩を小刻みに震わせながら由紀のほうを見た。「それにしても、あなたは本当に辛いことを訊きますね」

「かんにんです」

由紀は巨体を縮こませた。「うちは、瑠璃さんと年齢の近い女性やから、感情面でわかる部分もあるんです。うちがもしも付きまといみたいな行為を受けたとしても、お父さんに知られるのは嫌です」

「まあ、そうでしょうな」

「カレシがいるとかいないといった話も、瑠璃さんはしやはらへんかったのですね」

「普通はしないでしょう」

「麻奈子さんは、そういうことは聞いてはったんですか」

「いえ。瑠璃はとても真面目な子でしたから、そういうこととは無縁だったと思います。学校と美大進学のための塾通いの毎日でした」

「まったく話はしやはらへんかったのですか」

「ええ、そうです」

麻奈子はほつれ毛に手をやった。「そんなことを尋ねるために、警察はあたしたちをこの残酷な場所に呼んだのですか？」

古今堂の携帯電話がマナーモードで着信を告げる。ディスプレーには、〝百々篤司〟と出た。用件は想像できた。長枝代議士から百々に連絡がいったのだと思われる。

古今堂は電話に出ない選択をした。それで少しは時間が稼げるだろう。

「石先生に尋ねます。小野寺悠斗の保護者である父親と話をしはったということでしたけど、母親のほうには会うてはりませんね」

「ええ。小野寺の両親は離婚していますので、親権者は父親だけです。須磨さんのような両親が揃っている家庭で共同親権の場合でも、どちらか一方の親に伝えればいいというのが学校現場のルールです。どの学校でも同じだと思います」

百々からの電話がまたかかってきた。古今堂は電源を切った。

「ここに呼びたい人がいやはりますんや。学校関係者やないですけど」

古今堂はいったん切った携帯電話の電源を入れた。そして、谷に連絡をとって、連れて来てもらうように頼んだ。谷は、学校近くで、男を乗せた車を停めて待っていてくれた。

3

背の高い痩せた若者だった。黒っぽいスーツに、白のカッターシャツのボタンを三つほど開けている。栗色に染めた髪は目にかかるほどに伸びていて、少しうっとうしい印象を与える。

由紀が、校内地理には不案内な谷のために校門まで迎えに行った。そして自分の椅子を若者に譲る。谷は生徒会室の前まで付いてきたが、中には入らずに戻っていった。

「自己紹介してくれはりますか」

古今堂は若者に声をかける。

「カンベンしてもらえまへんか。そういうのは苦手なもんで」

「まあまあ、そう言わんといてください。お名前は？」

「溝内《みぞうち》」

彼はぶっきらぼうに答える。反抗の気持ちを出したいのか視線をそらせる。

「年齢は？」

「二十八や」

「職業は？」

「まあ、飲食店のマネジメントでんな」

「この中に知っている人は？」

「おりまへん。署長さんだけ。それも、さっきのコワモテな刑事さんの仲立ちで、きのうの夕方に会うたばかり」

「紹介しておこう。須磨瑠璃さんの御両親だ」

溝内はしかたなさそうに「どうも」と頭を下げる。髪が顔の半分を覆う。

「須磨成一郎です。失礼ですが、娘とはどういう御関係で？」

須磨も小さく頭を下げた。

「何と言うたらええのか……おれがマネジメントしている店で働いてくれたり、人を紹介してくれたり」

須磨夫妻は顔を見合わせたあと、成一郎が訊いた。

「どういうことですか？　瑠璃が働いていたなんて……あの子は仕事なんかしていません。高校生ですよ」

髪を掻き上げた溝内はバツの悪そうな顔をしたあと、小声で言った。

「アルバイトでんがな。親には美大進学のための塾に通っていると言うていたはずです。大きな通学鞄を持って塾通いをしていたという体裁を取ってましたけど、その中身は私服と化粧品やったんですよ」

「何だって」

成一郎は眉を吊り上げた。「塾に通うって、嘘をついていたのか？　こづかいは充分に渡していたのに」

「お金の問題やないんすよ。瑠璃のやつは『いつもいい子を演じなくてはいけないことに疲れた』って」

「あんたがマネジメントしている飲食店って、レストランかね？」

成一郎がさらに訊く。

「飲食店は飲食店なんやけど……署長さん。やっぱし嫌やで。こんなの」

溝内は、出入り口を指さした。

「まあ、そう言わんと」

古今堂は、溝内に代わって説明することにした。「飲食物の提供が主としてなされれば、法的には飲食店という扱いになります。瑠璃さんがアルバイトをしていたのは、千日前のミシェルという店です。『美貝』と書いてミシェルです」

廣澤が「ああ」と声を上げた。

「知ってはりますか？」

「名前だけは聞いたことがあります。本物の女子高生がいるガールズバーだって」

「瑠璃がまさかそんなところに」

「彼が開業した当初からアルバイトをしてはったそうです」

「あんたと瑠璃は、どうやって知り合ったんだ？」

成一郎は信じられないとばかりに首を軽く振った。

「別のガールズバーで雇われ店長をしていたけど、オーナーと反《そ》りが合わへんで辞めることになって、いっそのこと独立して自分で経営しようと思うたんや。一にも二にも可愛い女の子を集めることが重要やってわかっていたけど、そうは簡単にできるもんやない。高校の下校時を狙って待っていて、これはと思う子に声をかけることにした。あっさりと断られることの連続だと覚悟していたけど、二人目でオッケーがもらえた。それが瑠璃やった。瑠璃は協力して働いてくれただけやない。友だちを紹介してくれたり、他の高校の女の子をスカウトしてくれた。開業のビラ撒《ま》きかて積極的にやってくれた。瑠璃がいなければ、ミシェルはオープンできひんかったと思う」

「おい、気安く瑠璃と呼ぶな」

成一郎に言われて、溝内はムッとした表情を浮かべた。

「なんで呼んだらあかんのや。おれは、あんたよりも瑠璃のことを知っているで。瑠璃は、あんたらが勝手に敷いたレールの上を走ることを嫌《きろ》うてたんや。『学校でも家でも優等生であることを求められ、息が詰まりそうやわ。美容院のあとを継ぐことを宿命的に強制されている。将来的には、結婚相手も親が決めるに違いあらへん』って」

「強制はしていない。娘は自分の意思で、美大に進学して、そのあと美容師の資格を取って店を継ぐと決めたんだ」

「演じていただけやがな。セレブ美容室には似つかわしくないと家では禁止されとったけど、おれと会うときは大阪弁やった。本当に継ぐ気なら、美大になんか遠回りせんと、すぐに美容師になるための専門学校に入ったらええはずや」

「大学は出ておいてもいい」

「先延ばしだったんや。それまでにお金を貯めて家を出る気やった」

「いい加減な嘘を」

「嘘やない」

溝内はポケットから預金通帳を無造作に取り出すとポンと置いた。「店のロッカーに瑠璃が入れていたんや。アルバイトを始めた理由も、お金を貯めるためやで。塾に行っていることになっていたけど、その授業料も入っている。けど、瑠璃はそろそろ店を引退しようとしていたんや。いつまでもガールズバーをやらずに、足を洗おうとしていた。瑠璃のやつは、おれにだけはそう打ち明けてたんや」

「おれにだけって……瑠璃と恋人気取りみたいなことを言うな」

「恋人気取り、やないよ。恋人そのものやったんやから」

「いったい、どんな手を使って大事な娘をたぶらかしたんだ」

「たぶらかしてなんかいいひん」

「瑠璃はまだ年端もいかない娘だ」

「まあまあ、ここで一息入れましょうや」

割って入りながら、古今堂は由紀に目配せを送った。由紀は校内にある自動販売機で買っておいた缶コーヒーと缶ジュースをバッグから取り出した。

「飲み物なんかいらない」

成一郎は、興奮したままだ。こういうときは、カフェインの入ったコーヒーよりもジュースがいい。古今堂はアップルジュースを取って、プルトップを引いて差し出した。

「署長さん。私をここに呼んだのは、こんな無作法な馬の骨と引き合わせて私に屈辱を与えることが目的だったのですか」

「馬の骨で悪うおましたね」

「くだらん。私は帰る。警察にここまでする権限はない」

成一郎は立ち上がる。「私も、この馬の骨も、ここにいることを望んでいないのだ」

「待ってください」

古今堂は、成一郎と出入り口の間に身を置いた。「権限はありますのや。これは捜査です」

「何の捜査だ？」

「まずは、あなたが受けた傷害事件です」

古今堂は、予定してきた順番を変えることにした。

「私は被害者だ。それとも、この馬の骨が犯人なのか？」

「襲われたあなたは、若い男が走り去るような音を聞いたんでしたね。まあ、座ってもらえませんやろか」

外はすっかり陽が落ちて、真っ暗になっていた。ひとけのない学校ほど静かな場所はない。

古今堂は、自分の声だけが響く無気味さを感じながら、言葉を続けた。

4

「傷害事件の一報を聞いたとき、僕は成一郎さんの自作自演の可能性があるんやないかと疑いました。若い男の犯行を示唆したことも、わざとらしい印象を受けました。背中の傷が襲われたにしては浅かったことと、倒れたあとは無抵抗状態やったのに二撃目がなかったことが、その根拠です」

「失敬な。私は、若い男が走り去る音を聞いた」

「小野寺悠斗による犯行は、僕には考えにくかったのです。あなたがあの夜外出するかどうかは、彼にはまったくわからしません。アテもないのに美容室ＳＵＭＡの前で待ち構えているというのは、逃走中の身では危険すぎます」

「だから自作自演とは短絡だな」

「動機の点で容疑者がいいひん、と思えたからです。確かに、あなたはインタビューで小野寺悠斗を責めましたが、その報復のために襲うでしょうか。それに、瑠璃さんへの思慕がかなわなかったのはあなたのせいやないはずです」

「しかし、断じて自作自演ではない」

「ええ。僕はすぐに第一印象を撤回しました。急行したうちの署員が、背中を斜めに切られていたことを確認しています。自分では作りにくい傷です。それに、自作自演なら凶器をどこに隠したのかという疑問も出てきます」

「あの少年に疑いを向けさせるために痛い思いをするほど、私はバカではない」

「こうして話をしていて、それをあらためて実感しました。では、いったい誰が犯人なのか……なかなか手がかりは見つかりませんでした」

古今堂は地図のコピーを取り出した。「あなたが襲われた場所は道幅も狭くて、オフィスと倉庫が並んでいて、夜も遅くなると人通りはほとんどなく、防犯カメラも置かれていませんでした。ところが、一本隣の道路には、防犯カメラが設置されていて、浜本寛治が映っていました」

由紀が映像を再生する。寛治が、道路をきょろきょろしながら歩いている。他に歩行者や車は映っていない。彼はふいに動きを止めた。そして横の路地へと姿を消す。

「防犯カメラの時刻は、二十時五十三分です。成一郎さんが切られたのも、ほぼ同時刻です」

「まさか寛治が……いや、その映像だけで、寛治が犯人だって断定できるのか。別の道路だぞ。それに、寛治はただ歩いているだけじゃないか」

成一郎は首を横に振る。

「ただ、歩いているだけやとは思えません。何かを探していて、横の路地に入ることになるハプニングが起きた――僕にはそう見えます」

由紀がもう一度、映像を再生する。

「うちは、寛治君と面識があります。京都まで行ったときに、この映像を見てもらって、彼から説明を受けました。彼は、五階のゲストルームにいたという前言を撤回して、外出したことを認めました。当夜は技能研修会というものが行なわれ、息が詰まりそうな雰囲気だったので気分転換に外へ出た。横の路地に入ったことはよく覚えていない——それ以上のことは、いくら尋ねても話してはくれませんでした」

「それ以上のことって、いったい何を尋ねたかったのですか」

麻奈子が言葉を挟んだ。「寛治が犯人であるはずがありません。夫を襲わなきゃいけない動機なんて、まったくないんですから」

「たしかに動機はありません。それに、ミナミの地理がろくにわからない高校生に、犯行はむつかしいと思えます。けど、このビデオの映像は捜査の参考になりました」

古今堂は、続けた。「かなりの数の防犯カメラが設置された繁華街です。どこにカメラが備え付けられているかは、通っただけではすぐにはわからしません。せやから、こういうふうに映ってしまうわけです。それを避けられるのは、防犯カメラの設置場所を知っている人間です。たとえば、警察関係者です」

「おもしろいわね。警察関係者に犯人がいれば」

「けど、他にもいます。地元での生活が長く、しかも商店街の役員をしてはるかたなら、防犯ビデオのある場所にはくわしいはずです」

「それって、あたしたちのこと？　被害者はうちの夫ですよ。それとも、あたしが犯人だ、とでも?」

麻奈子は目を見開いて言った。

「あなたが犯人やとは考えていません。技能研修会があって、比呂子さんの髪を最古参の女性美容師がカットして、その女性美容師の髪をあなたがカットしていたことは、高城さんたち複数の美容師の証言があります」

「だったら」

「けど、どうしてあの夜に――瑠璃さんが亡くなった翌日に技能研修会を開く必要があったのかがわかりませんのや」

「親方日の丸である警察のかたには、わかりっこないです。危機のときこそ、これまで以上に気を引き締めて、スタッフも経営者も一丸となって仕事に取り組む――独立自営の仕事をしている者にはそれしかないのです」

「高城さんは、あなたの妹の比呂子さんがあまり葬儀に似つかわしくないヘアスタイルだったので、それを改めるために技能研修会をやってカットモデルにしたんやないかという見方をしてはりました」

「それもなくはないけど、主たる目的は気を引き締めて団結することよ」

「ほなら、なんで代表である成一郎さんは研修会に出やはらへんかったのですか」

成一郎が答える。

「私は瑠璃を失い、精神的に疲れていたんだ。妻から研修会のことを聞いて出席しようとしたが、妻がそこまでしなくていいと言ってくれた」

麻奈子は石のほうを向いた。

「石先生。こういうのって、イジメじゃないですか。警察権力による市民へのイジメです。被害者遺族が必死で生きようとしているのにあれこれ口出しをして」

「口出しする気はあらしません。ただ、捜査をすることは警察の本質的な職務なのです。学校の教師が授業をすることと同じ位置付けになると思います」

「あのなあ」

ミシェルの経営者・溝内が口を開いた。「馬の骨としては、あんたたちの言い合いを聞いていても、あまりおもしろくないんや。用があらへんのなら、帰らせてんか」

「まだ帰ってもらうには早いんです」

「ほな、さっさと済ませてんか。いったい誰が犯人なんや？」

「防犯カメラの位置を知っている、もしくは教えてもろうた人物で、かつ成一郎さんの当夜の行動を知っていたと思われる人物です」

「そんなんでは、ヒントにもならへんがな。もったいぶらんと教えてんか」

「さっきの防犯ビデオ映像が、手がかりになりました。ろくに土地鑑のない浜本寛治が何かを探すようにして歩き、あわてて横の路地に入る――防犯カメラの映像やさかいに音声は入っていませんけど、彼は何かを聞いたと思えます。たとえば、襲われたときの悲鳴とか」

「せやから、襲ったのは誰なんや」

「犯人には、そう簡単にはたどり着けへんのですよ。浜本寛治の証言が得られへんとなると、物的証拠が必要ですのや」

古今堂は携帯電話を取り出して、刑事課長に連絡した。「古今堂ですが、どうなりましたか？　それじゃあ、執行してください」

「いったい何の電話なんや？」

「須磨夫妻にお伝えしておきます。裁判所の令状が下りました。店の捜索を執行します。従業員のかたに立ち会ってもらいます」

「何を捜索するんや？」

「あなた、うるさいわよ。黙りなさい」

麻奈子が溝内を叱る。溝内は麻奈子を睨んだが、それ以上は反発しなかった。

「傷害事件の現場は、府警本部の鑑識課によって調査がなされました。ただし、殺人事件に比べると、規模も範囲も小さくなることは否めません。僕たちは、現場から美容室SUMAに遡るようにして、あの道路を調べました」

古今堂はビニール袋を取り出した。「二本見つかりました。染髪されてカットされたばかりの髪です」

「高城さんに教えてもらいました」

由紀が続ける。「業者が美容室SUMAに業務用ゴミを回収に来るのは、毎週水曜日だそうですね。こないだの水曜日は葬儀で臨時休業やったから、髪はまだあるはずです。技能研修会でカットモデルになった比呂子さんの髪が」

「これと照合して合致すれば、比呂子さんがあの道路を歩いた、もしくは走ったことが証明でけそうです」

古今堂はビニール袋をかざす。カットされたばかりの髪は切断面がくっきりしている。

「たとえ合致しても、それだけで比呂子が傷害事件の犯人だって、断定はできないわ」

麻奈子は、首を横に振る。

「切ったばかりの髪であの道路にいた理由を、比呂子さんには説明してもらう必要があります」

溝内をここに連れてきたあと、谷が比呂子と寛治の住む京都へと車を走らせてくれている。「寛治君は、比呂子さんがナイフを隠し持って出て行くところを見かけてしまったのではないですやろか。それで驚いてあとを追いかけました。ただ、ろくに地理もわからず、一本横の道を歩くことになったんです。そして成一郎さんの悲鳴を聞いてあわてて駆けつけました。けど、ナイフを手に逃げていく母親を見たことは、警察から訊かれても絶対に言えやしません」

「私は、寛治の足音を聞いたというのか？」

「そう考えると、すべての説明がつきます。現場の靴跡も採取していますが、小野寺悠斗の靴跡は見つかりませんでした」

優秀な谷は、単に事情説明を求めるだけでなく、比呂子と寛治の靴を照合してくるだろう。

5

「へえ、ちょっとおもろなってきたな。身内の犯行か」

溝内はかすかに口元を緩めた。

古今堂は警察庁にいたころ、犯罪統計に携わったことがある。派手な通り魔事件や人質籠城殺人事件のインパクトが強いので、他人が犯人のケースがほとんどだと思われがちだが、現実は違う。日本で起きる殺人事件のうち、ほぼ半数が家族・親族による犯行なのだ。

「そしたら、瑠璃を殺したのも身内か。その比呂子とかいう女が犯人なんか?」

溝内は無遠慮に古今堂に訊いてくる。

「あなたはうるさすぎるわ。黙っていなさい」

麻奈子は立ち上がった。「もうこんなくだらないことに、つき合ってられないわ」

「待ってください」

古今堂も立ち上がる。「あなたは、母親として、大事な娘を殺した犯人のことを知りたくないんですか」

「そりゃあ、知りたいわよ」

「せやったら、座って聞いてくださいな。浜本比呂子についてはアリバイを調べました。瑠璃さんが亡くなったとき、京都で仕事中でした」

麻奈子は不満な表情を浮かべながらも、腰を下ろす。

「身内が身内を加害するケースというのは世間で思われている以上に多いのですが、身内が身内をかばうという場合も少なからずあります。浜本寛治も母親をかばおうとした。せやから僕たちの厳しい追及にも口を割らなかったのやと思われます。同じ構図は、やはり高校生である小野寺悠斗の場合にもあったのやないか——浜本寛治を追及したことでヒントが得られました」

古今堂は、通天閣署が摘発の準備のため撮影した七海の写真を机の上に置いた。

「悠斗の母親の武山七海は、いわゆるボッタクリバーに関わり、脱法ハーブの販売にも関わった容疑で、摘発される予定でした。彼女はかつてこの高校の定時制に在籍していました。芸人養成学校時代の相方女性に確かめると、私学の高校で行き詰まった小野寺悠斗がここを転学先に選んだのは、母親の影響があったのだろうということでした。武山七海と小野寺吾助は離婚して、父親が息子を育てて親権も有していたのですが、母親と息子という血の繋がりは切れずに続き、小野寺悠斗はときたまではあるものの母親と会うていたのです」

七海にはボッタクリバーの主宰者である安岡友章という同棲相手がいて、二人の間には男の子もいるということで、悠斗としては割り込める部分はほとんどないものの、やはり母親という存在は欲しかった。七海のかつての漫才相方の梢によれば、七海のほうも悠斗のことはたまにしか会えないもののかなり気にかけていたという。

「溝内さん。あなたは、安岡友章という男性と面識がありますね」

「ふっ」

溝内は小さく息を吐いた。「黙ってろと言われたり、突然訊かれたり、勝手なもんやな。どうせ調べたうえで、尋ねているんやろ？」

谷が聞き出してくれた溝内の経歴と、通天閣署が調査した安岡の過去には接点があった。

「安岡さんとは親しいわけやない。ほんの知り合い程度やで。梅田のホストクラブで働いたことがある。おれには向かへん仕事やとわかって三ヵ月でやめたんやけど、その先輩ホストやった。厳ついルックスの安岡さんはそれほど上位の成績やなかったけど、一部の女性客には根強い人気はあったようやで。けど、もうあの店自体がなくなってしもた」

「その後は、安岡友章とは会うていないんですか」

「一度だけ、偶然に出会うた。ミシェルをオープンする直前で、サービスチケットのビラ撒きをやっている路上で」

「そのときは、瑠璃さんもいっしょやったんですか？」

「せやないと、男どもはろくにビラをもろうてくれへんがな」

「瑠璃さんはどういう恰好やったのですか」

「メイドのコスプレをしてくれたんで、結構男どもの目を引いたと思う」

「メイクはしてました？」

「少しはしてたかな。店をオープンしてからは、メイクもばっちりして、ウイッグもかぶっていたけど」

「安岡さんは、出会うたとき、この人を連れてましたか？」

古今堂は七海の写真を指さす。

「ああ。安岡さんは『おれの一番好きな女や』とおれに紹介して、この女は嬉しそうにしとったで」

七海と瑠璃は出会っていたのだ。ミシェルをオープンする少し前に。

四つ橋署に勾留されている悠斗には古今堂サイドから事情聴取ができていない。けれども、逮捕前の悠斗に接触した人物から話は聞けた。丸本の母親エイ子である。丸本の部屋に案内した彼女は、悠斗から「良男さんには彼女いるの？」と訊かれていた。

「さあ、いないんじゃない」

とエイ子が答えると、悠斗はさらに訊いてきた。

「もしもいたとしたら、どういう女の子なのか母親として関心はある?」

「そりゃあ関心はあるにはあるけど、良男は話さへんでしょ」

「悩んでいたら、打ち明けるってこともあると思うよ」

その日も口数の少なかった悠斗が、自分からそう話しかけてきたことがエイ子は印象に残っているという。

悠斗は、石たちJJH委員会のいきなりの来訪を受けた。悠斗にとっては、ショックだったに違いない。瑠璃が自分の思いを受け入れてくれるかもしれないという淡い期待が、いっぺんに弾け飛んだのだ。

この先どうしていいかわからずに、母親である七海に打ち明けた……そういう推測はできるのではないか。

たまたまではあったが、七海は瑠璃のことを知っていた。悠斗が学園祭前に撮り合ったという携帯電話の写真を見せていれば、「もしかするとこの女は」と反応したのではないか。

古今堂は、溝内に問いかける。

「あなたはさっき、『瑠璃はそろそろ店を引退しようとしていたんや』と言いましたよね？」

「ああ」

「理由を聞きましたか？」

「『そろそろ潮時かもしれへん』と言うてた」

七海は母親として、息子が好意を寄せている瑠璃の裏の顔をもっと調べようとした可能性もある。もしも瑠璃が、その動きに気づいたとしたらどうしただろうか。

由紀は、七海の写真に目を落とした。

「うちは、もしも自分が瑠璃さんの立場やったらどないしたやろか、と考えてみました。自分が陰でやっていることを暴こうと相手が一方的に調べてきたなら」

瑠璃のほうも、七海とは顔を合わせているのだ。「うちやったら、やられっぱなしやのうて、自分も相手のことを調べようとするでしょう」

七海もスネに傷のある仕事をしていた。

「ボッタクリバーは悪質ですよ。詐欺みたいなもんだ」

それまで黙っていた廣澤がそう言った。「ガールズバーのほうはそこまで悪質じゃない。署長さん、もしかしたら瑠璃さんから攻勢を受けた七海という悠斗君の母親が、犯人なんですか。攻勢を受けて逆上して」

「その可能性は考えました。けど、ボッタクリバーは水面下の仕事ですから、そう簡単にはわからへんかったと思います」

6

古今堂は、再び溝内のほうを見た。「七海さんのことを知りたいと、瑠璃さんから言われたことはなかったですか？」

「訊かれたで。けど、安岡さんが現在何をしているかこっちは知らへんかったし、ましてや安岡さんが連れていた女のことなんかわかりようがあらへん。せめて名前だけでも調べてほしいって言われたけど、調査のプロやないんやから無理やで」

ガールズバーオープンのビラを撒いていた溝内と瑠璃のことは、七海は容易に摑めた。けれども、七海と安岡はそこを通りかかっただけなのだ。

「訊かれたんは、いつのことなんですか？」

「瑠璃が死ぬ数日前やったと思う」

「七海さんのことは調べたいと思うていた。けど、まだできていなかった——そういう段階で瑠璃さんは殺されたのやないですやろか」

「じゃあ、悠斗君のお母さんは、須磨瑠璃さんの死には無関係なのですか？　ここの定時制の元生徒というのはたまたまだったということですか」

　廣澤が確認してくる。

「いえ、無関係やとは思えしません。七海さんの存在が今回の殺人事件をややこしくしたと言えます。七海さんは、悠斗君の母親でした」

「母親だってことは、もうわかりきったことですよ」

「そうでしたね。けど、今回の事件は親子関係というのがキーワードになる気がします。寛治君は母親の比呂子さんのことを気にかけて外へ出て、防犯カメラに映りました」

　古今堂は、須磨麻奈子のほうに視線を移した。「その寛治君と傷害事件のことに話を戻しましょう。ここはあっさりと認めはりませんか。あなたは比呂子さんに、重傷にならない程度に傷つけに行くように教唆《きょうさ》をしましたね。自分は店にいるというアリバイを作って」

「どうして教唆なんかする必要があるんですか」

　麻奈子は認めようとはしない。

「比呂子さんは、あなたの妹ということで美容室ＳＵＭＡの経営にこの先入っていけるのです。寛治君が瑠璃さんに代わって後継者となるわけですから」

「一人娘を失ったのだから、親族を後継者にするのはしかたないことです」

「成一郎さんのほうの親族は、後継者候補にはならへんかったのですか？」

「夫のほうには適当な人材がいません。若い時期から鍛えないと、モノにはなりません」

麻奈子がそう答える。成一郎のほうは黙ったままだ。

「成一郎さんには、発言権があらへんのですか？　道頓堀に移転する前に森ノ宮にあった旧店舗を売るときも、麻奈子さんが主導して決めたと買主の人から聞きました。成一郎さんが交渉に出てきたのは一度だけやったと」

「それはそうでしたけど」

「登記簿のほうは森ノ宮時代が持分三分の二、道頓堀になると持分四分の三と麻奈子さんのほうが多いです。中学時代の担任だった堀田さんの話やと、ホステスをしていたあなたは嵯峨山哲男という資産家の男性と結婚したそうですね」

「関係ないわ。ホステスをやって苦労して稼いだのよ」

「ホステス時代には、若さゆえの経験不足から、お客さんにツケを踏み倒されて借金を負ってしまったそうですね」

「そんな昔のことを調べて、何のつもりなんですか？」

「これも捜査なんです。過去のことを知ることで現在のことが見えてくることもありますのや」

「傷害事件――それも軽傷の事件で、そこまでやるんですか。あたしたちをこんな辛い場所に半強制的に呼び出したうえに、過去のプライベートを穿《ほじく》り返して」

「傷害事件については、認めはりますか？　比呂子さんに指示をして、夫を襲わせたことを」

古今堂は、採取された毛髪の入ったビニール袋を指さした。「もうすぐ店の捜索結果も電話で入ると思います」

「しかたないわね」

「動機は何やったんですか？」

「あなたたち警察に活を入れないと、小野寺悠斗は逃げたままという状態だったじゃないの。捕まったけれども、かなり偶然だったわね」

「せやけど、自分の夫を傷つけなくても」

「この人は、マスコミの前に出しゃばって、しゃべり過ぎたのよ。小野寺悠斗からの電話が店にかかってきたことで、怒りをあらわにして会見を開いた。そんなことは、店のイメージダウンになってしまう……ですから、お仕置きだったのです」

麻奈子は、デキの悪い弟を見るような目を成一郎に向けた。成一郎は、頭を掻いただけで反論しない。森ノ宮の旧店舗を買ったという安西は「髪結いの亭主という言葉がありますが、まさにそれですな」と表現していた。

「比呂子さんにやらせたのは?」

「妹の本気度を知りたかったのよ。採用テストのつもりだった。たとえ、多少の罪を犯しても、息子を連れてうちに来る気があるかどうかの」

麻奈子は再び立ち上がった。「もういいでしょう。傷害事件の犯人がわかったのだから、署長さんはお手柄よね」

「まだ帰らんといてください」

「どうして?」

「あなたの恩師である堀田さんは、『彼女を見ていると、危なっかしい綱渡りをしているように思えてなりません』と言うてはりました。僕も同感です」

古今堂は再び退路を塞ぐかのように立った。「堀田さんを結婚披露宴に招いたのは、自分のステータスを繕うためやったそうですね。そんなふうな小さな糊塗《こと》から大きな工作まで、あなたはずいぶんと腐心してきたのやないですか。セレブ美容室という存在自体が、無理をして築いた砂の城やったように思えます」

「失礼にもほどがあるわ」

「気分を悪くしはったのなら、謝ります」

「傷害の件については、日をあらためて比呂子とともに中央署に伺うわ。長枝先生が、『必要とあらば有能な弁護士を紹介する』と言ってくださっているので、弁護士さん同伴で。それでいいでしょ。もう帰らせてもらうわ」

「まだ肝心の話が終わってませんのや。瑠璃さんが殺された事件です。母親として知りたいと言わはりましたね。当然のことやと思いますが」

「そりゃ、関心はあるわよ。自分勝手に思い詰めたあげく娘の命を奪った男子生徒がどのくらいの罪になるのか。たとえ未成年でも厳罰に処してほしいって」

麻奈子は古今堂に促されて、しかたなさそうに腰を下ろした。

「石先生。瑠璃さんがこの学校のＪＪＨ委員会に訴えてきたときの様子を教えてください」

「様子と言われても……」

「自分の保護者のところへも行く、という点を瑠璃さんは確認してきましたか？」

「ええ。委員会の立ち上げのときにこういう議論がありました。校内セクハラなんて恥ずかしいことを自分の親に知られるのは嫌だから訴えずに泣き寝入りする女子生徒が出てくることが想定されるから、これは省くべきではないかと。でも、学校である以上は保護者の存在は欠くことはできないという結論になりました。瑠璃さんにはそのことを念押ししようとしましたが、むしろ彼女のほうから確認してきました」

「確認してきて、どうやったのですか」

「むしろ、そのほうがいいというふうな反応でした」

由紀が、麻奈子を見据えるようにして言った。

「うちは、娘と母親という関係は、なかなか微妙なもんやと思います。めっちゃ仲がええときもあるけど、ケンカするときもあります。先輩後輩みたいなこともあれば、姉妹っぽいときもあります。ときには上司と部下に似た状態になったり、恋人同士を連想するときもあります。同性やから、かえってお互いの欠点がわかったり、嫌いになったり……せやけど、ケンカをして口をきかへんときでも、気がついたらいつの間にか元の鞘《さや》に収まっていて言葉を交わしています。ほんま母娘って不思議な間柄やと思います。娘からしたら、もう子供とは言えへん年齢になっても、母に頼ったり甘えたりしたいんです。表にはそういう感情は出さしませんけど」

「要するに、何が言いたいんですか？」

「うちは、瑠璃さんはお母さんに守ってもらいたかったんやと思います。守ってもらいたいというより、かまってもらいたいと言うほうが正確かもしれません。好きでもない男子生徒に言い寄られて困っているという状態を、石先生がお母さんに報告することで」

「え」

石が小さく声を上げた。

「瑠璃さんはＪＪＨ委員会を利用した——ほんまの目的はそうやったと、うちは思います」

「そんな……」

石は啞然とした顔になった。

「うちは、お母さんとの関係で、もう一つ思うことがあります。母親は、娘のことをよう知ってます。娘は秘密にしていることでも、母親はちゃんと知ってます。たとえば、うちは高校時代に大会が終わったあと柔道の女子部員ばかりで打ち上げをして、こっそりビールを飲んだことがあったんですけど、母親はお見通しでした。そして、警察官の採用試験を受ける直前に諭されました。『お酒なんか飲んでしもて、それが見つかったなら、学校から処分されるだけやのうて、警察官の採用を取り消されかねへんわよ』と。なんでわかったかというと、キャプテンやったうちが精算のために持ち帰った店のレシートでした。お好み焼きや焼きそばだけやのうて生ビールという文字が打ち込まれていたんです。うちが学校に行っている間に、母親はうちの部屋へ掃除に入ってレシートを見つけたんです。そのときは、勝手に見られたことに腹が立ちました。けど、『お母さんというものは、そういうもんよ。あんたが警察官採用試験を受けると知って、初めて注意をしたのよ。ほんまは黙って見逃してあげるつもりやったけど、お母さんには子供を守る義務があるから』と叱られました」

由紀はやや早口で言った。「そういうところは、どんな娘も母親に勝てやしません。娘が出かけているときは、母親は自由に所持品調査ができるのですよって。麻奈子さんも、瑠璃さんが学校に出かけている間は調べることがでけたと思います」

「そんなこと決めつけないで」

「瑠璃さんが通っていた塾のスタッフから証言を得ました。娘がちゃんと授業に出ているかどうか、お母さんから確認の電話があった、と。三ヵ月ほど前のことです。あなたは、瑠璃さんがお化粧していることや塾に行かずにアルバイトをしていることに、感づいたのやないですか。たとえば、瑠璃さんがうっかり化粧品や店のチラシを持ち帰ったことがあったとか、瑠璃さんが完全に化粧を落としきれへんかったときがあったとか」

「そういう電話はしていません」

「向こうには応対の記録がありました。保護者から電話があったときは、のちにトラブルにならないようにメモを残しているそうです」

古今堂が答える。「瑠璃さんが、ＪＪＨ委員会に訴えたあと、七海さんからの調査を受けたことや逆に七海さんへの反撃をしようと考えていたことも部屋を調べたなら、摑めたのやないですか。たとえば、七海さんのことを何かに書きつけていたとか」

「また勝手に決めつけている」

「そう考えていくと辻褄が合《お》うてくるのです。これも高城さんに聞きました。美容室ＳＵＭＡの最高ランクであるダイヤモンド10と呼ばれる十人の客の中には、長枝議員の奥さんのほか、信用調査会社を経営する女性社長もいやはるそうで、たとえばそういうプロのかたのルートから七海さんのことを調査することは、でけたのやないですか」

「調べて、どうするのよ」

「小道具として使えます。たとえば、七海さんがボッタクリバーに関わっていることを示すような写真があったとしたら、それを利用でけたと思います」

「利用？」

「この生徒会室に、その写真を置いておいたとします。置いたままの状態で、死体が発見されたなら、さっき廣澤先生が言ったように七海さんが犯人として関わっているのではないか――という疑惑が成り立ちます。もし持ち帰られたなら、別の使いかたになります。持ち帰るのは、悠斗君です」

古今堂は追及を緩めない。「先日、夫婦善哉の店に行きました。そこのぜんざいは、二椀に半分ずつ入っているユニークなものでした。堀田さんは、〝一人前でも二椀に入っていたらトクした気分になるからそうなっているんや〟って、説明してくれはりました。けど、〝二つ合わせて一人前という意味もあるんやないか〟と僕はあとで解釈しました。それだけ、夫婦のつながりは強いということです。夫婦やのうても、親と子でも、似たことが言えるのやないですか。先ほど塚畑由紀巡査が、母と娘のことを話しましたが、母と息子というのもまた特別な関係やと思います」

「うちは、女きょうだい二人やから、母親と息子という関係はようわからしません。けど、丸本巡査を見てても、結びつきは強いと思えます。丸本巡査のお母さんはほんまにええ人です。今回の件で、白髪がいっきに増えるくらいに息子のことを心配してはるのが、気の毒でなりません」

「丸本なんて名前の人、聞いたこともないわ」

「聞いたことのうても、今回の事件の被害者なんです」

由紀は声のトーンを上げた。古今堂が続ける。

「あなたの工作によって、悠斗君は母親である七海さんの犯行やないかと誤解しました。それで、自分が犯人だと名乗り出ることで捜査を自分に向けようとしました。自分なら少年だから軽い刑で済むといった考えも働いたのかもしれません。逃げていたのですが、七海さんたちに対するボッタクリバーと脱法ハーブの摘発のときに姿を見せて、自分を標的にして逮捕されました。七海さんのことを気にかけていたので浪速区の簡易ホテルに宿を取っていて、警察車両を見かけて摘発を知ったわけです」

「ちょっと待って、署長さん。あなたの工作って……いつの間にか、あたしが瑠璃を殺した犯人みたいになっているじゃないの」

「違いますか？」

「母親と娘の関係は特別なんでしょ。どうして、母親が大切な娘を殺さなきゃいけないの？」

「あなたにとって、後継者としてふさわしくないことがはっきりしてきたからです。

ガールズバーのことや、この溝内さんのこともほんまは知っていましたね。将来はセレブになる優等生として育てたいと思っていたのに、ずいぶんと違いましたね。中学校はミッション系のお嬢様学校に入れたものの、瑠璃さんはどうしても公立の共学校に行きたいと高校に内部進学しなかったそうですね。出身中学校でそう聞きました」

「そんなことで、我が子を殺すのかしら？　我が子は自分の命に代えても守ろうとする。それが母親なのよ」

「けど、我が子やありませんよね」

古今堂は、戸籍謄本を取り出した。

須磨瑠璃は、戸籍上は成一郎・麻奈子の長女で一人娘である。養子関係ではなく、実子のいわゆる嫡出子である。

一般人が、他人の戸籍を閲覧することや謄本をとることは難しい。それだけに、戸籍には正確なプライバシーが記入されていると思い込んでしまう。けれども、戸籍というのは、すべて申請に基づいて記載される。役所が事実調査と確認をして書き入れるというものではない。

吾助は、七海によって署名偽造された離婚届を出されてしまった体験を話していた。そういうものでも、受理はされてしまう。吾助はそれで離婚を決意したから、その離婚届は無効を主張されることなく、そのままである。

「死亡届や出生届も申請による受理主義ですけど、こちらは離婚届のように勝手に出されるということはまずありません。医師による死亡診断書や出生証明書が付いていないと、届けを役所に提出することができひんからです。警察という立場からすると、人の死因というのは重要な意味を持ちますけど、医師が関与しているということでそれ以上の詮索がなされることはあらしません。出生届となると、警察はもっと関心が低うなります。死因ということとは無縁ですよって」

古今堂は法務局に足を運んで得た資料を取り出した。「けど、そういった届出が偽造されたり、事実と異なる記載がなされることが百パーセントないとは断言でけしません。区役所や市役所で受け付けた届出の原本は、法務局という国の行政機関で二十八年にわたって保管されてますのや。十七歳やった瑠璃さんの出生届も、原本がありました。瑠璃さんは、当時中央区谷町四丁目にあった病院で産まれたはります。その病院ですけど、成一郎さんが勤めてはった美容機器販売会社の同僚への聞き込みで出てきました。同僚の一人は、車で谷町四丁目を走っているときに、成一郎さんから『実はこの病院の経営者の娘と婚約したんだ』と言われて驚いたそうですが、何年かして通ると病院は潰れて、雑居ビルになっていたという話でした」

調べてみると、谷町四丁目にあった〝大阪清華総合クリニック〟は、十三年前に吹田市千里山《せんりやま》に移転していた。移転先を訪れた古今堂は、クリニックの事務室を統括している上品な中年女性を見かけた記憶があった。通夜に美容室SUMAへ花を携えて訪れたときに、一足早くやってきた女性だ。そのときは、弔問に訪れた店の上客の一人ではないかと思っていたが、そうではなかった。

「彼女は、瑠璃さんの死を悲しんでいました——それも本気で悲しんでいました」

十四年前に、大阪清華総合クリニックの院長が病死した。若き二代目院長は、人口が増加する大阪府北部に移転するとともに診療科を絞った。二代目院長は、初代院長に見込まれてその一人娘と結婚して跡を継いでいた。

「瑠璃さんが亡くなったことで、過去の悔いを深くした彼女は、僕に事情を打ち明けてくれました」

ワンマンだった先代院長の一人娘は、父親から二代目になることを求められ、医学部を目指しての厳しい塾通いを強制されたことでうつ病に陥った。妥協した父親は、自分の眼鏡にかなった医師と結婚することを条件に、彼女を医学部進学から解放した。女子大の家政学部に進学した彼女は、それでも自分の運命を嘆いた。友人たちが青春を謳歌し、理想の結婚相手像を語り、白馬の王子様が現れるかもしれないという乙女らしい夢に心ときめかせているときに、自分だけは自由な結婚をすることができないのだ。

彼女は、たとえ自由な結婚は無理でもすてきな恋愛はしたいと考えるようになった。そんなとき、友人の家へ遊びに行き、友人の母親をお得意様として出入りしている弁舌爽やかな男前の成一郎と出会った。

彼女は父親には内密に、成一郎と交際することになった。セールスマンであった成一郎は平日の昼間でも時間の融通をつけることができて、夕方六時という異常なまでに早い門限にも対応できた。

けれども、その関係は一年半ほどで終わりを告げる。彼女の母親は、夫の言う通りにしか動かないきわめて柔順な性格で、ある意味とても鈍感な女性であったが、娘が嘔吐する姿を見て異変に気づいた。妊娠は四ヵ月目となっていた。父親である初代院長は烈火のごとく怒りながらも、堕胎は危険だと医師として冷静な判断をした。

胎児の父である成一郎のことを、初代院長は興信所を使って調べさせた。成一郎には、娘の門限後の六時以降に会う、いわゆるフタマタの女がいた。人妻であった麻奈子である。セールストークの巧い成一郎は、娘との間では婚約をほのめかしていた。婿として金持ちの家に入りこんで、愛人になる麻奈子とともに金をむさぼろうとするたくらみが見えた。

初代院長は、成一郎を呼びつけて金で解決する方法を選ぶことにした。ただし、盗人に追い銭のような形になるので、なるべく額は抑えたかった。産まれてくる子供のことは、病院の産婦人科が持つルートを使って里子に出すことを考えた。初めからコブ付きという話では、いかに次期院長の椅子が約束されていても、有能な医師は結婚してくれないと思えた。

成一郎は、麻奈子を連れてやってきた。成一郎は予想していたよりも気が小さそうな男で、麻奈子が主導権を握っているように思えた。

成一郎は、やはり手切れ金を求めてきた。提示してきた額は予定していたものと大きくは変わらなかったが、意外な条件を付けてきた。産まれる子供は、成一郎と麻奈子が引き取って育てるというのだ。ホステスをしてきた麻奈子は、客の子供を何回かみごもり、堕胎を繰り返したことでもはや妊娠できなくなっているというのだ。そして麻奈子がもう一つ出してきた提案に、驚かされた。

麻奈子は、産まれてくる子供を実子として育ててもいい、そのほうが子供のためにもなるはずだ。手切れ金としての一時金をもらったなら、養育費は求めない。念書を書いてもいい。ただし、交換条件として、ある男の死亡診断書を書いてほしい——というのだ。

詳しく訊こうとしたが、これ以上話すのは合意してからだと麻奈子は慎重だった。初代院長は、それでは合意はできないと攻勢に出た。麻奈子が死亡診断書を強く欲しがっていることが感じられたからだ。せめぎ合いのすえ、麻奈子のほうが折れた。現在同居している年の離れた夫を殺したいが、警察が関わってくるのは避けたいから診断書を何とかして手に入れたいのだという。話をしているうちに、最終目的として診断書を得るために、麻奈子は成一郎を娘に近づけさせて妊娠までさせたのではないかとさえ勘ぐりたくなった。それほど麻奈子は、夫の命と財産を欲しがっていた。

初代院長は、熟慮のすえ麻奈子と手を組むことにした。麻奈子が実母として子供を引き取ってくれるなら、娘は戸籍上も無垢な令嬢としてリスタートできる。これまでは、温室に囲い込み過ぎていた。何の免疫もないから、成一郎のような男に引っかかってしまったのだ。

「わたしは父に命じられたまま、海外留学をすると嘘をついて大学を休学して、瑠璃を産むと同時に手放しました。そのあとは、やはり父の敷いたレールを走り、医師である今の夫と結婚して、三人の子供にも恵まれました。けれど、最初の子供である瑠璃のことを忘れることはできませんでした。もちろん、これまで一度も会ったことはありません。父は亡くなる寸前に、いきさつだけを話してくれました。瑠璃という名前も知りませんでした。けれども、事件が起きて須磨成一郎がテレビのワイドショーに出てきたことで、わたしは自分の本当の第一子が殺されたことを知りました。所在地を調べて、美容室ＳＵＭＡを訪ねて花をたむけました。若いころのあやまちを、今も後悔しています」

初代院長の娘は涙ながらに、古今堂にそう話してくれた。

「瑠璃さんの出生届の原本、あなたの夫やった嵯峨山哲男さんの死亡届の原本、そして瑠璃さんの本当の母親の証言……これだけの証拠が揃っていても、あなたはまだ否認しますか？　ＤＮＡ鑑定をすれば、本当の母子関係かどうかははっきりしますよ」

十八年前に嵯峨山哲男は、入院中の大阪清華総合クリニックで心不全が死因で亡くなった——その死亡診断書を書いたのは、初代院長である。それから約半年後に、麻奈子と成一郎は婚姻し、ほどなくして瑠璃が産まれた。出生した病院はもちろん大阪清華総合クリニックだった。

「初代院長は、瑠璃さんの出生の日付も変えました。嵯峨山さんが亡くなって約半年後の出生やと須磨夫妻の嫡出子とならへんので、嵯峨山さんの死後約十ヵ月後の出生とし、あなたたちはその時点で役所に出生届を出したわけです」

「瑠璃が戸籍上だけの子供だったことは認めるわ。前の院長のほうから、どうしてもって頼まれたのよ。でも、戸籍に偽りの記載をするって、たいした罪にはならないでしょ」

「いえ。公正証書原本不実記載罪ということで、五年以下の懲役または五十万円以下の罰金となります。ただ……」

「もう時効よね。それから署長さんは、あたしが嵯峨山を無理やり入院させて、病室で殺したというふうにでも想像しているみたいだけど、たとえそうであってもそれも時効成立ね。ギリギリだったけど。うふふ」

嵯峨山の死に関しての時効期間は十五年だ。法改正の効果は及ばない。

「せやけど、時効とは無縁の事件もあります」

「あなたは、どうしてもあたしを瑠璃を殺した犯人に仕立てたいようですね。瑠璃の死んだ時刻は、いつなんですか？」

「死体が発見された日曜日の、十時半から十二時半が死亡推定時刻です」

「だったら、あたしの犯行は不可能ね。事件当日の十時過ぎから十三時過ぎまで、長枝先生の奥さんが来ていらして、カットやパーマをしていたのですから」

「あのう、うちは高城さんから、美容室ＳＵＭＡでカットやパーマをする流れをお聞きしました」

由紀がメモを取り出す。「全部で十段階です。①来ていただいたお客さんの要望やイメージをしっかりと聞く。②丁寧にシャンプーをする。③ウェットカットをしたあと、ドライカットをする。④トリートメントで髪の状態を良くしてパーマの前処理をする。⑤デザインに合わせてロッドを巻いていく。⑥お客さんの髪質に最適の薬液aを塗布する。⑦加温をしてパーマをかけていく。⑧カールのチェックをしたあと薬液bを塗布する。⑨ロッドを外して薬液を洗い流し、そのあと残留アルカリを除去する薬をつけてもう一度洗い流す。⑩顧客の希望にあったスタイリングをする——ダイヤモンド10と呼ばれる最上級のお客さんに対してもランクが下のお客さんに対しても、この十段階は変わらへんそうです。一つ一つに手間をかけるという違いはありますが」

「担当する美容師の技術力も違うわよ」

「そうでした。ダイヤモンド10のお客さんだけが、須磨夫婦二人そろっての受け持ちをしてもらえるのでしたね」

「そうよ。二人で、一人のお客様をつきっきりでケアするのよ」

「ぜいたくなことやと思います。けど、つきっきりというのはちょっと引っかかります。お客さんからしたら、ずっと座っている状態ですけど、スタッフ側からしたら空きの時間があります。たとえば、⑦の時間は、お客のほうは加温器に頭をすっぽり覆われて身動きも取りにくいですけど、スタッフはそうやないです。うちの行っている美容室では、その間は別のお客さんのカットとかをしてはります。②や⑨のシャンプーのときも、一人がケアをしている間にもう一人が抜けることは可能ですよね」

「瑠璃さんが殺された今回の事件は四つ橋署に置かれた捜査本部が担当し、悠斗君をマークしたのですが、そのきっかけになったのが生徒会副会長の男子テニス部員の目撃談でした。彼が青ざめた顔の悠斗君を見たという証言自体を僕は疑いませんでしたが、どうして瑠璃さんを見かけた生徒が皆無なのかと思いました。悠斗君は定時制の生徒なので、目撃した生徒以外には顔見知りがいいひんかったのはわかります。けど、瑠璃さんは全日制の生徒会長という学内の有名人です。そこが引っかかっていました」

　古今堂は管轄外なので、疑問を押し留めていた。「日曜日とはいえ、部活動で出てきている生徒はかなりいて、しかも瑠璃さんが殺されたことを知り、学校に呼び戻されて警察の事情聴取を受けたのに、誰も見てへんのです。ということは、瑠璃さんは登校してへんかったのやないか。いや、正確に言うと、生きた状態で登校してへんかったのやないか――そう考えると辻褄が合います」

「うちらの推理はこうです。②のシャンプーのときに、あなたは六階の自宅まで上がって、不意をついて背後から瑠璃さんを絞殺します。母親なら娘のポシェットをあらかじめ盗んでおくことは可能ですよね。それを凶器にしたのですが、娘に制服を着させておく理由までは見当たらず、絞殺のあとで着替えさせたのやと思います。着替えさせたのは⑦の加温の時間やったかもしれませんけど、それでもゆっくりはしてられへんので、きちんとは着せられへんかったと推測します。けど、捜査本部はそれを〝着衣が乱れかけていた〟とわいせつ未遂みたいに解釈してしもたのです。悠斗君の指紋は、倒れた瑠璃さんに駆け寄って抱え起こしたときに制服に付いたと思われます。首に巻かれていたポシェットも外そうとしたのやと思います。相手は、思慕を寄せていた相手です。もう死んでいると感じても、何とかしようとしたのやないですか」

「一つ付け加えると、美容室ならゴム手袋もありますよね。それをすれば、あなたの指紋は付きません。成一郎さんが丁寧にシャンプーをしている間に絞殺を済ませたあなたは、いったんダイヤモンド10の専用ルームに戻り、トリートメントなどを行なって加温の間に再び部屋を抜けます。今度は少し時間がかかります。瑠璃さんをうつぼ高校まで運ぶわけですから」

「けど、加温の時間って長いですよね。うちは、お客として入ったときに、ダンボールの載った台車を見ました。あれを使うたなら女性のあなたでも、瑠璃さんを運ぶことがでけますよね。小柄な瑠璃さんなら、大きなダンボール箱に入るでしょう。エレベーターで一階の駐車場へ行き、車でうつぼ高校へ向かえば、五分もかからへんですよね」

「あとは、うつぼ高校の中で怪しまれないことがポイントになります。今回の事件で、小野寺吾助さんの店を張り込んでいた捜査員が、新聞配達員やアルバイト店員をマークせずにスルーしていました。そういう見過ごしって、案外とありますよね。それと制服の場合は、つい思い込みをしますよね……妹の比呂子さんは自動販売機に缶やペットボトルを詰める仕事をしてはりましたね。その制服と帽子を借りたなら、怪しまれにくいです」

前にこのうつぼ高校を訪ねたとき、廣澤が校内にある自動販売機で買ったというジュースを出してもらっていた。「それから、この生徒会室の場所は保護者として学校に訪れたことのあるあなたなら、知っていたはずです。きょう、こうしてここに来てもらうとき、同行した堀之内刑事にはあえて少し離れて後ろから歩くようにと指示をしました。あなたは堀之内刑事が先導したわけでもないのに、迷うことなくすんなりとここに来ましたね。生徒会室の鍵は、瑠璃さんが持っていました。それを使えば、中に入れます。生徒会のパソコンを使って、瑠璃さんの携帯に呼び出しメールを入れます。パソコンがあることは、生徒会が生徒や保護者に署名を集めていたので、わかっていたはずです。差出人に使った小池定時制教頭の名前は、ＪＪＨ委員会のメンバーとして家庭訪問を受けていたので知ってはりますよね。瑠璃さんの携帯を使って小池教頭宛てにパソコンに返信をしてから、遺体をここに寝かせ、悠斗君に今度は瑠璃さんの名前でやはりパソコンからメールをします。悠斗君のアドレスは、瑠璃さんの携帯に入ってたのやないですか。瑠璃さんは、あなたにもっと振り向いてほしくてＪＪＨ委員会を利用したのであり、アドレスを消去するほど悠斗君のことを嫌っていたのやないと思えます」

「校門からこの生徒会室に来る道を調べてみました。台車のものやないかと思われる車輪の痕跡を見つけることがでけました。一週間前やったのでまだ残っていたわけです」

「もうそろそろ自分のやったことを認めはったら、どうですか？　あなたが瑠璃さんを装って打ったメールでやってきた悠斗君は、この部屋で瑠璃さんの遺体と七海さんの写真を見つけました。抱え起こしたものの瑠璃さんにはもう息はなく、救急車を呼んでもしかたがない状態やったのです。どうしたらよいのか判断がつかず、青い顔でグラウンドのほうを茫然と見ているところを生徒副会長のテニス部員に目撃されたわけです」

「またそんな勝手な想像を」

「もういい」

それまでほとんどしゃべっていなかった成一郎が大きな声を上げた。「おまえの将棋はもう詰んでいる。抗《あらが》うだけ無駄だ」

「何よ、偉そうに」

「おまえこそ、偉そうにやり過ぎだ。おれは美容室ＳＵＭＡの代表とは名ばかりで、本当はおまえが牛耳《ぎゅうじ》っていた。梅田を歩いているときに、『須磨君ね。久しぶりじゃない』と声をかけられたのが運のツキだった。おれは身の丈に合わないお嬢さんを持て余して困惑顔で歩いていたんだろう。おまえは、都合のいい相棒になってくれる男を探していた。誘われるままに、おまえの年上夫を殺して遺産をせしめるという話に乗った。産まれてくる子供を引き取って実子にすると言ってくれたおまえが、そのときは可愛く見えたが」

「あなたのために、そうしたのよ」

「何がおれのためだ。病室で夫を殺す役割を押しつけて、おまえはしっかりとアリバイを作って安全圏にいたじゃないか。もうたくさんだ。この手で嵯峨山を殺したということは、ずっと負い目になって、おまえに対する弱みにもなった」

成一郎は、堰《せき》を切ったようにいっきに話した。「長枝先生の奥さんが店にいるときに理由も告げずに二回も抜けたことで、血の繋がらない瑠璃をおまえが殺したんじゃないかとおれは疑いを抱いた。ところがその夜のうちにあの少年が警察に自白の電話をして、次の日に指名手配になった。そして、瑠璃の首を絞めていたポシェットから少年の指紋が出たと刑事さんから聞かされた。それで、おれは彼の犯行だと思った。あの少年は、自分を捜査の標的にし続けたかったのだろう、うちの店にまで電話をしてきた。挑発に腹が立って会見を開いたら、背中を切られた。切られた直後は少年のしわざだと思った。しかし、あの少年がどうしておれの外出を知っていたのか腑に落ちなかった。寿司屋に行くように勧めたのはおまえだったじゃないか。あの夜に技能研修会をしたことも、しっくりこない。ただ、若者らしき足音を聞いたのは確かだった。きょうここに来て、ようやく謎が解けた。十八年前に、おれを巻き込んだのと同じ構図に気がついた。おまえは、妹の比呂子に犯行をさせて、抜けられない関係にしたんだよ」

「いい加減にして」

「いや、もう黙らんぞ。『苦労してせっかく築いたものを失いたくないでしょ』――おまえは、切り札のようにそれを持ち出す。十八年前のことがもう時効になっていても、代表者が殺人を犯したことが明らかになったら、セレブ美容室なんてその日のうちに潰れてしまう。それがわかっているから、じっと耐えてきた」

「瑠璃は、あなたになついていなかったじゃないの」

「なついていなくても、おれの子供だ」

古今堂の携帯電話が着信を告げた。

美容室SUMAの家宅捜索に合流した堀之内からだった。店で使われている台車を押さえて、その車輪の紋様がこの生徒会室に至る道で採取した痕跡と一致したことを報告してきた。

「物証も出ました。お二人には、中央署に同行願います。事情をお訊きしたうえで、僕のほうから裁判所に逮捕状を請求します」

古今堂は、立ち上がった。「四つ橋署に捜査本部が置かれました。せやけど、瑠璃さんは美容室SUMAのビルで殺されたんやから、殺害現場の所轄は中央署になりますんや」

7

「もう白状するわ」

京都の自宅の捜索を受けて靴を押収された比呂子は、谷に自供を始めた。「瑠璃の出生の秘密は、姉夫婦以外には私だけが知っていた。だけど、昔から知っていたわけじゃないわ。寛治を跡継ぎにという話のときに打ち明けられたのよ。姉は『瑠璃がどんどん自分から離れていく。自分が汗と涙で大きくしたあの美容室を継がせる気にはならない』と、寛治にあとを託したいと言ってきた。勉強が大嫌いの寛治は高校卒業も危うくて、将来を不安に思っていただけに、渡りに船のような話だと乗ってしまった」

「跡継ぎの話があったのは、いつごろでっか?」

「半月ほど前よ。姉は、瑠璃がガールズバーで働き、そこの経営者を恋人にしていることにとっくに感づいていた。同じ高校の定時制生徒が家の前でたたずんでいたことにも気づいていた。学校の女性教師たちが動いたことで、姉の殺人計画がいっきに具体化していった。あたしは請われるままに仕事用の制服と帽子を事前に貸し、事後に姉の夫の背中を切ることも実行した。それが、寛治に継がせる条件だからと繰り返し言われて欲に駆られてしまった」

比呂子は、つっかえが取れたかのように、いっきに喋った。「でも姉は、次の犯行を予定していたのよ。小野寺悠斗を姉とあたしで協力して殺して、自殺に見せかけること……指名手配を受けて追い詰められて自殺したと警察が判断すれば、姉の計画は完了した。あたしが小野寺悠斗の携帯に電話をかけて呼び出して、姉とともに空きビルの屋上から転落させる予定だったの。だけど、二つの誤算があった。悠斗の携帯が繋がらなかったことと、悠斗が自分から一一〇番に電話をしたために警察のマークが厳しくなってしまったことよ」

吾助のアドバイスにより悠斗は携帯を捨てた。そして、七海に捜査の手が伸びることを避けさせようと悠斗は警察に電話をした。

「血は水よりも濃いと言いますけど、そこまで実の親子の結びつきが強いとは、あんたの姉さんは予想せんかったのやろな」

寛治が、ナイフを持って外出した比呂子のあとを追いかけたことも、麻奈子には想定外のことだった。

谷は、麻奈子の心にある潜在的な妬みを感じていた。麻奈子は七海の写真を生徒会室に置いた。悠斗がすぐに呼び出しメールを読まないかもしれない。彼が来る前に、もし誰かが先に瑠璃の死体を発見したなら、悠斗に疑いは向きにくくなる。七海はそのときのスペアになってくれる。そうさせたのは、麻奈子の嫉妬心ではないか。離婚歴を持ちながら、七海は悠斗を含めて二人の実子に恵まれていた。麻奈子ほどの無理をせずに、麻奈子ほど美しくもないのに、同棲相手から大事にされていた。そして、捨てたにもかかわらず悠斗から慕われていた。

比呂子は重そうに息を吐いた。

「でも、今から思えば、小野寺悠斗を殺害する共犯者にならなくてよかった。実行していたら、姉はそのことをあたしの弱みとしてずっと握っていた気がするわ」

十八年前に成一郎と築いた一蓮托生の関係を、今度は比呂子と作ろうとしたのだ。一蓮托生といえども、同等ではない関係だ。

「姉さんは、瑠璃さんとそんなに仲が悪かったのでっか?」

「瑠璃は高校に入ったころから、自分が姉の本当の子供ではないんじゃないかと疑っていたのよ。だから、急によそよそしくなって、おまけにろくでもない恋人とつき合い、男たちを相手にするアルバイトもするようになったの。姉は『こうなってしまったなら、あたしと瑠璃とは決裂して元には戻らない』って言っていた。元々、子供が好きで瑠璃を育てたんじゃない。年上の夫を殺しても罪に問われないための、死亡診断書との交換だったのだから」

「紙切れとの交換でっか。そら、かわいそうに」

谷は、二人の娘を持つ父親として瑠璃に同情した。

瑠璃がＪＪＨ委員会に訴えたのは、母親としての庇護の愛を麻奈子に求めたからだと思えた。ガールズバーでアルバイトを始めたのも、母親に気づいてもらって引き止めてほしいという複雑な心理が働いていたのかもしれない。母親はアルバイトには気づいたが、まったく違う対応をした。

エピローグ

「やっぱし、この道頓堀界隈が最も警備に気ぃ使いそうやな。なんば駅前もタイヘンそうやが、ターミナルやさかい候補者が選挙カーから降りることはなさそうや」

古今堂は、市長・知事ダブル選挙のための現地調査に足を運んだ。これで二度目になる。あすはいよいよ知事選の告示日だ。

「きっと、ぎょうさんの人が街頭演説に詰めかけはるでしょうね」

由紀は歩きながらスナップ写真を撮っていく。「普段からよう見慣れた街ですねけど、こうして警備という観点から眺めると、また違う街のように見えてくるから不思議ですね」

「どないなふうに見える？」

「悪く言えば、隙《すき》が多い街ですね。派手な立体看板がやたら多いし、行き交う人たちもそれに負けじと目立つファッションをしている人が少のうないです。せやから、平凡な姿の人が埋没してしもて、いるのかいいひんのかわからんようになってしまいそうです」

「確かに、せやな」

裏を返せば、警備に当たる私服警官たちは平凡な服装で務めたほうがいいということになりそうだ。

「テレビの情報番組か何かで見たことがあるんですけど、人間同士には快適距離というのがあるそうです。電車で空いているときは、座席には無意識に端から座っていきますよね。他人とは一定の距離を保ったほうが安定した気持ちでいられる。これが同僚やと少し距離は短くなり、友人やともっと短くなり、恋人やとくっつくくらいになるそうです。このミナミでは、その距離がよその地域よりも近い気がします。キタなら他人という標準的な距離でも、ミナミなら同僚くらいになるんやないですか。同僚と言うよりも、みんなが近所同士あるいはお仲間みたいな感覚があるのかもしれません。この街では、見ず知らずのおばちゃん同士でもバーゲンセールの店頭で仲良くなって、すぐにタメ口でしゃべって飴ちゃんを交換したりするやないですか。男の人でもタイガースの話題で居酒屋で盛り上がったり……フレンドリーなのはとてもええと思うんですけど、それだけ警戒心は薄いですよね。犯罪者が紛れ込むには、めっちゃ都合がええと思います」

「せやな」

「うちがようわからへんかったのは、なんで須磨麻奈子がこのラテンみたいなミナミで、セレブ向けの美容室を作ろうとしたかということです。セレブのイメージからすると、キタの梅田のほうがずっと似合いますよね。あるいは阪神間の芦屋なんか、もっとええと思うんですけど」

「彼女は、取り調べでそのことに言及してたで。ミナミの地域で育ち、ずいぶん貧乏な少女時代を送った。中座で演じられる松竹新喜劇を見とうても、素通りしかできひんかったそうや。この街から這い上がり、この街を見返してやる――その思いが、彼女の骨格を作っていたんや。店のビルの上の階に住居を築いたのも、そこから日常的にミナミの街と人々を見下ろしたかったからということや」

「うちは、お客としてあの店に足を踏み入れたとき、違和感みたいなものを感じました。ビルの外観はパリのホテル風でシックなのに、中はかなり派手でした。うちの妹は成金趣味やと評してました」

「僕かて三階で、金色の壁や天井を見たときは、豊臣秀吉が作ったという黄金の茶室を思い出した。最上のダイヤモンドルームと呼ばれる部屋にあった三枚の絵には、虎と鷹と鯨が描かれていた。それぞれ陸海空の覇者を集めたということなんやろけど」

資金をかけて豪華なものを集めれば、それが高級感を醸《かも》し出すということではないはずだ。

古今堂が取り調べに立ち会ったとき、麻奈子はポツリと洩らすようにこう言っていた。

「梅田や阪神間で、美容室SUMAを開くことも考えたわ。だけど見透かされて受け入れられないかもしれないという懸念があって、怖かったのよ。正直なところ、自信もなかった……」

「なんや、せつないですね」

由紀は鼻を少しすすった。「集まってきた上客層も、にわかセレブや偽セレブが多かったということとやったんでしょうね」

「ちょっと休憩していこか」

古今堂は、タコ焼き屋の前で足を止めた。大阪はタコ焼き屋がたくさんあるが、ミナミはその中でも激戦区だ。ここは比較的最近にできた小さな店だが、よく行列ができている。きょうは珍しく並んでいる人がいない。

「うち、ここ初めてです。前から入ってみたかったのですけど」

「僕も初めてやで」

海の家にあるようなテーブルと椅子が置かれていて、水はセルフサービスでウォーターサーバーから紙コップに注いで持ってくるシステムになっているようだ。他の客を見ていると、商品の注文も自分から厨房のほうに声をかけている。代金は商品と引き換えのようだ。

「変わったメニューがありますね」

壁に貼られた一覧表に、由紀は細い目を開く。

イチゴ氷かけタコ焼き、じゃがチーズコーンタコ焼き、あんこ餅タコ焼き、明太子タコ焼きマヨネーズ添え、シーフードカレータコ焼き……最後には、普通のタコ焼き(焼き飯付き→これが当店自慢のタコライス)、とある。どれでも、一人前八個三百円と安い。

「ねえちゃん、迷ってはるんやったら、あんこ餅タコ焼きにしとき。おいしいで〜」

隣のテーブルのおばちゃん二人連れが、そう声をかけてきた。彼女たちもそれを頬張っている。

「ねえちゃんの顔は、あんこ餅みたいやから、共食いになるけど」

「アハハ、そうですね。ほな、それにします」

由紀は顔を赤らめながらうなずいた。

「買ってくるよ。ここはおごるから。水のほうをお願い」

古今堂は厨房の前に向かった。ねじり鉢巻きの店主に、あんこ餅タコ焼きを二人前注文する。

「あいよ。ちょうど二人前で売切れだっせ」

店主の声に、古今堂の後ろの客が「そんなぁ」と声を出す。そして古今堂の横に寄ってくる。

「なあ、にいさんよ。相談なんやけど、あんこ餅タコ焼きを一人前五百円で売ってくれへんかね。きょうは店がすいていたんで、やっと入れたんや。混んでいるときは子供連れは無理やから」

中年男の隣には、幼稚園児くらいの男の子が彼の上着の裾を摑みながら立っていた。

「お子さんの分の一人前だけでええんやったら、譲ります。もちろん三百円でかましません」

古今堂は、イチゴ氷かけタコ焼きに変えることにした。

「署長さんは、人がええですね」

由紀は水を用意して待っていた。

「君かて、きっと子供には譲ったやろ」

「タコ焼きなら譲りますけど、容疑者までは」

逮捕した須磨麻奈子の身柄を、府警本部刑事部に移すことを古今堂は了解した。けさ移送は終わった。

「うちの署は、これから選挙の警備で多忙なんや。それに、府警本部に恥をかかせるのが目的やないさかい。悠斗君の無実を証明でけた。そやから、丸本巡査も彼の母親の行為も不問となった。もちろん、丸本巡査への謹慎処分も撤回された。それで充分なんや」

府警本部は、悠斗への指名手配を渋々撤回した。

〝稀《まれ》に見る狡知《こうち》かつ複雑な犯罪で、母親という盲点的存在に気づくのが遅れたのはやむをえないことであったが、総力を上げて犯行から一週間というスピードで真犯人逮捕に漕ぎつけることができ、リカバリーは果たせたと考えている〟——百々は記者会見で難しい言い回しをしながら、立て板に水の説明をしていった。

「悠斗君は、うつぼ高校に復学できるんでしょうね」

「もちろんんや。廣澤先生の話によると、定時制廃止の方針も立ち消えになったそうや」

「よかったですね」

由紀は、あんこ餅タコ焼きを爪楊枝に刺して頰張る。

「あ〜おいしいィ。お餅とタコ焼きって相性ええですね。お好み焼きにお餅が入ったのってありますけど、それ以上にグッドです。餅とあんこが合うのは、和菓子で証明されていますし」

「氷とタコ焼きも、意外とマッチするで」

タコ焼きの中から染み出す熱さが、氷でうまく中和される。

「こういう斬新な組み合わせが、この店の魅力なんですね」

「大阪が発祥のオムライスもきつねうどんも、組み合わせの妙の美味しさで定番となっていった。この店から、名物が生まれる可能性かてあるんや」

古今堂も由紀も、どんどん食べていく。

「きょうの通勤前に美容室SUMAの前を通ってきました。二階の入り口はシャッターで閉じられていて、窓という窓にはすべてロールカーテンが降りてました。いずれは人手に渡って、別の建物になるんでしょうね」

「銀行の抵当権も付いていたし、おそらく競売《けいばい》にかけられるやろな」

「署長さんが言うてはったように、砂の城やったんですね」

「こういった新しい食べ物もそうやろけど、誕生してブームになったもののすぐに消えてしまうものもあれば、長く残るもんもある」

「どこに違いがあるんでしょうか」

「いろいろ要素はあるやろけど、僕はそこの土地や住民に受け入れられるかどうかやと思うんや」

古今堂は、タコ焼きの最後の一個を口に放り込んだ。「選挙が近いけど、政治家でも結局は、住民に支持されるかどうかで決まるやないか。いくらリップサービスが上手でも、中身のない候補者は受け入れられへん。たとえ一度くらいは当選でけても」

二人は外に出た。

道頓堀に架かる戎橋の上で、漫才師をめざす二人の若者が街頭コントをやっていた。かつての吾助も相方のケンスケとともに、こうした真剣修業を積んでいた。

十人ほどの通行人が足を止め、彼らを見守っている。二人は通行人たちからツッコミを入れられながらも、汗を拭う間もなくコントを続けていく。

「こういう光景は、ミナミでしか見られへんし、受け入れられへんですよね」

由紀は二人の若者に温かい視線を送った。「麻奈子さんは、大衆の一人として押し潰されそうにして育ったこのミナミの街を見返そうとしたけど、美容室SUMAはミスマッチの街に飲み込まれてしまったという見方もでけるわけですね」

「お城のような造りをしていても、犯罪によって得た資金をもとに築き上げた砂の城やったんやから、ミナミでのうてもいずれは落城する。二重の意味で、あの美容室は脆《もろ》さを抱えていたと言えそうや」

漫才師をめざす若者二人は、コントに詰まった。どうやら片方がネタを途中で忘れてしまったようだ。相方は「あほんだら」と尻に蹴りを入れる。蹴られたほうは「ひゅ〜」と悲鳴を上げて両足を広げて転がった。観衆が笑った。用意していたネタはあまり受けなかったのに、とっさのアドリブが笑いを取った。

二人は恥ずかしそうに頭をかきながら、観衆に頭を下げる。パラパラとだが、拍手も起きた。二人は「勉強になりました。ありがとうございました」ともう一度頭を下げて、戎橋から離れていった。「がんばりや」と観衆は声をかけ、輪を解いていく。輪がなくなると、ランニング姿で走るランナーを描いたグリコのネオンサインが姿を見せた。夜になると、派手な電飾が点ってきらびやかに道頓堀川に映えるが、昼間はおとなしい印象を受ける。

道頓堀川に波が立ち、黄色いボディの目立つクルーズ船がゆっくりと西へと進んでいく。きょうは秋晴れなので、クルーズ船のガラス張りの天井はフルオープンとなっている。満席に近い乗客を前に、和服姿の男がマイクを持って身振りをまじえて話を盛り上げているのが見える。

なにわ探検クルーズと名付けられた観光船で、道頓堀川を大阪港に向かって西行したあと、木津川から堂島川を東行して東横堀川から再び道頓堀川に戻ってくるという周回のコースで運航されている。周回しない別のコースもあるようだが、いずれも若手中心の落語家が同乗して、小話を交えながら大阪の川の名所を楽しく案内してくれる。

これも、オムライス的な組み合わせと言える。〝水の都と呼ばれるほど発達した水路〟プラス〝お笑いの伝統〟――いかにも大阪らしい組み合わせだ。

(選挙が無事に終わったら、自分へのご褒美として、あの船に乗って心から楽しもう)

大学時代は落語同好会のサークルに属していた古今堂は、小さくなっていく黄色いクルーズ船を見ながら、そう決めた。

きょうも、道頓堀川の水はゆっくりと大阪港に流れていく。けっしてきれいな水ではない。泳いでいる魚は少ないだろう。

現在では、ああいった観光船以外の運航はほとんどない。

こうして橋から下を見ないかぎりは、川の存在はあまり目立たない。

(けど、道頓堀川のないミナミは考えられへん)

かつてのような水運には使われず、魚が採れるわけでもない。それでも淀んだ水を湛えて、ノロくても着実にたえまなく海へと運んでいく。

目立たない存在であっても、道頓堀川を暗渠《あんきよ》にして埋めて道路にしてしまおうといった提案は出されたことがない。

(なんとなく、道頓堀川は警察に似ているかもしれんな)

警察も目立たないほうがいいのだ。警察官が活躍する世の中など、ろくなものではない。

大勢の人々が行き交う橋の下で、ノロくても着実に水を運ぶ。

あくまでも街の背景として溶け込んでいればいい。

それでも不要だという意見は出ない。

そういう存在でいい、と古今堂は思う。

本作品はフィクションであり、実在の人物・団体・組織とはまったく関係がありません。

本書は書下ろしです。

JASRAC 出1302430-301

|著者|姉小路 祐　1952年京都生まれ。大阪市立大学法学部卒業。立命館大学大学院政策科学研究科・博士前期課程修了。『動く不動産』で第11回横溝正史賞を受賞。著書は「刑事長《デカチヨウ》」シリーズ、『東京地検特捜部』『「本能寺」の真相』『司法改革』『法廷戦術』『京女殺人法廷　裁判員制度元年』『逆転捜査』『密命副検事』『署長刑事《デカ》　大阪中央署人情捜査録』『署長刑事《デカ》　時効廃止』など多数。

署長《しよちよう》刑事《デカ》　指名手配《しめいてはい》

姉小路《あねこうじ》 祐《ゆう》

© Yu Anekoji 2013

講談社文庫

定価はカバーに
表示してあります

2013年3月15日第1刷発行

発行者――鈴木　哲
発行所――株式会社　講談社
東京都文京区音羽2-12-21　〒112-8001
電話　出版部（03）5395-3510
　　　販売部（03）5395-5817
　　　業務部（03）5395-3615
Printed in Japan

デザイン―菊地信義
本文データ制作―講談社デジタル製作部
印刷――中央精版印刷株式会社
製本――中央精版印刷株式会社

落丁本・乱丁本は購入書店名を明記のうえ、小社業務部あてにお送りください。送料は小社負担にてお取替えします。なお、この本の内容についてのお問い合わせは文庫出版部あてにお願いいたします。

本書のコピー、スキャン、デジタル化等の無断複製は著作権法上での例外を除き禁じられています。本書を代行業者等の第三者に依頼してスキャンやデジタル化することはたとえ個人や家庭内の利用でも著作権法違反です。

ISBN978-4-06-277489-5

講談社文庫刊行の辞

　二十一世紀の到来を目睫に望みながら、われわれはいま、人類史上かつて例を見ない巨大な転換期をむかえようとしている。

　世界も、日本も、激動の予兆に対する期待とおののきを内に蔵して、未知の時代に歩み入ろうとしている。このときにあたり、創業の人野間清治の「ナショナル・エデュケイター」への志を現代に甦らせようと意図して、われわれはここに古今の文芸作品はいうまでもなく、ひろく人文・社会・自然の諸科学から東西の名著を網羅する、新しい綜合文庫の発刊を決意した。

　激動の転換期はまた断絶の時代である。われわれは戦後二十五年間の出版文化のありかたへの深い反省をこめて、この断絶の時代にあえて人間的な持続を求めようとする。いたずらに浮薄な商業主義のあだ花を追い求めることなく、長期にわたって良書に生命をあたえようとつとめるところにしか、今後の出版文化の真の繁栄はあり得ないと信じるからである。

　同時にわれわれはこの綜合文庫の刊行を通じて、人文・社会・自然の諸科学が、結局人間の学にほかならないことを立証しようと願っている。かつて知識とは、「汝自身を知る」ことにつきていた。現代社会の瑣末な情報の氾濫のなかから、力強い知識の源泉を掘り起し、技術文明のただなかに、生きた人間の姿を復活させること。それこそわれわれの切なる希求である。

　われわれは権威に盲従せず、俗流に媚びることなく、渾然一体となって日本の「草の根」をかたちづくる若く新しい世代の人々に、心をこめてこの新しい綜合文庫をおくり届けたい。それは知識の泉であるとともに感受性のふるさとであり、もっとも有機的に組織され、社会に開かれた万人のための大学をめざしている。大方の支援と協力を衷心より切望してやまない。

一九七一年七月

野間省一

講談社文庫 最新刊

内田康夫 **不等辺三角形**
「幽霊簞笥」をめぐる二つの殺人。不等辺三角形の謎を追う浅見は、奥松島と名古屋へ。

姉小路 祐 **署長刑事《デカ》 指名手配**
犯人と名乗り出た少年は、本当に女子高生を殺したのか？ 文庫書下ろしシリーズ第三弾。

柳 美里 **ファミリー・シークレット**
「虐待」の連鎖を断ち切るために受けた凄絶なるカウンセリング。衝撃のノンフィクション。

橋口いくよ **おひとりさまで！ アロハ萌え**
〈MAHALO HAWAII〉
ハワイが大好きでついにプチロングステイ決行。愛しのラブ・ハワイエッセイ第三弾。

高野史緒 **カント・アンジェリコ**
カストラートが奏でる天使の声に隠された力に震撼するヨーロッパ。新乱歩賞作家の傑作。

原田ひ香 **アイビー・ハウス**
シェアハウスで暮らす二組の夫婦の心の変化。話題作をいきなり文庫化。〈文庫オリジナル〉

冬木亮子 **書けそうで書けない英単語**
〈Let's enjoy spelling!〉
知っているはずが意外に書き間違える英単語。イラスト満載・雑学充実。〈文庫書下ろし〉

江上 剛 **起 死 回 生**
中堅アパレルメーカーの再生に奮闘する銀行OBの姿。銀行員の誇りとは何か。会社とは。

高里椎奈 **ソラチルサクハナ**
〈薬屋探偵怪奇譚〉
師匠も兄貴もいなくなってしまった〝薬店〟で、ひとり頑張るリベザル。新シリーズ開幕！

濱 嘉之 **列 島 融 解**
東日本電力出身の衆議院議員・小川正人が掲げるエネルギー政策は、日本を救えるのか？

講談社文庫 最新刊

渡辺淳一
新装版 雲の階段(上)(下)
図らずも偽医者を演じることになった青年の、愛と運命の行方とは。手に汗握る傑作長編！

乃南アサ
地のはてから(上)(下)
北海道・知床で、大正から昭和をひたすら生き抜いた女性の一代記。中央公論文芸賞受賞作。

木《この》原《はら》音《なり》瀬《せ》
美しいこと
恋を知る全ての人が共感できる恋愛小説。痛くて気持ちいい木原作品の最高峰を文庫化！

丸谷才一
人間的なアルファベット
好奇心とユーモアに色っぽさをブレンド、AからZの項目を辞書風に仕上げた絶妙エッセイ。

ヒキタクニオ
カワイイ地獄
「カワイイ」に執着していく女子たちはそこから抜け出せなくなる。〈文庫オリジナル〉

奥野修司
放射能に抗う〈福島の農業再生に懸ける男たち〉
降り注ぐ放射能と、世間からの偏見。これらと闘う福島県須賀川市の農家の挑戦を描く。

亀井宏
ドキュメント 太平洋戦争全史(上)(下)
講談社ノンフィクション賞作家が、三百人の将兵の肉声をもとに書き上げた畢生の大作！

小泉武夫
夕焼け小焼けで陽が昇る
日本は、福島は、こんなにも幸せだった。笑いと涙の自伝的小説。〈文庫オリジナル〉

高殿円
カーリー〈II 二十一発の祝砲とプリンセスの休日〉
学院に転入してきたのは、隣国の王女。彼女には胸に秘めた恋があった。シリーズ第二弾。

ロバート・ゴダード
北田絵里子 訳
隠し絵の囚人(上)(下)
第二次世界大戦とピカソ・コレクションに人生を狂わされた伯父の過去とは？〈MWA賞受賞作〉

講談社文芸文庫

吉本隆明
マス・イメージ論
解説＝鹿島茂　年譜＝高橋忠義
文学、漫画、歌謡曲、CM等に表出する言葉やイメージを産み出す「現在」の正体の解明に挑む評論集。〝戦後思想界の巨人〟が新側面を示し、反響を呼んだ、問題作。
よB7
978-4-06-290190-1

福永武彦
死の島　下
解説＝富岡幸一郎　年譜＝曾根博義
東京から広島へと列車で向かう、ある一日の物語が人類の未来へとつながる道を指し示し、人間の根源的な「生と死」における魂の問題を突きつめた、後世へと残したい小説。
ふC7
978-4-06-290187-1

講談社文芸文庫・編
昭和戦前傑作落語選集
解説＝三代目柳家権太楼
昭和三年から十五年まで、「講談倶楽部」や「キング」などに掲載された名作落語。柳家権太楼、柳家金語楼、桂文楽、古今亭志ん生、三遊亭金馬、春風亭柳好らの熱演を再現。
こJ26
978-4-06-290188-8

赤城 毅　書《ル》・物《ラビ》迷《ラン》宮《ト》
新井満・新井紀子　ハイジ紀行〈ふたりで行く『アルプスの少女ハイジ』の旅〉
新井満・新井紀子　木を植えた男を訪ねて〈ふたりで行く南仏プロヴァンスの旅〉
化野《あだしの》 燐《りん》　蠱《こ》猫《ねこ》〈人工憑霊蠱猫〉
化野 燐　白《はく》澤《たく》〈人工憑霊蠱猫〉
化野 燐　渾《こん》沌《とん》王《おう》〈人工憑霊蠱猫〉
化野 燐　件《くだん》獣《じゅう》〈人工憑霊蠱猫〉
化野 燐　呪《じゅ》物《ぶっ》館《かん》〈人工憑霊蠱猫〉
化野 燐　妄《もう》邪《じゃ》船《ぶね》〈人工憑霊蠱猫〉
化野 燐　人外鏡〈人工憑霊蠱猫〉
化野 燐　迷《まよ》異《い》家《が》〈人工憑霊蠱猫〉
青山真治　ホテル・クロニクルズ
青山真治　死の谷'95
阿部夏丸　泣けない魚たち
阿部夏丸　オグリの子
阿部夏丸　見えない敵
阿部夏丸　父のようにはなりたくない
青山 潤　アフリカにょろり旅
梓 河人　ぼくとアナン

赤木ひろこ　ひでさん〈松井秀喜ができたわけ〉
朝倉かすみ　肝、焼ける
朝倉かすみ　好かれようとしない
朝倉かすみ　ともしびマーケット
朝倉かすみ　感応連鎖
天野 宏　薬の雑学事典〈薬好き日本人のための〉
阿部 佳　わたしはコンシェルジュ
秋田禎信　カナスピカ
朝比奈あすか　憂鬱なハスビーン
荒山 徹　柳生大戦争
天野作市　気高き昼寝
天野作市　みんなの旅行
青柳碧人　浜村渚の計算ノート
青柳碧人　浜村渚の計算ノート 2さつめ〈ふしぎの国の期末テスト〉
青柳碧人　浜村渚の計算ノート 3さつめ〈水色コンパスと恋する幾何学〉
青柳碧人　浜村渚の計算ノート 3と1/2さつめ〈ふえるま島の最終定理〉
青柳碧人　双月高校、クイズ日和
朝井まかて　花《はな》競《くら》べ〈向嶋なずな屋繁盛記〉
朝井まかて　ちゃんちゃら

歩《あゆみ》 りえこ　ブラを捨て旅に出よう〈貧乏乙女の〝世界一周〟旅行記〉
アダム徳永　スローセックスのすすめ
安藤祐介　営業零《ぜろ》課《か》接待班
青木 理　絞首刑
五木寛之　ソフィアの秋
五木寛之　狼のブルース
五木寛之　海峡物語
五木寛之　風花のひと
五木寛之　鳥の歌(上)(下)
五木寛之　燃える秋
五木寛之　真夜中の望遠鏡〈流されゆく日々'78〉
五木寛之　ナホトカ青春航路〈流されゆく日々'79〉
五木寛之　海の見える街にて〈流されゆく日々'80〉
五木寛之　改訂新版 青春の門 全六冊
五木寛之　新装決定版 青春の門 筑豊篇(上)(下)
五木寛之　旅の幻燈
五木寛之　他力
五木寛之　こころの天気図
五木寛之　新装版 恋歌

石川英輔　大江戸生活事情
石川英輔　大江戸リサイクル事情
石川英輔　雑学「大江戸庶民事情」
石川英輔　大江戸仙女暦
石川英輔　大江戸仙花暦
石川英輔　大江戸えころじー事情
石川英輔　大江戸番付事情
石川英輔　大江戸庶民いろいろ事情
石川英輔　大江戸開府四百年事情
石川英輔　江戸時代はエコ時代
石川英輔　大江戸妖美伝
石川英輔　大江戸省エネ事情
石川英輔　ニッポンのサイズ〈身体ではかる尺貫法〉
石川英輔　実見　江戸の暮らし
石川英輔　田中優子　大江戸生活体験事情
石牟礼道子　新装版　苦《く》海《がい》浄土《じょうど》〈わが水俣病〉
今西祐行　肥後の石工
いわさきちひろ　ちひろのことば
いわさきちひろ　松本猛　いわさきちひろの絵と心
いわさきちひろ　松本猛　ちひろへの手紙
いわさきちひろ　絵本美術館編　ちひろ・子どもの情景〈文庫ギャラリー〉
いわさきちひろ　絵本美術館編　ちひろ・紫のメッセージ〈文庫ギャラリー〉
いわさきちひろ　絵本美術館編　ちひろの花ことば〈文庫ギャラリー〉
いわさきちひろ　絵本美術館編　ちひろのアンデルセン〈文庫ギャラリー〉
いわさきちひろ　絵本美術館編　ちひろ・平和への願い〈文庫ギャラリー〉
石野径一郎　ひめゆりの塔
今西錦司　生物の世界
井沢元彦　義経幻殺録
井沢元彦　光と影の武蔵〈切支丹秘録〉
井沢元彦　新装版　猿丸幻視行
一ノ瀬泰造　地雷を踏んだらサヨウナラ
泉麻人　ありえなくない。
泉麻人　お天気おじさんへの道
伊井直行　ポケットの中のレワニワ
伊集院静　乳房
伊集院静　遠い昨日
伊集院静　夢は枯野を〈競輪躁鬱旅行〉
伊集院静　野球で学んだこと　ヒデキ君に教わったこと
伊集院静　峠の声
伊集院静　白秋
伊集院静　潮流
伊集院静　機関車先生
伊集院静　冬の蜻蛉《とんぼ》
伊集院静　オルゴール
伊集院静　昨日スケッチ
伊集院静　アフリカの王(上)(下)〈『アフリカの絵本』改題〉
伊集院静　あづま橋
伊集院静　ぼくのボールが君に届けば
伊集院静　駅までの道をおしえて
伊集院静　受け月
伊集院静　坂の上のμ〈野球小説アンソロジー〉
伊集院静　新装版　三年坂
伊集院静　ねむりねこ
伊集院静　お父やんとオジさん(上)(下)
岩崎正吾　信長殺すべし〈異説本能寺〉
井上夢人　おかしな二人〈岡嶋二人盛衰記〉
井上夢人　メドゥサ、鏡をごらん

講談社文庫 目録

井上夢人 ダレカガナカニイル…
井上夢人 プラスティック
井上夢人 オルファクトグラム(上)(下)
井上夢人 もつれっぱなし
井上夢人 あわせ鏡に飛び込んで
家田荘子 渋谷チルドレン
池宮彰一郎 高杉晋作(上)(下)
池宮彰一郎他 異色忠臣蔵大傑作集
井上祐美子 公主帰還
井上祐美子・塚本青史・森福都 妃《ひ》・殺《さつ》・蝗《こう》〈中国三色奇譚〉
飯島勲 代議士秘書〈永田町、笑っちゃうけどホントの話〉
池井戸潤 果つる底なき
池井戸潤 架空通貨
池井戸潤 銀行狐
池井戸潤 仇敵
池井戸潤 BT'63(上)(下)
池井戸潤 空飛ぶタイヤ(上)(下)
池井戸潤 鉄の骨
池井戸潤 新装版 銀行総務特命

池井戸潤 新装版 不祥事
岩瀬達哉 新聞が面白くない理由
岩瀬達哉 完全版 年金大崩壊
乾くるみ 匣《はこ》の中
乾くるみ 新装版 塔の断章
岩城宏之 森のうた〈山本直純との芸大青春記〉
石月正広 渡世人
石月正広 笑う花魁《おいらん》〈結わえ師・紋重郎始末記〉
石月正広 握られ同心〈結わえ師・紋重郎始末記〉
石月正広 糸のさだめ〈結わえ師・紋重郎始末記〉
糸井重里 ほぼ日刊イトイ新聞の本
岩井志麻子 東京のオカヤマ人
岩井志麻子 私小説
乾荘次郎 妻《め》敵《がたき》討《う》ち〈鴉《からす》道場日月抄〉
乾荘次郎 夜襲〈鴉《からす》道場日月抄〉
乾荘次郎 介錯〈鴉《からす》道場日月抄〉
石田衣良 LAST[ラスト]
石田衣良 東京DOLL
石田衣良 てのひらの迷路

石田衣良 40《フォーティ》翼ふたたび
石田衣良 sex
井上荒野 ひどい感じ―父・井上光晴
井上荒野 不恰好な朝の馬
井上荒野他 彼の女たち
飯田譲治 NIGHT HEAD 誘発者
飯田譲治・梓河人 アナン、(上)(下)
飯田譲治・梓河人 Gift
飯田譲治・梓河人 盗作(上)(下)
飯田譲治・梓河人 黒帯
稲葉稔 武者とゆく
稲葉稔 闇夜の義賊〈武者とゆく(二)〉
稲葉稔 真夏の凶刃〈武者とゆく(三)〉
稲葉稔 月夜の始末〈武者とゆく(四)〉
稲葉稔 陽月の契り〈武者とゆく(五)〉
稲葉稔 武士の約定〈武者とゆく(六)〉
稲葉稔 夕焼け雲〈武者とゆく(七)〉
稲葉稔 百両の舞い〈武者とゆく(八)〉
稲葉稔 大江戸人情花火

石塚健司 特捜崩壊
市川森一 蝶々さん(上)(下)
池田清彦 すこしの努力で「できる子」をつくる
市川拓司 吸涙鬼
石飛幸三 「平穏死」のすすめ〈口から食べられなくなったらどうしますか〉
内田康夫 死者の木霊《こだま》
内田康夫 シーラカンス殺人事件
内田康夫 パソコン探偵の名推理
内田康夫 「横山大観」殺人事件
内田康夫 漂泊の楽人
内田康夫 江田島殺人事件
内田康夫 琵琶湖周航殺人歌
内田康夫 夏泊殺人岬
内田康夫 平城山《ならやま》を越えた女
内田康夫 「信濃の国」殺人事件
内田康夫 鐘
内田康夫 風葬の城
内田康夫 透明な遺書
内田康夫 鞆《とも》の浦《うら》殺人事件

内田康夫 箱庭
内田康夫 終幕《フィナーレ》のない殺人
内田康夫 御堂筋殺人事件
内田康夫 北国街道殺人事件
内田康夫 記憶の中の殺人
内田康夫 蜃気楼
内田康夫 「紅藍《くれない》の女《ひと》」殺人事件
内田康夫 「紫《むらさき》の女《ひと》」殺人事件
内田康夫 藍色回廊殺人事件
内田康夫 明日香の皇子
内田康夫 伊香保殺人事件
内田康夫 不知火《しらぬい》海《かい》
内田康夫 華の下にて
内田康夫 博多殺人事件
内田康夫 中央構造帯(上)(下)
内田康夫 黄金の石橋
内田康夫 金沢殺人事件
内田康夫 朝日殺人事件
内田康夫 湯布院殺人事件

内田康夫 釧路湿原殺人事件
内田康夫 貴賓室の怪人〈「飛鳥」編〉
内田康夫 イタリア幻想曲 貴賓室の怪人2
内田康夫 靖国への帰還
内田康夫 若狭殺人事件
内田康夫 化生の海
内田康夫 日光殺人事件
内田康夫 不等辺三角形
梅棹忠夫 夜はまだあけぬか
歌野晶午 死体を買う男
歌野晶午 安達ヶ原の鬼密室
歌野晶午 新装版 長い家の殺人
歌野晶午 新装版 白い家の殺人
歌野晶午 新装版 動く家の殺人
歌野晶午 密室殺人ゲーム王手飛車取り
歌野晶午 新装版 ROMMY 越境者の夢
歌野晶午 増補版 放浪探偵と七つの殺人
歌野晶午 新装版 正月十一日、鏡殺し
歌野晶午 密室殺人ゲーム2.0

講談社文庫　目録

内館牧子　リトルボーイ・リトルガール
内館牧子　切ないOLに捧ぐ
内館牧子　あなたが好きだった
内館牧子　ハートが砕けた！
内館牧子　B・U・S・U〈すべてのプリティ・ウーマンへ〉
内館牧子　別れてよかった
内館牧子　愛しすぎなくてよかった
内館牧子　あなたはオバサンと呼ばれてる
内館牧子　養老院より大学院
内館牧子　愛し続けるのは無理である。
内館牧子　食べるのが好き 飲むのも好き 料理は嫌い
宇都宮直子　人間らしい死を迎えるために
薄井ゆうじ　竜宮の乙姫の元結いの切りはずし
薄井ゆうじ　くじらの降る森
宇江佐真理　泣きの銀次
宇江佐真理　晩鐘〈続・泣きの銀次〉
宇江佐真理　室の梅〈おろく医者覚え帖〉
宇江佐真理　涙堂〈琴女《ことじょ》癸酉《きゆう》日記《にっき》〉
宇江佐真理　あやめ横丁の人々

宇江佐真理　卵のふわふわ〈八丁堀喰い物草紙・江戸前でもなし〉
宇江佐真理　アラミスと呼ばれた女
宇江佐真理　富子すきすき
浦賀和宏　眠りの牢獄
上野哲也　ニライカナイの空で
上野哲也　五五五文字の巡礼〈魏志倭人伝トーク 地理篇〉
魚住昭　渡邉恒雄 メディアと権力
魚住昭　野中広務 差別と権力
氏家幹人　江戸老人旗本夜話
氏家幹人　江戸の性談〈男たちの秘密〉
氏家幹人　江戸の怪奇譚
内田春菊　愛だからいいのよ
内田春菊　ほんとに建つのかな
内田春菊　あなたも奔放な女と呼ばれよう
魚住直子　非・バランス
魚住直子　超・ハーモニー
魚住直子　未・フレンズ
魚住直子　ピンクの神様
植松晃士　おブスの言い訳

内田也哉子　ペーパームービー
上田秀人　密封〈奥右筆秘帳〉
上田秀人　国禁〈奥右筆秘帳〉
上田秀人　侵蝕〈奥右筆秘帳〉
上田秀人　継承〈奥右筆秘帳〉
上田秀人　簒《さん》奪《だっ》〈奥右筆秘帳〉
上田秀人　秘闘〈奥右筆秘帳〉
上田秀人　隠密〈奥右筆秘帳〉
上田秀人　刃傷〈奥右筆秘帳〉
上田秀人　召《めし》抱《かかえ》〈奥右筆秘帳〉
上田秀人　墨《ぼっ》痕《こん》〈奥右筆秘帳〉
上田秀人　天下〈奥右筆秘帳〉
上田秀人　軍師の挑戦〈上田秀人初期作品集〉
内田樹　下流志向〈学ばない子どもたち 働かない若者たち〉
上橋菜穂子　獣の奏者〈Ⅰ闘蛇編〉
上橋菜穂子　獣の奏者〈Ⅱ王獣編〉
上橋菜穂子　獣の奏者〈Ⅲ探求編〉
上橋菜穂子　獣の奏者〈Ⅳ完結編〉
上田紀行　ダライ・ラマとの対話

2013年3月15日現在